アフラ・ベーンと演劇について

——ひとつの演劇論——

近 藤 直 樹

目　次

はじめに（プロローグ）

　「有言実行」という、私の嫌いな言葉がある。果たしてこの言葉は、言語と行為の関係をどのように捉えているのだろうか？　「不言実行」なら、その関係性は明瞭である。まるで言葉など無意味であるかのように、あるいは言葉が有害でさえあるかのように、すべての比重は行為に懸かっている。言葉など知らない動物はすべてそうだ。行為だけが生きていく術だ。それが本能によるものであろうとなかろうと、行為だけがすべてを決する。行為だけがすべてを物語る。しかし、厄介なことにと言うべきか、人は言葉を持ってしまった。そのため、言葉と行為との、厄介な関係を定めなければならないことになった。それが厄介であるのは、まず第一に、言葉が行為を律するからである。言葉を持つ以前の愛するという行為と、言葉を持って以降の愛するという行為は、もはや同じではない。「愛する」という言葉につきまとう愛の概念が、愛するという行為を分節化してしまったのである。言葉による行為の束縛ということだ。つまり、言葉が先にあり、その後に行為があるということだ。この順番が決まってしまった。まさに、「初めに言葉ありき」なのだ。それは言葉による支配——神による支配とは言わないが——ということであり、支配とはそこから外には出られないということだ。だから、実際には、厳密な意味での「不言実行」は、もはや不可能と言えるかもしれない。端的に言えば、それが言葉による分節化の状況なのだ。しかし、その分節化がもたらす意味を、私はここで問おうとしているのではない。世界の分節化という現実の状況の中で、「有言実行」という言葉の意味をまず問いたい。

　「有言実行」とは、まず言葉があって、しかる後に行為があるという、まさに物事の正しい順序を表してはいる。しかし同時に、言葉がなければ何も始まらないかのような響きを私は聞いてしまう。言葉の支配・束縛に、あまりに易々と従い、それに疑問を持つこともなく、しかもそれを是認しているのではないだろうか。にもかかわらず、結果として、言

葉と行為がイコールの関係であるように思い込んでいるのではないだろうか。「有言実行」と同義で用いられることもある「言行一致」という言葉を考えれば、そこに表されている言葉と行為との同等性という関係は明瞭だ。だが、支配するものと支配されるものがどうして一致するというのであろうか？　どうして対等の関係であり得るのだろうか？　平然としたその自己矛盾に、私は苛立つのだ。行為が言葉の支配を逃れようとする時の、行為が言葉をすり抜けようとする時の、行為が言葉を裏切ろうとする時の、行為が言葉を蔑ろにする時の、その貴重な瞬間を認めようとはしない傲慢さに苛立つのだ。

　苛立ちは鎮めなければならない。そのためには、演劇について考える以上に適切なことはないように、私には思える。なぜなら、演劇は、言葉と行為の双方に関わり、舞台という見せ場で、双方の露な姿をわれわれの前に晒すからである。言葉と行為を鑑賞と考察の対象として、舞台という分析の俎上に載せてくれるからである。ある状況の下で、いかなる言葉が発せられ、いかなる行為が行われ、それらの最終的な結末がいかなるものであるかを、舞台はわれわれに提示してくれる。出来事が舞台の背後で行われ、報告される場合であっても、報告されるのは舞台上である。舞台は言葉と行為の実験室だ。

　実験室である演劇の舞台は、われわれが日々生活している３次元の空間と、同質の３次元空間である。同じ物理的法則によって支配される空間である。であるから、舞台上での舞台俳優の動作も、現実世界において為される動作と同質であり、同質でなければならない。そして、舞台上の舞台俳優の発する科白もまた現実世界において発せられる言葉と同質であり、同質でなければならない。舞台が非日常的なものであることは紛れもない事実であるが、そして独自の法や独自のモラルが支配する世界ではあるが、それは日常と同質の非日常なのだ。日常と地続きの非日常なのだ。舞台が「はれの舞台」であるとしても、それは日常の中の非日常だ。現実というリアリティと同質のリアリティを舞台は引き受けなければならないのだ。舞台と観客席を隔てる「第４の壁」など実は存在しないのと同様に、劇場と現実は、観客が行き来することからも分か

るように、地続きなのである。つまり、すべての文学ジャンルの中で、演劇こそ現実というリアリティに最も近いジャンルであり、リアリズムが最も要請されるジャンルである、ということになる。

　では、その要請に、劇作家はどのように応えるのか。舞台（上）のリアリズムで応える、と私は答えたい。いや、観客をも巻き込んだ劇場のリアリズムで応える、と言わなければならない。（劇にとっての観客の意義については随所で言及することになるであろう。）劇場には劇場固有のリアリズム——劇場にとって、つまり演劇にとって真にリアルなもの（自然なもの）への志向をこう呼んでおく——があるのである。劇場独自の法やモラルに支えられながら、劇場にとって真にリアルな（自然な）「実」を「写」しとるリアリズム（「写実」）だ。それはリアリズムでありながら人工的であり、文字通り「芝居掛かっている」ことを美徳とする。その意味では、現実世界と接しながらも、「舞台は別世界」[1]であるとも言える。『ハムレット』の亡霊も、現実世界のリアリズムには反しているように見えようとも、劇場のリアリズムには反してはいない。王であっても、実際の宮殿ではしないような話し方を、劇が要求するのであればしなければならない。俳優が喋るのは科白であって日常の会話ではない。科白と日常の会話は別物だ。俳優が科白を喋るのが劇場のリアリズムであって、それは反リアリズムではない。現実は悲劇だけからできているわけではないし、喜劇だけからできているわけでもないが、劇はそれらを抽出して、悲劇や喜劇として提出する。陽気な道化は、復讐の果てに死すべき英雄の側に近づくことを、気を利かせて避けることが自然なことなのだろうか。劇場のリアリズムからすれば、それは自然なこと（リアルなこと）なのだ。喜劇においては、メランコリーに捕らわれた人物はすべて席を外すのが自然なことなのか。劇場のリアリズムからすれば、そうなのだ。登場人物は、賢明にも、登場すべき場を弁えているかのようだ。葬儀に参列している時に冗談を言うべきでは

---

[1] ドニ・ディドロ「逆説・俳優について」小場瀬卓三訳、『世界大思想全集　哲学・文芸思想篇21』（河出書房新社、1960年）289頁。

ないし、カーニヴァルに参加している時に打ち萎れているべきではない
のだ。ハロウィーン用のカボチャ畑でひとり収穫している時には泣いて
いようと笑っていようと何方でも構わないが、パンプキンパッチでは涙
は流すべきではない。葬儀やカーニヴァルという特別な場においては、
それに加わる者は定められた役割を担うことになっているのだ。ジェイ
クイズに倣って演技をすると言ってもいいだろう。「泣き女」の風習が
広く行き渡っているという事実はその証左である。また、葬儀には喪服
を着るように、カーニヴァルには仮面を被るように、その場に相応しい
外観を守らなければならない。レッシング流に言うならば、ラオコオン
（とその子供たち）に巻きつく蛇も、芸術のために、ラオコオン（とそ
の子供たち）の腕の自由を奪うように巻きつくことは控える、というこ
とだ。悲劇は悲劇の、喜劇は喜劇の、作為的な外観を、演劇という芸術
のために纏わなければならないのである。喜劇用ソック（sock）と悲劇
用コトルヌス（cothurnus）を履き違えてはならないのだ。劇作家とは
そうした人為的なひとつの場を作ろうとする者のことだ。しかし、葬儀
が終われば陽気に振る舞うことが許されるし、カーニヴァルが終われば
悲しみに沈んでも構わない。劇場のリアリズムが支配する劇場という空
間から一歩外に出れば、現実という別世界が待っているということだ。
祭りの後の日常ということだ[2]。つまり、非日常性こそが劇場・演劇の
特質である。そして強調しておきたいことは、現実という日常と劇場と
いう非日常は別物であると同時に、その日常と非日常は接しているとい
うことである[3]。日常がなければ非日常もないのだ。その相互関係を忘
れてはならない。劇場に求めるべきものは日常に接した非日常であって、
つまり日常に依存した非日常であって、日常の再現ではない。劇場に日
常の再現を求めるのが近代リアリズムの演劇観だとすれば、それはリア
リズムの意味を履き違えた誤解に基づく演劇観だ。劇場のリアリズムは、

---

[2] 演劇を祭りに喩えるのは不適切ではない、なぜなら祝祭性——神への奉納であり、国王へ
の献上もその世俗版と見なせる——は世界中のいたるところで演劇というものの根源なのだ
から。
[3] 野外劇場であれば、劇場と日常が接していることはより明瞭であろう。

本当のものではなく本当らしいものを、自然なものではなく自然らしいものを、追求すべきだからだ。このフィクション性にすべての演劇は、すべての文学は、懸かっているのだ。事実ではなく、事実を超えた真実を志向するフィクション性に。もし、もみの木が一本だけ立っている場面があるなら、その木は本物の木ではなく、作り物の木である方が好ましい。もみの木は大地には生えても、舞台には生えない。舞台というフィクションには、作り物の木というフィクションの方が相応しいのだ。舞台には舞台のリアリティがあるのだ。私たちは、リアルなものの追求という意味をよく考えてみなければならないだろう。新旧論争を蒸し返すつもりはないが、近代リアリズムの誤りは誤りとして認識しなければならないし、自然主義演劇の愚かさも自明のことだ。私たちは、古代ギリシア劇であろうと、エリザベス朝演劇であろうと、王政復古期演劇であろうと、ロマン派演劇であろうと、現代劇であろうと、すべての劇は劇場のリアリズムにおいて享受することができるのだ。

　状況がいかに錯綜していようとも、すべては一日のうちに解決しなければならないのか。ある種の劇作家たちにとっての劇場のリアリズムにおいては、そうである。アレクサンドランで語る人にお目にかかることはまずないが、崇高な運命を扱うような劇においては、ごく普通にお目にかかるし、現実にはいかに不自然であったとしても、その種の劇のリアリズムを支えるのには相応しい詩法である。つまり、劇は、鏡のように現実を忠実に映し出しているわけではないのだが、それが劇場のリアリズムなのだ。劇にとっての自然なのだ。人工的に作り出したリアリズムだ。鏡ならば選択的に映し出すことはあり得ないが、演劇は選択的だ。演劇に限らず文学は選択的作為だ。ディドロが、「必要な総てのことは説明せよ。併しそれ以上は説明するな。」[4]と言っているのは、演劇作法としては当然のことなのである。作為によって演劇のリアリズムは成り立っているのである。その作為性という事実を最も具体的に体現しているのが俳優である。他人が作り出した状況の中で、他人が作った科白（セ

4　ドニ・ディドロ『演劇論』小場瀬卓三訳（弘文堂書房、1940年）65頁。

リフ）をしゃべり、他人が指示する科（シグサ）をし、他人が作った感情を装い、他人の仮面を被って他人の人生（の断片）を演じる、それが俳優のリアリズムだ。仮構であることのリアリティを、虚偽であることを是とするリアリティを俳優が生きることによって、劇場のリアリズムが生まれるのだ。

　詩的真実を演劇というジャンルに則して言い換えたものが、劇場のリアリズムである。自然を模倣しているようでありながら、つまり、ミメーシスの原理──それは自然への盲目的崇拝に支えられている──に依拠しているようでありながら、自ら独自のリアリティを演劇は作り上げる。その独自性を虚偽としてプロテスタントは忌み嫌ったが、あるいは演劇という虚偽に偸安の不敬を見たのかもしれないが、その虚偽は現実世界の真実よりもはるかに「詩的」真実に近いことを彼らは認識しようとはしなかった。自然から見れば演劇は虚偽と映るだろうが、もし自然と演劇が見分けのつかないぐらい一致するなら、わざわざ演劇を作ったり、劇場に足を運んだりする必要があるだろうか。自然を見ていれば、それで事足りるではないか。そこには演劇の存在理由はないだろう。演劇に存在理由があるのは、その虚偽性が、実は自然よりもより自然な、自然よりもより真実な、ひとつの世界を作り出しているからである。演劇という鏡に映った世界は、非実在の世界ではあるが、自然を超えたより真実な世界でもあるのだ。アリストテレスが言うところの、歴史的事実を超えた、詩的真実を表す世界なのだ。歴史を学ぶためにわざわざ劇場に足を運ぶ者はいない。史劇でさえ、それが扱うのは創造された歴史的人物である。歴史が創造の排除を試みるのに対して、詩・演劇は自然の創造を試みるのだ。

　演劇は自然を提示するのではない。演劇は、劇作家がより自然だと思うことを、より真実だと思うことを、提示するのである。アングルの「グランド・オダリスク」を見た人なら分かるであろうが、画家が描いているのは彼が考える美の真実だ。彼は、美のためにモデルの肉体の事実を犠牲にしたのではない。あえて自然を逸脱し、事実など取るに足りないかのように、自然の美を超えた美の真実を描いているのだ。美のために、

6

超越的真実を描いているのだ。画家には「自然の状態を変更し、或る
人工的な状態にそれを変形する必要性が生じる」[5]のである。なぜなら、
事実は真実に似ていないことがままあるからである。もうひとつ絵画か
ら例を挙げるならば、フランス・ハルスの人物画は彼にとっての真実の
描写なのであり、それを眺めることは喜劇の理解に役立つかもしれない。
詰まるところ、芸術家が描くべきは、その眼に映る真実だ。芸術家であ
る劇作家もまた、善や美にもまして、その眼に映る真実を描かなければ
ならない。自らの信じる真実への忠誠心こそが劇作家を作る。

　自然を模倣してはならない。模倣はいつまでたっても本物には追いつ
けないからだ。自然を美化してはならない。化粧と同じく美化は剥がれ
落ちるからだ。そうではなくて、芸術に固有の自然を創り出すことが、
芸術に固有の美を創り出すことが、芸術家に求められることだ。それが
芸術にとってのリアリズムということだ。

　自然は技巧を持たない――これはトートロジーだ、なぜなら技巧を持
たないことを自然というのだから――が、芸術は技巧を持つ。この芸術
の宿命が、自然と芸術を対立させる。だから舞台・劇場もまた、自然そ
のままとは異なって、技巧に満ちた作為的空間なのである。そこだけで
自律している空間だ。そこだけの論理・法則が支配している空間だ。そ
こだけで完結する空間だ。俳優はそうした空間に存在するので、独白や
傍白というものが考えてみれば不自然であるとしても、舞台・劇場とい
う空間では自然なものとなる。論理的で明瞭に聞き取れる独白や傍白を
することなど実生活ではないとしても、登場人物の心理を開示するため
に、筋が要求する以上、劇作の論理においては自然なのだ。歌によって
会話をすることは通常ないが、オペラという空間ではそれは全く自然な
こととして受け入れられる。現実の出来事には効果音が伴うことはない
が、舞台上の出来事では音響が雰囲気を醸し出しても、誰も異議を申し
立てない。むしろ好ましいものに感じられる。スポットライトという効
果の場合もまたしかりだ。そこに幕間という人工的な時間を付け加えて

5　同上、129頁。

もいい。舞台・劇場は特異な空間なのである。現実の空間とは似て非なる空間なのだ。そして、空間であるのだから、そこには動きがなければならない[6]。行為がなければならない。科がなければならない。舞台・劇場が特異な空間である以上、科もまた特異なものでなければならないだろう。そして、科が特異なものである以上、科白もまた特異なものでなければならないということになる。

　特異な科白を語り、特異な科をする人物を劇作家は造形する。長編小説なら人物は造形されていくものであるが、劇においては概ねすでに造形された人物が登場する。短時間——必ずしも二十四時間以内というわけではないが——のうちに登場人物の性格が変わるのは不自然だからだ。では、そのように性格が造形された登場人物はどこに登場するのか？　劇作家が用意したシチュエーションに、だ。あるシチュエーションにある性格の人物が投入されるとどうなるか。つまり演劇は、シチュエーションと性格の化学反応に似ている。似ているが異なっている。物質の化学反応なら結果は同一であるが、劇の場合はそうではない。劇作家によって導き出される結果は異なる。レッシングは、「生起するものはすべて、このような仕方でしか生起できなかったように生起させること」[7]と言っているが、そうであるならば、同じシチュエーションと同じ性格は必ず同じ結末を持つことになる。それは正解がひとつだけということだ。しかしそれは、文学がそして演劇が、最も忌避すべきことだ。選ばれるべきは、作者にとっての真実である。優れた劇作家ならば、導き出されるのは事実を超えた真実、ということになろう。すでに造形された人物が、あるシチュエーションにおいて、自らの感情や理念に従って行動し、語ることによって、そうならざるを得ないと劇作者にとって思われる結末に至ること、それが劇なのである。素材は同じだとしても、作者の数だけドラマがありうる。化学反応の喩えを繰り返すならば、作者

6　舞台は「埋めるべき空間」とアルトーは言っている。（アントナン・アルトー『演劇とその分身』安堂信也訳（白水社、2015年）176頁。）つまり、「埋め」なければ空虚であるものを、空虚ではないように「見せかける」ことが演劇の仕事ということになる。
7　G. E. レッシング『ハンブルク演劇論』南大路振一訳（鳥影社、2003年）第30篇、146頁。

が加える微妙な触媒によって、展開や結果が作者独自のものになる、と言えるかもしれない。

　作者にとっての真実を表す場が舞台というキャンバスであり、そこに観客の視線が集まる。だから、舞台という特殊な空間を考えた場合、観客の視線の先にある俳優、そしてその科と科白、についてまず考えてみなければならない。科白は、登場人物が舞台において発する以上、登場人物と結びついている。言葉だけが単独で出現することはない。科白と登場人物およびその科は、一連のものとして観客に届けられる。登場人物が表に出ず、舞台の背景から声だけが聞こえる場合でも、その人物の不在自体が意味を持つことになる。科白と科の問題は、だから、言語と行為の問題、言語と行為の関係、ということになる。言語（＝物語への傾斜）と行為（＝物語への抵抗）のせめぎ合いでもある[8]。また、劇作家と俳優の問題、劇作家と俳優の関係、と言い換えることもできよう[9]。（19世紀末以降には劇作家と俳優の間に演出家が入ることになる。というより、演出家が演劇の主役になっていくのだが、それは本書が扱う範囲外のことである[10]。）アントナン・アルトーの『演劇とその分身』を待つまでもなく、演劇がずっと前者（言語・劇作家）に傾いてきたことは、誰の目にも明らかである。パントマイムやバレエという例外は、その偏向への贖罪であるのかもしれない。もちろん、それらが言語的意味を表そうとするのではなく、純粋な肉体の動きを目指すのであるのならばの話ではあるが。意味という呪縛からの解放を目指すのであるならば、そうであるのかもしれない。アルトーの指摘の是非はともかく——彼の象

8　科白と科の間、言語と行為の間、に位置するのが俳優の声である。間に位置するというよりも、両者を繋ぐものと言うべきかもしれない。声には、単に嘆き声であっても、言語的意味と表情としての科が伴う。舞台にとって、声は、弁論家の声と同じく、決定的に重要な要素である。

9　本書が扱うアフラ・ベーンの時代には、観客がお目当ての俳優を見るために劇場に通うこともあったという意味では、俳優は劇作家を凌ぐ存在でもあった。

10　演出家が独裁者のように臆面もなく前面に出ることに対して、批判的な立場を取る人たちがいるが、私もそうである。また、それ以前にあった俳優中心主義に対しても、私は賛成しない。演出家が演劇を支配する度合いに比例して、また俳優が演劇を支配する度合いに比例して、演劇はその自由を失うことになってしまうだろう。演劇に独裁者はいらない。

形文字という考えも、意味への志向から脱してはいないように思われるのだが——、科白偏重という事実の指摘は重要であろう。ハムレットは、「動きを科白に合わせ、科白を動きに合わせる」（第3幕第2場）、と言ったが、演劇は彼の忠告を考慮してこなかったようだ。あるいは、故意に無視してきたのであろうか。少なくとも、行為の外に演劇はない。行為はギリシア語ではドラーマなのだから。行為（"act"）を行う者が"actor"（俳優）なのであるから。そして、"theatre"の語源は、「聞く」ではなく「見る」なのだから[11]。劇は聞くものではなく、見るものなのだ。劇を見（観）に行くとは言うが、聞きに行くとは言わない。では、誰が見（観）るのか、もちろん観客だ。観客は「見物」とも言い、「観る」（＝「見る」）人のことであり、聞く人のことではない。観客は俳優（"actor"）の行為（"act"）を見（観）るために劇場に足を運ぶのだ。当然のことだが——残念ながら当然のことだと認識されていないかもしれないが——、シアターでドラマを成立させるためには観客は不可欠なのだ。観客が「見る」ことによって初めて劇が成立するのだ。

　ドラーマをいかに構成するか、それがドラマトゥルギーの本来の意味である[12]。戯曲というテクストをいかに構成し、いかに（俳優が）上演（＝再現）するか、演劇という実践行為を、劇場というひとつの特別な空間の中で、いかに生み出すか、それがドラマトゥルギーである。本書では、劇作家としてのアフラ・ベーン（Aphra Behn, 1640-89）の作品分析を通して彼女のドラマトゥルギーについて考えてみる。彼女はドラマトゥルギーというような方法論をどれほど意識していたかは分からないが[13]、だからこそ逆に、方法論を浮かび上がらせることは彼女の演劇の巧まざる本質を理解することに役立つかもしれない。

---

[11] "theatre"は"therapy"に繋がるとするフロイトの解釈は、アリストテレスのカタルシス理論を精神分析学的に言い換えたものに過ぎないかもしれない。
[12] 方法論としてのドラマトゥルギーは、"theatre"と同じ語源を持つ"theory"と同義語だと見なしていいだろう。
[13] いくつかの献呈の辞やプロローグ、エピローグで表明された演劇観から、彼女が演劇や劇作術に意識的であったということは言えるだろう。Paul D. Cannan, *The Emergence of Dramatic Criticism in England* (New York: Palgrave Macmillan, 2006), pp. 49-52参照。

　1660年の王政復古とともに禁止されていた演劇が再開された[14]。そして、国王チャールズ２世の勅許を得て、２つの劇団が設立された。すなわち、トマス・キリグルー（Thomas Killigrew, 1612-83）の国王劇団と、ウィリアム・ダヴェナント（William Davenant, 1606-68）の公爵劇団である。（両劇団は国王劇団の不振から1682年に統一され、さらに1695年には俳優たちの行動によって再び分裂することになる。）こうして、アフラ・ベーンが劇作家として立つ環境は整備された。スリナム渡航（1663-64）、国王の密使としてのアントワープ滞在（1666-67）、そしておそらく結婚——すぐに死別により寡婦となる——という経験を経た後、『強いられた結婚』（*The Forc'd Marriage*）が1670年に公爵劇場で初演された。以後、劇団統一までは彼女の作品は公爵劇場で上演されることになる。上演としては『強いられた結婚』が最初の作品であるが、執筆としては、『若き王』（*The Young King*）（1679年初演）の方が先であることは、彼女自身も献呈の辞で述べている。アフラ・ベーンの作とされている戯曲は19篇あるが、その内訳は、彼女自身の分類によれば、喜劇11篇、悲喜劇２篇、笑劇２篇、悲劇１篇、そして無分類が３篇となっている。笑劇２篇に関しては、作者はそのように分類しているけれども、内容的には喜劇と分類しても差し支えないものである。また、無分類の３篇のうち２篇、『流浪の男』（*The Rover*）（1677年初演）と『流浪の男——第２部』（*The Second Part of The Rover*）（1681年初演）は、トマス・キリグルーの喜劇『トマソ』（*Thomaso, Or The Wanderer*）に基づいており、内容的にも喜劇である。従って、アフラ・ベーンの戯曲の圧倒的多数は喜劇であり、彼女を喜劇作家と言ってもいいと思われる。では、なぜ喜

---

14 公式には1642年以降劇場は閉鎖され演劇は禁止されていたのだが、内乱期や共和国政府時代においても公然と、あるいは密かに演劇の公演が行われていたという事実は、人々にとって、そして文化にとって劇場・演劇が欠かせないものであることを証明している。あるいは演劇の継続は王党派の文化的側面からの抵抗であったかもしれない。またその事実は、もし共和国政府が演劇を禁止したことの裏には、国王が演劇を鑑賞し、演劇に関わってきたという歴史から決別して、新たな社会を築こうとする意図が隠されていたとしても、それが不可能であったことを物語っている。演劇はイギリス社会・イギリス文化に根付いていたのであり、後に「コリア論争」として知られることになるジェレミー・コリアの試みは、演劇への戦いという意味では、その矮小化された改訂版と言えるのかもしれない。

劇だったのか？

　女性は劇の世界からずっと締め出されてきたという事実がある。女優が初めて舞台に登場することができたのも、王政復古後にできた劇場からである。女性の職業的劇作家もいなかった。そのような劇世界の環境に入っていくのに、荘重な悲劇からではなく、日常の素材を扱う喜劇からというのは、もっともな戦略であるように見える。アフラ・ベーンがそうした戦略を持っていたかどうかはともかく、戦略だけで事を成すことはできない。彼女が喜劇作家として受け入れられたのは、喜劇においてこそ、その才能を発揮できる場を得られたからである。では、その才能は彼女の喜劇作品においてどのように結実したのか、本書で考えることにしたい。

　さて、ここで喜劇というジャンルについて簡単に述べておきたい。演劇は悲劇と喜劇に二分され、その中間に悲喜劇もあるが、それはほとんど無視してもいいような存在であり、また笑劇は喜劇の下位区分と見なすことができよう。（ディドロは悲喜劇を嫌悪し、悲劇と喜劇の中間に「真面目な様式」を提案したが上手くはいかなかった。ディドロでも誤る、ということでは興味深いのだが。）では、演劇における悲劇と喜劇の二分法は妥当であると言えるのだろうか？　もちろん、言える。それは文学史上の劇作家たちが証明している。一日に昼と夜があり、明と暗があるように、演劇には悲劇と喜劇があるのだ。では、どうして悲劇と喜劇なのか。平易なことだ。人は、泣きたいし、笑いたいからだ。生理的欲求だ。心を解放したいという願望、カタルシスへの渇望があるからだ。悲劇についてはアリストテレスの『詩学』以来、カタルシスをもたらす崇高なジャンルとして称揚されてきた。アリストテレスが喜劇をどう定義したかは失われてしまったが、喜劇もまた、悲劇とともに演劇を構成するジャンルとして、悲劇と同じ地位を与えられてしかるべきである、と私は考える。喜劇もまた笑いによる浄化＝カタルシスをもたらすジャンルだと見なせるのではないか。そう考えない批評家も多いだろうが、ダンテも自らの作品を『聖なる喜劇』と名付けたことを思い出してほしい。あるいは、悲劇よりもむしろ「喜劇のうちにこそ、絶対的で純

化された哲学的実体がある」というベンヤミンの言葉を思い出してもいい[15]。喜劇は決して悲劇の下位ジャンルではない。

　ハムレットは悲劇的状況に陥ったがゆえに、悲劇を生きざるを得なかった。しかし、フォルスタッフは喜劇的状況に陥ったがゆえに喜劇を生きたわけではない。そもそも、悲劇的状況はあっても、喜劇的状況などというものはないのである。人は、否応なく悲劇的状況に放り込まれることはあるが、喜劇的状況は自ら創り出したものに過ぎない。意識的であれ無意識的であれ、喜劇は選び取るものなのだ。喜劇は人物が創り出し、悲劇は状況が創り出すのである。喜劇的人物は多々いるが、悲劇的人物というものはいない。人は、実生活において、喜劇を演じることはできるが、悲劇を演じることはできない。悲劇は、ただそれを生きるだけである。それを生きざるを得ないところが悲劇なのだ。ハムレットのように。それは運命と言ってもいいかもしれない。運命とは、ベンヤミンが言うように「根元的な自然の暴力」であるとするなら、彼はそれを耐え忍ぶしかない。父の亡霊が彼に話しかけるという運命を彼は生きなければならなかったのだ。運命を神の筋書きとするなら、悲劇作家とはその筋書きを書く者の謂である。「作家は韻律の作り手であるよりも、むしろ物語の作り手でなければならぬ」（アリストテレス『詩学』第9章）という言葉は、悲劇作家はまず筋を作らなければならない、と翻訳することができる。

　では、喜劇は運命とは無縁かというと、そうではない。喜劇にとって重要な——最も重要な、と言ってもいい——要素である性格は、実は運命と切り離せないものだからだ。性格自体が運命であるという意味においてではなく、性格が運命を引き寄せ、運命が性格を形作る、という意味においてである。運命は、悲劇におけるような「暴力」を喜劇において振るうことはないが、喜劇では性格と相互作用するのだ。その相互作用がプロットを導き出す。だから、喜劇においては、悲劇におけるよりも、

---

[15] ヴァルター・ベンヤミン「モリエール『気で病む男』」、『ベンヤミン・コレクション4』浅井健二郎編訳（筑摩書房、2007年）39頁。

人物造形が重要となってくる。どのように語ることを選ぶか、どのように振る舞うことを選ぶか、すべては人物次第なのだ。フォルスタッフは反騎士道的であることを、自ら選んだのだ。つまり、劇作家がどのような人物を造形するかということに懸かっている。喜劇を演じるに相応しい人物を作家は創造しなければならないのだ。「喜劇を演じる」、と言おう。悲劇は生きるものだが、喜劇は演じるものだ。そして、その喜劇的行為を際立たせるために、喜劇行為と一線を画す人物も必要となってくるだろう。フォルスタッフの側にはハル王子がいなければならないように。ドン・キホーテの伴には、サンチョ・パンサが必要なように。アフラ・ベーンがその喜劇においてどのような人物造形をしているかは、本書で詳しく見ていく。

　ところで、エドマンド・バークは『崇高と美の観念の起原』で「類似」と「差異」の概念について述べているが、これは演劇の分析にも応用されうる。類似（＝似ている）ということは、一致はしないということであり、異なる面があるということである。また、差異（＝異なっている）ということは、似ている面もあるということである。似ているが異なっているということ、それは、自然と演劇の関係、実在の人物と演劇の登場人物の関係そのものである。自然や実在の人物からいかに離れるか、つまり、類似しながらいかなる差異を作り出すか、それが劇作家の仕事となる。演劇における状況設定と人物造形において、その自由をいかに行使するかが、劇作家の課題なのだ。創造の自由は、逸脱の自由ということだ。それをオリジナリティと言ってしまうと、演劇の可能性と能力を劇作家個人のそれに狭めてしまうように思われる。劇作家は、演劇というジャンルに貢献する義務があるからだ。たとえ意識的ではないにしてもである。本書は、アフラ・ベーンの作品分析を通して、劇作家としての彼女のその貢献を知ろうとするものである。そして、彼女のドラマトゥルギーから、彼女の作品を理解し、ひいては演劇というジャンルについて考えてみようとするものである。彼女の戯曲の代表作を11篇取り上げて論じながら、劇作家アフラ・ベーンの軌跡をたどってみよう。

第1章

『若き王』について──愛の神と戦いの神──

（1）

　最初に取り上げる作品は『若き王』（*The Young King: Or, The Mistake*[1]）である。この作品が初演されたのは1679年で、出版されたのは1683年であるが、献呈の辞を信じるならば、書かれたのはずっと以前で、この作品はアフラ・ベーンの処女作（"this first Essay of my Infant-Poetry"）ということになる。しかも、「3000リーグ海を隔てた」ところ、という言葉は、彼女が赴いたとされるスリナムで書かれたことを証言している[2]。スリナムという遠い異国の未開の地に、女性でありながら赴き、そこで処女作を書いた（あるいは書き始めた）ということになれば、この作品に対する作者の思い入れは想像に難くない。なぜすぐに上演・出版しなかったのかは定かではないが[3]、十数年も経ってから上演・出版したという事実は、彼女のその思い入れを物語っているだろう。作家としての彼女の原点として、われわれもまたこの作品に注目しなければならないだろう。さらに、スリナムという場所を考えれば、1688年に出版されて彼女の代表作となる小説『オルーノコ』（*Oroonoko: or, The Royal Slave. A*

---

[1] *The Young King: Or, The Mistake*, vol. 7 of *The Works of Aphra Behn* 7 vols., ed. Janet Todd (London: William Pickering, 1992). 以後、アフラ・ベーンの作品からの引用はこの版による。
[2] アフラ・ベーンのスリナム滞在は1663年から1664年である。1664年は、アフラより1年早く生まれたラシーヌが、最初の悲劇『ラ・テバイッド』を上演した年であるのは興味深い符合である。
[3] ペストの大流行による劇場閉鎖──1664年6月に布告された──という理由があったにしても、ここまで上演を延期する必要性は分からない。Derek Hughesは悲喜劇の衰退という興行上の理由を推測しているが、彼女の最初の上演劇である *The Forc'd Marriage*（1670年初演、1671年出版）が悲喜劇であることを考えれば、この理由はあまり説得的とは思われない。Derek Hughes, *The Theatre of Aphra Behn*（New York: Palgrave, 2001), pp. 17-18参照。

True History）との関連も注目されることになるだろう。

　スリナムを舞台としている『オルーノコ』とは違って、『若き王』が舞台にしているのはダキアであるが、アフラ・ベーンが様々な異国の地を演劇作品の舞台に選んでいるのは——もちろんロンドンを舞台にしている作品もたくさんあるのだが——当然意味のあることであろう。アフラ・ベーンは異国情緒のある舞台設定の流行ということに敏感であったではあろうが、異国の地という設定なればこそ描くことができることもあったのである。本国の設定ならば差し障りがあることも、異国の場面ということなら描くことが可能と成り得るだろう。スリナムからの帰国後、密偵としてアントワープに赴くことになる——スリナムにもまたその任務で赴いたのかもしれない[4]——アフラ・ベーンは、移民としてではなく本国のために本国を離れたのであり、異国の地にあっても目を向けている先は本国であり、異国の地を舞台としている作品が見据えているのも本国であろう[5]。異国の地にあればこそ、異国の地を舞台とすればこそ、見えてくる故国の姿、本国の真実の姿というものがあるだろう。本国の政治体制に関心を持ち続け、自らの政治信念を貫いたということは、彼女の多岐にわたる作品から窺える事実である。多分に政治的でもある彼女の作品群を見渡せば、そこに、国家と社会、そしてその体制下で生きる人間を観察するアフラ・ベーンの姿が浮かび上がってくるだろう[6]。この処女作においても、彼女の見る国家と人間の関係を、国家という重圧の中で生きる人間の姿を、見て取ることができるのである。

　国家が国家として遂行することの中で、最も大きな決断のひとつは、戦争であるだろう。戦争こそ政治的決断の最たるものである。国家の滅亡の可能性も孕んだ戦争に突入する意思決定は、国家の存立を賭けた決定である。戦争の前提条件は、まず国家が存立することであり、戦争と

---

[4] *The Secret Life of Aphra Behn*, Janet Todd (London: Andre Deutsch, 1996), p. 41.

[5] タイトルページの署名はA. Behnであるが、献呈の辞の署名が、他の作品における署名とは違って、密偵としての偽名AESREAになっているのも興味深い。自負なのだろうか、それとも自虐。

[6] 演劇というものが多分に政治的であることは、ジャン＝ジャック・ルソーが『ダランベールへの手紙』（1758年）で明らかにすることになる。

いう状況の中においては、自ずと国家観が育まれることになるであろう。戦争を描くことは、必然的に国家観を描くことに繋がるだろう。アフラ・ベーンの多くの演劇作品において、劇は戦争という状況の下で展開するのだが、それは、彼女が常に政治・国家に対して意識的であったことと関係しており、彼女の作品を政治的なものにしている。チャールズ2世の密偵となったり、カトリックのジェームズ2世を熱烈に支持したりと、政治的信念を持ち続けた彼女の人生を考えてみれば、それは当然のことと言えよう。しかし、彼女は戦争それ自体や国家それ自体を描こうとしたわけではない。戦争という状況を利用しているのだ。その極限の状況の中でこそ、国家とその統治者そして国民のアイデンティティは明らかにされうるだろうし、国家を背景とする人間ドラマが生まれうる[7]。自らが育まざるを得なかった国家観を背景に利用して、自らの演劇世界を創り出しているのである。故国を遠く離れたスリナムという地は、彼女の国家観を準備し、作家アフラ・ベーンを育むことに少なからず寄与したと思われる。

（2）

　後の作品群を予言しているかのように、『若き王』は戦争を舞台背景としている。ダキアとスキタイの戦争である。両国が歴史上接点を持ったことや戦争をした事実はないのだが、これら古代に実在した有名な国家・民族をフィクションとしてアフラ・ベーンは舞台背景に選んでいる。作者にとって必要であったのは、歴史的事実ではなく、設定されている時代と場所が遠く隔たったものであることであっただろう。これが、例えばイングランドとフランスの戦争という設定であったならば、人物造形は制限され、作者の想像力は抑制されることになったに違いない。スリナムの地にあって、この架空の状況設定を用いることによって、アフ

---

[7] 戦争を遂行するのは王や貴族であり、彼らを中心に劇が展開するのは、アフラ・ベーンがロマンスの延長線上にいることを物語っている。

ラ・ベーンは自在に自らの劇的世界を創り上げることができたのだ。

　『若き王』はダキアの大佐と廷臣の会話から始まる。これもまたアフラ・ベーンがたびたび使うことになる手法なのだが、重要人物を、いきなり登場させるのではなく、彼（彼女）の話題が持ち出されて、観客にその人物についてのイメージを抱かせ、その登場を期待させるのだ。劇的効果を高める会話をまず提供するのである。この劇の冒頭におけるふたりの会話は、ダキアの女王クリオミーナと謎の戦士クレマンティスを巡って交わされている。そしてその中に、王になるべき存在としてオーセイムズの名が言及される。これら3人こそ『若き王』の中心人物であり、彼らを中心に劇が展開することになるのだが、まず冒頭で3人の名前が挙げられるのだ。それだけではない。劇の展開を予想させるような科白も発せられる。ヴァレンティオ大佐は、クレマンティスについてこう述べる。

> … were his quality
> But like his Actions great, he were a man
> To merit *Cleomena*,
> Whose Worth and Beauty, as a thing Divine,
> I reverence:

（Ⅰ.ⅰ.32-36）

　突如ダキアに現れて、輝かしい武勲を立てているクレマンティスは、実は敵方スキタイの王子サーサンダーであり、捕虜となった臣下のアミンタスを救出するために偽名を騙ってダキアに潜入している。身分としては、まさに女王クリオミーナに匹敵する。もちろんこの事実を知らずにヴァレンティオ大佐は語っているのだが、そして観客はクレマンティスの素性について何も知らされないままこの科白を聞くことになるのだが、ふたりがやがて結ばれることになるであろうという結末について作者は巧みに暗示を与えているのだ。この劇がクリオミーナとクレマンティス（＝サーサンダー）の愛の物語であるという暗示である。さらに

18

続けて、作者はヴァレンティオ大佐にこう語らせる。

> But I abhor the feeble Reign of Women;
> It foretells the downfal of the noblest Trade---War:
> Give me a man to lead me on to Dangers,
> Such as *Clemanthis* is, or as *Orsames* might have been.

（Ⅰ.ⅰ.37-40）

　ダキアを導くべき人物は王妃でも女王クリオミーナでもない、と大佐は考えるのだ。王妃や女王を護るべき立場のヴァレンティオ大佐が女性の統治を嫌悪する以上、反乱の暗雲が立ち上がるのではないかと予期せざるを得ない。ダキアを治めるのは王妃でも女王でもないかもしれないということを作者は観客に巧みに仄めかしているのだ。
　大佐の不満の根源は、王となるべきオーセイムズがその地位を奪われて幽閉されていることにあるのだが、その理由は神託にあることがすぐに知らされる。彼が幽閉され、世間のことを何も知らずに無知のまま——女性という存在さえ彼は知らない、彼が知っているのは老個人教師ジェロンだけである——育てられたのは、神託の結果なのだという。「彼は残忍で血塗られた略奪者、暴君となり、その治世は短命で終わるだろう」（Ⅰ.ⅰ.46-48）という予言を王妃が信じたからである。王が死んでいるのだから——王はサーサンダーの父であるスキタイ王に殺されたという事実はやがて明らかにされる——王子であるオーセイムズが王位を継承するのが筋であろうが、神託を受けて、王妃がそれを阻止し、幽閉という手段を取り、王女クリオミーナを「女性というより大将のように育て」（Ⅰ.ⅰ.73）、王国の統治者とすることに決めたのである。ヴァレンティオ大佐はこの決定に不満を持っているのだが、その不満がこの冒頭で明らかにされるのは、それが彼だけの例外的な感情ではなく、多くの臣民が同じ思いを抱いているからである。主君への不満はやがて大きな力とならざるを得ないであろう。幕開けの場面で、ヴァレンティオ大佐によって語られるたったひとつの科白で、アフラ・ベーンはこの劇の道筋を観

客に知らせているのだ。冒頭で劇の流れを決するという彼女のドラマ
トゥルギーを、アフラはこの処女作で早くも確立しているように思われ
る。特筆すべき巧みさ、と言えよう。

　ヴァレンティオ大佐は、女性が統治者となることを嫌っているだけで、
女王クリオミーナ自身を嫌っているわけでは決してない。彼女を敬って
いる、とはっきり言っているのだ[8]。だから、オーセイムズを王位に就
けるために、彼がクリオミーナに剣を向けるという事態は想定できない。
事実、クリオミーナに悪意を抱く人物は劇中にひとりもいない。そのよ
うなヒロインを死に至らしめることは、劇作品として相応しくないだろ
う。もし、ヴァレンティオ大佐をはじめ多くの人々の民意が実現される
ことになるのであれば、平和裡のうちにオーセイムズの解放と戴冠が行
われなければならないだろう。ダキアを担うクリオミーナとオーセイム
ズの兄妹の将来についての微かな展望を示しながらこの劇は始まるので
ある。

（3）

　木立の中で弓を持ち、矢を背負って狩りをしている姿で、クリオミー
ナはまず観客の前に登場する。その姿は勇ましい戦士を想像させるもの
であるが、彼女が最初に発する言葉は、その勇ましさに反して狩りに飽
きてきている、という侍女のセミリスへの告白である。狩猟は戦争の擬
似的営為（武器を使って相手を仕留めること）であり、狩猟に飽きるこ
とは戦争に飽きること、そして国家運営に飽きることを意味する。狩り
よりも、戦いよりも、そして国家運営よりも、彼女にはもっと心を占め
ることがあるということになる。ダキアを率いる女王としては、その地
位に似つかわしくない科白をクリオミーナは最初に発するのだ。そして
牧歌的な憧憬を語る。

8　クリオミーナ自身を敬いながら、クリオミーナの統治は嫌悪するのだから、ヴァレンティ
オ大佐役の科は難しいものになるだろう。

How much more charming are the works of Nature

Than the productions of laborious art!

Securely here the wearied Shepherd sleeps,

Guiltless of any fear, but the disdain

His cruel Fair procures him;

How many Tales the Ecchoes of these Woods

Cou'd tell of Lovers if they wou'd betray,

That steal delightful hours beneath their Shades!

（Ⅰ.ⅱ.13-20）

　この科白が物語るのは、クリオミーナは戦いの物語よりも愛の物語に
相応しい人物であるということである。そしてこの科白がクリオミーナ
の空想に終わらず現実のものとなるように、作者はこの場面の背景に、
彼女の愛の対象となるサーサンダー（クレマンティス）を横たわらせて
いる。クリオミーナは彼の姿に気付かずに、自らの本質に発する心情を
吐露しているのだ。そして、ふたりの出会いの劇的効果を高めるために、
クリオミーナはクレマンティスに出会う以前に、彼を称賛するおじのオ
ノリウスからの手紙を読んで、すでに彼に恋をしていることをセミリス
に打ち明けるという設定になっている[9]。クリオミーナは横たわってい
るサーサンダーを見つけてその美しさに感嘆し、そしてまさにその人物
が恋い焦がれていたクレマンティス（サーサンダー）だと知った時、彼
女の喜びは頂点に達することになる。ダキアとスキタイの戦いの物語に
おいて、作者は用意周到に、牧歌的情景の中で「不倶戴天の敵」[10]同士
を恋に陥らせるのである。クリオミーナがクレマンティスの正体を知る
のはずっと先であるが、サーサンダー（クレマンティス）は最初から彼
女の正体を知りながら恋してしまうのだ。彼の恋は初めから苦悩ととも

---

[9]　手紙には力があるということを、言葉には力があるということを、作者は示そうとしてい
るのだろう。
[10] サーサンダーがクリオミーナからその名を初めて聞いた時、傍白で漏らす言葉である
（Ⅰ.ⅱ.145）。

にあり、その苦悩を観客は共有することになる。戦争という国家間の事情と、愛という個人間の事情とが交差するのだ。それは、いずれクリオミーナもまた実感することになるものだ。つまりこの作品は、戦いの神と愛の神とが戦う物語である、と言い換えることができるだろう。そして、予想されるように愛の神が勝利を収めることになるのだが、それはこの劇の幕切れでサーサンダーが、物語を要約するように述べる言葉で宣言されることになる。

The God of Love o'recomes the God of War.

（V.ⅱ.267）

　明快に述べられた愛の勝利宣言だが、これは同時にこれ以降書かれることになるアフラ・ベーンの劇作品・小説作品のモチーフともなるものである。すべてにおいて愛が優先されることを様々なヴァリエーションで彼女は書き継ぐことになるだろう。家父長制社会において結婚を強制される娘が父と戦う場合においても、女性が死を賭けても愛に殉じなければならない場合においても、娼婦が愛を貫こうとする場合においても、彼女は愛の側に立ち続けるのだ。そして、愛を説くことはアイデンティティの確立を説くことに繋がるであろう。自己確立がなければ愛するという主体的行為はあり得ないからだ。それは女性職業作家の先駆けとして自らだけを頼みとして生き抜いた彼女の人生自体が何よりも如実に物語っていることでもある。また、愛においては男と女が対等である以上、それはフェミニズム的主張と解釈されることに繋がるであろう。そうであれば、このサーサンダーの幕切れの科白は作家アフラ・ベーンを象徴する重要な科白として記憶されなければならない。
　最終的に勝利を収めるのは愛の神だとしても、その神は気まぐれでもある。だから愛のドラマが可能になるとも言える。紆余曲折を経て、最終的にクリオミーナとサーサンダーが結ばれるという結末に至るのだが、その大団円を予兆する言葉を、すでに早い段階でサーサンダーは跪いてクリオミーナに述べている。

But here I vow---I never demand
The Divine *Cleomena* till I have crown'd her---
Yes, Madam, till I have crown'd her Queen of *Scythia* . . .

（Ⅱ.ⅲ. 168-170）

　ふたりが結ばれるだけではない。ダキアとスキタイという国家同士も
また結ばれることになるであろうという予感を観客は抱くことになる。
個人もさることながら、国家もまたこの作品のテーマであることを作者
は匂わせているのだ。

　クリオミーナは国家を担う人物であるが、愛を解する人物でもある。
ダキアの捕虜となった恋人のアミンタスを救おうと、女の身で無謀にも
単身ダキアに乗り込んだユーレイニアの必死の愛の訴えに、クリオミー
ナは心を動かされ、アミンタスの解放を許す。愛を解さない人間に国家
を統治する資格などない、と作者は言いたいのかもしれない。サーサン
ダーも臣下のアミンタスを救うために偽名を使ってダキアに潜入してい
るのだが、結果的にアミンタスの縛めを解くことができたのは、サーサ
ンダーの力ではなくユーレイニアの愛なのである[11]。愛は剣よりも強い
ということだ。戦士よりも恋人の方が力を発揮する場合があるというこ
とだ。ユーレイニアは恋する者として勇敢に力を発揮するが、同時に女
性として弱い立場にあり、守られなければならない存在でもある。彼女が
迷い込んだ城でオーセイムズに襲われそうになって進退窮まった時──
幽閉されているオーセイムズはこの時初めて女性を見た[12]──、彼女を
救い出すのは偶然通りかかったアミンタスなのだ。この場面は作為的に
過ぎるかもしれないが、偶然を導くのも愛の力なのかもしれない。

　アミンタスとユーレイニアの愛の物語はこの作品のサブプロットを構

---

[11] ユーレイニアはその代わりに、アミンタスに「愛の縛め」（Ⅱ.ⅱ. 48）を付ける。すぐにサー
サンダーもまた、クリオミーナから枷せられる「愛の縛め」（Ⅱ.ⅲ. 110）について語ることになる。
[12] オーセイムズは初めて見た女性の美しさに打たれて、彼女を神と崇めるのだが、それは美
の認識が本能的なものであることを示している。またこの時、彼は彼女を愛すると言うの
だが、それは愛もまた本能的なものであるということであろう。

成していて、この作品が愛の物語であることを裏書している。綿密に計算されたメインプロットとサブプロットの並行関係もまたそうである。ユーレイニアは侍女のライシスが歌う牧歌とともに最初登場するのだが、ため息をつきながら恋人アミンタスを想う姿は、その後すぐに登場することになる、恋するクリオミーナの姿に重なるようになっている。兵士であるアミンタスはもちろん、ユーレイニアもスキタイの臣民として国家に忠誠を尽くして勇敢に振る舞うのだが[13]、牧歌的愛に浸る場面も用意されている。臣民としての義務と牧歌的愛に満ちた生活への憧憬の間で板挟みになりながら、彼らは平穏な愛について語らざるを得ない。人目を避けて、共に羊飼いの格好をしたアミンタスとユーレイニアはその外見に相応しく、語り合う。

> How loath I am to leave these pretty Shades,
> The gods and Nature have design'd for love:
> Oh, my *Amintas*, wou'd I were what I seem,
> And thou some humble Villager hard by,
> That knew no other pleasure than to love,
> To feed thy little Herd, to tune a Pipe,
> . . . .
> We'd lay us down and tell a thousand stories.

(V. ii. 16-27)

　牧歌的世界に住む恋人たちには語り合うことがたくさんあるとユーレイニアは言う。恋人たちについて木霊が語る物語がたくさんある、とクリオミーナが第1幕第2場で語っていたのと同じである。この呼応関係も作者が入念に計算したものだ。第1幕で顔を出した牧歌的印象は消え去ることなく、最終幕で再び現れ、この作品の背景を彩ることになるのである[14]。国家の背後には、個人的な愛の世界があるのだ。

---

[13] "I love glory equal to *Amintas*"（I. ii. 145）とユーレイニアはアミンタスに言っている。

　ここで、物語（stories）という言葉にも注目しよう。恋人たちには語るべき物語がたくさんあるということは、愛は物語に満ちているということである。ならば、その愛をテーマとして、アフラ・ベーンはこれから多くの作品を書き継いでいくことができることになる。自らの物語の必然性と自らが作家となることの必然性を、牧歌的詠嘆の中で、密かに述べていると言えよう。

　この作品は愛の物語を語ろうとするものだが、戦争という状況の中では、恋人たちがいつまでも牧歌的世界に浸っていることは許されない。アミンタスとユーレイニアが牧歌的夢想から現実の戦いの場に戻っていくように、クリオミーナの愛が待ち受けているのも、厳しい現実の世界だ。つまり、愛の神の気まぐれと戦いの神の無慈悲が支配する世界だ。彼女は、出会う前から恋していたクレマンティス（サーサンダー）に出会って恋に落ち、歓喜するが、その喜びは3度の試練を経ることになる。3度彼に剣を向けて、彼を殺そうとする状況に陥るのである。1度目は、自らに愛を誓ったはずのクレマンティスが、オノリウスの娘、つまり彼女の従姉妹のオリンピアに恋していると勘違いして、嫉妬心から彼に剣を向ける。クレマンティスは愛ゆえに抵抗しないのだが、彼女は上手く剣を使うことができずに失敗し、彼を追放処分にする。彼女が嫉妬するような状況を作り出し、その後で自らの誤りに気付かせて後悔させるというのは、まさに愛の神の気まぐれと言っていいだろう。誤解から生まれる嫉妬、嫉妬から生じる刃傷沙汰というのはごくありきたりの出来事と言えるだろうが、次の2回はありきたりではない。女王という身分と彼女の愛が剣を取らせることになるのである。剣を向けるのは、クレマンティスとしての彼ではなく、サーサンダーとしての彼に対してである。

　敗北を喫したダキア側はサーサンダーに対して一騎打ちを申し出ることに決め、誰が彼に立ち向かうかを籤で決めることにしたのだが、その籤を引き当ててしまったのがダキアに潜入しているクレマンティス

---

14 エピローグの言葉にも注目しておくべきだろう。そこでは、牧歌的生活の安楽を称えながら、「誰が王になどなりたいか」、「つましく無邪気であることこそ最も高貴な身分なのだ」、と語られている。

（サーサンダー）当人なのだ。籤を引く場面にたまたま戻ってきた彼が籤を引き当ててしまうのだ。彼はクレマンティスとして振る舞うか、サーサンダーとして振る舞うかを決めなければならない状況となる。ここにはこの作品の大きなテーマともなっているアイデンティティの問題が現れてくるのだが、そのことは後で述べる。彼が選んだのは後者の方で、腹心のアミンタスをクレマンティスに扮装させる。そのクレマンティス（アミンタス）が、クレマンティス（サーサンダー）に嫉妬しているアルタベイジズ（クリオミーナの要請を受けてダキアの救援に、そして彼女の愛を勝ち取るために駆けつけた隣国の王）に殺された——実際には一命を取り留めるが、クリオミーナは殺されたと思い込む、しかもサーサンダーに殺されたと思い込む——ことから復讐劇が起きることになる。クリオミーナがクレマンティスに扮し、サーサンダーに一騎打ちを挑むのだ。それはいきなり始まる。第4幕第2場は、幕が開くや否やふたりの一騎打ちの場面だ。そして両者を、ダキアとスキタイの面々が両端から見つめているという構図である。クレマンティスに扮しているのが女王クリオミーナであることを知っているのは観客だけだ。観客だけに情報を与えて優位な立場に立たせるのは、ドラマトゥルギーのひとつだ。しかしここでは、観客の優位は長くは続かない。クレマンティスに扮しているのがアミンタスではないことを見て取ったサーサンダーは相手を切りつけるが、すぐにそれがクリオミーナであることに気付くのである。クレマンティスの正体がずっと長い間クリオミーナには隠されていて、観客がクリオミーナより優位な立場にずっとあるのとは対照的だ。クリオミーナは正体を偽り続けることを潔しとはしないかのように——もしそうなら、これは正体を偽り続けるサーサンダーへの巧まざる皮肉となる——女王としてサーサンダーを面罵する。これによってダキアの王妃もクレマンティスに扮していたのが娘のクリオミーナであることに気付く。架空の存在のクレマンティスのために試みたクリオミーナの復讐は、恋人と母を大きな悲嘆に暮れさせるだけの結果となった。第4幕第2場はこれだけで閉じられることになる。この場面の短さは意図的であろうが、それはふたりの恋人たちが陥った苦境——それは同時にダキ

アとスキタイの両国が陥った苦境でもある——を簡潔さによって強調するためであろう。

　そして3度目は、羊飼いに扮したクリオミーナはサーサンダーに手紙を渡し、彼がそれを読んでいる隙に彼を刺してしまう[15]。2度の失敗の後、3度目で彼女の剣はその役目を果たすのだ。スキタイ王からの、サーサンダーとクリオミーナを結婚させたいという申し出を受けようとしていた母の王妃の説得に耳を傾けず、クレマンティスの復讐を果たすというクリオミーナの決意は揺るがなかった。ダキア王妃も、ダキアの枢密院も、軍も、その結婚を望んでいると知らされても、「公共の利益が何事よりも優先されなければならない」（Ⅳ.v. 24）という統治者たるべき者なら是認すべき考えを王妃から聞かされても、クリオミーナは復讐を選んだのだ。国家に忠誠を尽くすよりも、自らの愛に忠誠を尽くす方を選んだのだ。国家のために強制された政略結婚をするよりも、死を選んだのだ[16]。その復讐心が強ければ強いほど、逆説的に、サーサンダーは自らに対する彼女の愛の深さを感じることになる。だからサーサンダーは彼女に刺されながら、「完全な喜び」（Ⅳ.v. 207）を感じることができるのである。

　もしこれが悲劇であるならば、サーサンダーは死に、真相を知ったクリオミーナも死を選ぶことになるのかもしれない。だが、この作品は悲劇ではないのでそうはならない。クリオミーナがサーサンダーに与えた傷も致命傷とはならない。この作品では、戦争という設定にもかかわらず誰も死なないのである。殺されたと思われていたクレマンティスに扮したアミンタスでさえ、奇跡的に一命を取り留め、ユーレイニアと結ばれることができる。クリオミーナも誤解によって深い愛を証明し、その愛が報いられる形で隠されていた真相を知る。つまり、クレマンティスはすなわちサーサンダーであったという事実を最後になって知る。愛の

---

[15] オノリウスからの手紙によって彼を愛し始めたクリオミーナは、ここでは手紙を策略の道具として使うことになる。そして、手紙という小道具は、以降アフラ・ベーンの作品の中で繰り返し使われることになる。手紙は、言葉の力が備わった武器となることができるのだ。
[16] "I will die"（Ⅳ.v. 112）と、クリオミーナはセミリスに言っている。

ための復讐心は愛そのものに変わるのだ。そしてスキタイ王の計らいの
おかげで、めでたくスキタイ王子と結ばれることになる。悲劇なら復讐
を果たすことでその目的を達するが、喜劇では大団円を迎えることが必
要なのだ。

（４）

　クリオミーナは全く国家のことを考えずに愛する人の復讐に走ったわ
けではない。自分の代わりにオーセイムズをダキアの統治者にしようと
考えている。

> This is the time to let the Monarch know
> The glories he was born to;
> Nor can I die in peace till he be crown'd.
> I'll have this nation happy in a Prince;

（Ⅳ.ⅴ. 81-84）

　クリオミーナがこう語る相手はヴァレンティオ大佐である。オーセイ
ムズを王位に就けるための反乱も起こりかねないことを理解しているク
リオミーナは、その反乱の首謀者ともなりうるヴァレンティオ大佐に譲
位を語るのだ。国家が二分されることなく、平和裡のうちに新しい統治
者を戴くのがよいと考えるのは、クリオミーナがダキアを愛しているが
故であろう。そのために、オーセイムズの統治が不吉であることを予言
した神託を退け、自らが神託になるとさえ宣言するのだ。神を敵に回し
てさえ、民意は尊重されなければならないと考えているかのようだ。確
かに彼女は殊勝にもダキアのために退位を申し出ているのだろうが、そ
れだけではないのだ。この引用のうち３行目だけは、実は傍白である。
クレマンティスのために復讐を果たして死ぬことも、彼女の退位の大き
な、いや最大の目的なのだ。復讐という個人的大義は内に秘めたまま、
民意に従うという大義を語っているのだ。この３行目の傍白の声は俳優

の技量を要求することになるだろう。

　クリオミーナは女王という公人の立場と、クレマンティスを愛する個人の立場の間で揺れ動いてきた。サーサンダーに戦いを挑んだのも、ダキア王であった父の仇を討つという公的立場に立った行為にも見えるが、その無謀な行為は女王という立場にはそぐわないであろう。にもかかわらずサーサンダーに復讐しようとしたのは、クレマンティスの仇を討つという私的な立場からの行為と言えよう。クリオミーナ自身、そのことをスキタイ王に認めてもいる（V.i.30）。公人であることと私人であることの葛藤という点では、サーサンダーも同様である。スキタイの王子サーサンダーという公的な立場であろうと、身分を隠した謎の戦士クレマンティスという立場であろうと、彼は国家と愛の間で揺れ動く。

> I did conceive a thousand revolutions,
> Sometimes to serve my Princess, ----then my Father;
> Sometimes 'twas Nature got the upper hand,
> And then again 'twas Love . . .
>
> （Ⅲ.iii.83-86）

　だが、そのどちらかを選ばなければならないという状況を彼は自ら変えることになる。国家か愛か、という二者択一をやめる時が来る。サーサンダーとの一騎打ちをする戦士を選ぶ籤を彼が引き当ててしまった時だ。この一見したところ不運な出来事が結果的に彼を決断させるのだ。ここでは一人二役は不可能なので、クレマンティスとして振る舞うか、サーサンダーとして振る舞うかを決めなければならなくなる。それは、自分のアイデンティティは何であるかを自問することだ。アイデンティティの問題であるのだから、その決定は自ずと明らかであるはずだ。偽物のクレマンティスという人格を選ぶという選択肢はあり得ないだろう。本当の人格であるサーサンダーとして決着をつけなければならないのだ。架空の存在であるクレマンティスの勝利はあり得ない。だから彼はアミンタスをクレマンティスに仕立て、自らはサーサンダーであるこ

とを迷いなく選ぶのだ。あるいは、アイデンティティの確立を是とする作者が彼を迷わせない、と言った方がいいかもしれない。この躊躇ない彼の選択に、彼の強い思いを見ることができるだろう。敵であるサーサンダーに戻って、クリオミーナを愛するという決意だ。クリオミーナが愛に殉じるアイデンティティを選んだように、サーサンダーもまた本心から愛を捧げるアイデンティティを選ぶのである。スキタイという国家を背負いながら、敵であるダキアの女王を愛するという選択だ。

　アイデンティティを自問するということに関して言えば、もうひとり重要な人物がいる。オーセイムズだ。無知で無能な囚われ人なのか、それとも、ダキアを治めるべき人物なのか。愛を解さない乱暴者なのか、それとも、愛を理解できる人物なのか。象徴的なのは、彼が初めて登場する第 2 幕第 1 場のト書きである。そこには、"A Castle or Prison on the Sea" とある。オーセイムズがいるのは、お城なのか、それとも、牢獄なのか。世の中の雑事から遮断されて幸福に暮らしている場所なのか、それとも、世の中から拒絶された苦痛に満ちた場所なのか。どちらであるかを決めるのは、オーセイムズ自身だ。彼自身が自らのアイデンティティを認識しなければならないのだ。アイデンティティは与えられるものではなく、自ら掴み取るものなのだ。そもそも与えられるアイデンティティなどというものはない[17]。無垢なユートピア人としてそこに留まるのか、それとも、ダキアを治めるべくそこから出て行くのか。その選択は彼のアイデンティティの選択だ[18]。そんな選択をさせないために、神託に従って王妃は彼を幽閉したのだが、ヴァレンティオ大佐を筆頭とする民意は神託よりもオーセイムズを選び、彼自身もその声に従うことを選択する[19]。また彼は、オリンピアを妻とすることも選択する。オーセイムズは主体的に生きることを選ぶのだ。奪われていた自由を取

---

[17] アイデンティティが究極のところ幻想に過ぎないとしても、幻想を見る自己は存在しなければならない。

[18] 作者自身は、お城と牢獄は同義であると考えているのかもしれない。つまり、王とは国家の囚人に過ぎないという考えを密かに込めているのかもしれない。もしそうなら、この表現は政治に対するアイロニカルなメッセージとなる。

り戻す時、彼はアイデンティティを確立するのである。そして、王として最初に為すことが、ヴァレンティオ大佐の労に報いるために、論功行賞のように、彼にクリオミーナの侍女であるセミリスを与えることである。こうして、クリオミーナとサーサンダー、ユーレイニアとアミンタス、オリンピアとオーセイムズ、そしてセミリスとヴァレンティオ、この4組の婚姻が成立して劇は幕を閉じることになるのだが、果たしてこれは本来の意味で喜劇の大団円と言えるのだろうか。

（5）

　大団円が、すべてが丸く収まって平和と幸福が約束されることを意味するとするなら、ここではそうではない。神託の問題が何も解決されていないからである。神託によって王位から遠ざけられたオーセイムズが、民意に押されて結局王位に就くことになるのであれば、何のための18年間もの長きにわたる幽閉であったのであろうか。そして、神託は無意味であったのであろうか。
　王妃は、オーセイムズの統治が暴虐で血塗られたものになり短命で終わるだろうという神託を信じたので、彼を幽閉したのであった。しかし、果たして彼女は本当に神託を信じていたのであろうか。神託が絶対的なもので人為の及ばないものだと本当に信じていたのなら、幽閉によって神託の実現を避けることができるとなぜ思うことができたのであろうか。神託が絶対的なものであるなら、人間がいかに小細工を弄しようと、神託の予言は実現せざるを得ないのではないだろうか。人間の小賢しさが神を出し抜くことなどできないのではないだろうか。オノリウス（王妃の弟）もそのことを王妃に語っていた。

---

19 幽閉から王位に就くオーセイムズは、逃亡から王位に就くチャールズ2世とパラレルになっているであろうが、強調すべきはその類比ではなく、前者において女性であるクリオミーナが大きな役割を演じたということである。

. . . if the Gods be just,

He [Orsames] must be King too, though his Reign be short:

You cannot alter those Decrees of Heaven.

(Ⅱ.iv. 27-29)

　このオノリウスの正論を王妃は聞き流したかのようである。18年間も息子を幽閉せざるを得なかった苦悩を語る王妃は、ダキアを預かる王妃としてではなく母であることを選んでいるように見える。王妃として息子を幽閉し続けるよりも、母として息子を解放することを、彼を王位に就けることを選んだ。果たしてこれは正しい選択だったのだろうか。神託に従ったことを、「迷信から生まれた過ち」（V.iv. 224）であったと王妃はオーセイムズに謝罪するのだが、神託をこのように簡単に片付けることができるのであろうか。

　そもそも神託とはいかなるものか。それを説明するために、つまりそれを観客に明らかにするために、作者は無知なままの状況に置かれているオーセイムズに、神託についての素朴な質問をさせている。「神託とは何か？」と彼はジェロンに問うのだ。ジェロンの答えはこうである。

Heavenly Voyces, Sir, that expound what's writ

In the eternal Book of Destiny.

(Ⅳ.iii. 101-02)

　神託という神の声、宿命を、人が変えることはできるのか。宿命——オーセイムズの宿命であると同時にダキアの宿命——を、王妃は幽閉という小細工によって避けようとした。避けられないものであるはずの宿命を避けようとした。また、クリオミーナは自らが神託になるという小細工を使った。

I will expound that Oracle

Which Priests unriddling make more intricate:

They said that he should reign, and so he did,

Which lasted not above a pair of hours;

But I my self will be his Oracle now,

And speak his kinder fate . . .

（Ⅳ.ⅴ. 95-100）

　「実際に彼は統治した」というのは、オーセイムズを王にするという実験を試みたことを指す。彼に王であると思い込ませたその実験の結果は、「彼は本質において暴君である」（Ⅲ.ⅰ. 157）と王妃ですら認めざるを得ないものであった。その後すぐに、それは夢だったと説得することで、彼は元の状態に戻される。オーセイムズはほんの少しの間だけ暴君になったのだから、この実験によって神託は果たされたのだ、とクリオミーナは都合よく解釈する。そして、これからはオーセイムズは愛情に満ちた王になる、と神託のように語るのだ。だが、これで神託の不吉な予言を乗り越えたことになるのであろうか。「本質において暴君である」者が、すんなりと愛情に満ちた王になることができるのであろうか。クリオミーナのサーサンダーに対する度重なる対処の誤りを目撃してきたわれわれには、神託においてもクリオミーナの対処の誤りが予想されてしまうのだ。

　王妃とクリオミーナは神託に挑もうとしているわけだが、それは神を敵に回すことに等しい。神を信仰しているなら、神託は絶対的なものとして受け入れなければならないだろう。そうせずにそれに挑むことは、神を絶対的には信じてはいないことになる。もし神を信じていなければ、最初から神託など信じるまでもないだろう。神託を信じながら、しかも神託に挑むという行為は、自己矛盾なのだ。自己矛盾を犯しながら、都合よく事態を切り抜けようとした、その結果が、最後にオーセイムズを王位に就けることであった。それが不吉であるのは、彼がヴァレンティオ大佐に褒賞としてセミリスを独断で与えるところに見ることができる。セミリスの気持ちが考慮されることは全くない。いわば、強制的な結婚だ。アフラ・ベーンが最も嫌い、最初の上演作品のタイトルにもな

33

り、たびたびテーマとして取り上げられることになる、強制結婚だ。家父長的抑圧の最たるものである強制結婚だ[20]。セミリスのヴァレンティオ大佐に対する気持ちはこれまで全く聞かされていなかったのだから、この成り行きは観客にとっても唐突なことである。オーセイムズがオリンピアを賛美して愛していることは事実だろうが、その愛が彼を矯正するとは限らない。矯正可能だとジェロンは王妃に進言しているが（Ⅲ.ⅰ. 158）、ジェロンの言葉であれば、いっそうそれは信頼できないことになる。あえてジェロンにそう発言させることで、作者はオーセイムズの矯正が困難であることを示唆しようとしているのかもしれない。オーセイムズに「法を与えて」（V.ⅳ. 259）しまった以上、彼が恣意的に独裁的に法を執行することが予想されてしまうのだ。これは喜劇の大団円からは遠い。

　この不吉で不安定な結末に至ったのは、王妃とその娘のクリオミーナが神託に適切に対処できなかったからである。そのやり方の間違いこそ、この作品 The Young King: Or, The Mistake のサブタイトルになっている "The Mistake" であろう。クレマンティス（アミンタス）がサーサンダーに殺されたとクリオミーナが誤解したことがサブタイトルの意味だと一般的に考えられているが[21]、それだとタイトルとサブタイトルが何の関係も持たない、別次元の事象になってしまう。サブタイトルは "The Young King" に対する対処の仕方の "Mistake"、つまり神託への対処の "Mistake" と解釈すべきではないだろうか。

　タイトルになっている「若き王」オーセイムズが幽閉を解かれて王になるためには、クリオミーナの間違いが必要であった。その間違いを引き起こしたのは彼女のクレマンティスへの愛である。復讐を果たして、愛を貫くために、神託を恣意的に解釈するという間違いを犯したのだ。人生に間違いは付きものだろうが、特に愛においてはそうである、と作者は言いたいのかもしれない。そして、アフラ・ベーンはその愛の間違

---

[20] スキタイ王もまた、息子のサーサンダーの意思を聞く前に、彼とクリオミーナとの結婚をダキア側に申し込んだのだから、家父長的権力を行使していると言える。
[21] Derek Hughes, p. 22参照。

いを批判しているわけではない。愛が成就するヒロインの歓喜の中に、国家よりも尊いものを、アフラ・ベーンは見ていたと考えていいだろう。究極的には、個人（の愛）は国家よりも優先されるという国家観である。それは、これ以降の彼女の作品において表れ続けるモチーフとなるだろう。彼女の作品においては愛の神こそが登場人物の人生を導くのだ。"The God of Love o' recomes the God of War."

　ところでこの作品は、作者がタイトルページでジャンルを分類しなかった3篇のうちの1篇である。登場人物の高位の身分を考えれば、悲劇として作劇するのが相応しいかもしれないが、誰も死なない悲劇はあり得ないだろう。また、ハッピー・エンディングで大団円を迎える構成にはなっているが、その大団円への疑問はいま述べた通りである。加えて、喜劇的なおかしさや笑いに欠けることも否定できない。あえて分類するなら、「1660年代に流行の様式であった」悲喜劇になるだろう[22]。それは逆に、喜劇作家として成長するアフラ・ベーンの処女作として見る時、興味深いものがあるだろう。

---

[22] Janet Todd and Derek Hughes, "Tragedy and tragicomedy" in *The Cambridge Companion to Aphra Behn* (Cambridge: Cambridge University Press, 2004), p. 83参照。

第2章

『強いられた結婚、あるいは嫉妬深い花婿』について

（1）

　『強いられた結婚、あるいは嫉妬深い花婿』（*The Forc'd Marriage, Or The Jealous Bridegroom*[1]）（1670年初演、1671年出版）は、アフラ・ベーンの最初に上演された作品である。劇作家としてのデビュー作ということになる。そこには、劇作家としてのキャリアを積んでいくことになる彼女の、大きなテーマの萌芽を見いだすことができるかもしれない。また、生涯にわたって女性であることと女性作家であることを意識し続けることになるアフラ・ベーンの、演劇に込められた思いをも見いだせるかもしれない。晩年には、劇作家から散文作家に転向することになるが、劇作家としてキャリアを始めたことには、それなりの意味があるだろう。アフラ・ベーンを知るためには、この作品の分析は避けては通れない。

　タイトル自体が非常に示唆的である。強制するということは、強制する権力を握る強者と、その強制に従わざるを得ない弱者が存在するということである。そして、それを許す状況が存在するということである。権力や権威の存在は、社会においても家庭においても、秩序を保つことに寄与するのは事実であろうが、それは強制される者や抑圧される者の自由を奪う傾向を孕んでいることも否定できない事実である。特に、愛の自由を奪うことをアフラ・ベーンは容認できなかった。愛こそ従うべき唯一の権威であると彼女は信じた。なぜなら、後年彼女は、「愛という最も気高い神意」[2]に従った者としてオルーノコを称え、別の小説の

---

[1] *The Forc'd Marriage, Or The Jealous Bridegroom*, vol. 5 of *The Works of Aphra Behn*.

[2] *Oroonoko: or, The Royal Slave*, vol. 3 of *The Works of Aphra Behn*, p. 63.

冒頭ではこう述べることになる。

> As Love is the most noble and divine Passion of the Soul, so is it that to which we must justly attribute all the real Satisfactions of Life; and without it, Man is unfinish'd, and unhappy.[3]

　このような彼女の考えは、晩年になってから生まれたわけではない。それはデビュー作であるこの作品からすでに見て取ることができる。至高のものであるはずの愛の命令、愛の自由は、家父長制という制度と父親という権威によってしばしば妨げられるのだが、それに対してアフラ・ベーンは異議を申し立て続けるのである。社会制度に立ち向かう以上、彼女の愛の物語は、政治的性格を帯びざるを得ないことになる。彼女が、国王とトーリー党を熱烈に支持し続けたことを考えると、権威への挑戦は奇異に思われるかもしれないが、こと愛と自由に関する限り、権威の干渉は許すべからざるものであった。それは、彼女の作品を貫くテーマとなっていく。政治に関して保守的発言を続けながら、ジェンダーに関する意識では革新的であった。フェミニストが極めて政治的であることからも分かるように、アフラ・ベーンの政治性も彼女のことを考える上で重要になってくる。愛は個人的な事柄ではあるが、それが結婚という社会システムに関わってくる時、個人や家庭の領域を超えて、政治と関わってくることになる。「愛の政治学」とでも呼べばいいだろうか。その自らの主張を展開することに、彼女は怯むことはなかった[4]。この作品も例外ではない。込み入った愛の事情を描きながら、階級制度・家父長制度に彼女は批判の目を向けているのである。

　この劇が王の科白から始まっていることに注目しよう。権威の象徴である王にこう語らせている。

---

[3] *The Fair Jilt: or, The History of Prince Tarquin and Miranda*, vol. 3 of *The Works of Aphra Behn*, p.7.

[4] Rachel K. Carnell, "Subverting Tragic Conventions: Aphra Behn's Turn to the Novel," *Studies in the Novel*, vol. 31, number2 (Summer 1999), p. 135参照。

How shall I now divide my Gratitude;

Between a Son, and one that has obliged me,

Beyond the common duty of a subject?

（Ⅰ.ⅰ.1-3）

　すべての不幸はこの王の言葉から始まる。輝かしい武勲を立てたことで王から褒賞を受けることになるアルシッパスは不幸を生きることにもなる。王が彼を大将に任命するのは軍事的に妥当なことであろうが、アルシッパスがエルミーニアを妻とすることを求め、王がそれを許可することは不幸を孕む。不幸を生むのは王という権力なのだ。この劇は戦争を背景としているので、最も称えられるべきは武勇であるという価値観があるのは当然ではある。そこでは、男は武勇で評価され、女はその武勇の褒賞品のように扱われてしまう。しかし、剣によって支配されるそのような社会は、女性にとっては不条理でしかない。その不条理さの意識が作者を動かしている。多くの登場人物が剣に言及し、剣に手を伸ばすのは、この劇が描く世界の特殊性を際立たせるためである。剣は悲劇を匂わせるが、タイトルページに明示されているように、この劇は悲劇ではなく、悲喜劇である。作者がこの劇を悲喜劇に仕上げたということは、剣が支配する悲劇的世界を拒否したということだ。それは悲劇を象徴する剣を、権力や権力がもたらす不条理とともに、喜劇に回収するということである。剣の力が為す武勲によってエルミーニアを要求するアルシッパスは、よって喜劇の対象になることが予想される。剣がもたらすことができるのは、事態の解決ではなく、誤解と混乱だけなのだ。剣の無力さは、男性社会の無力さを暗示することになるだろう。観客が剣に注意を向けるように仕向けるのは、作者の作劇上の戦略なのだ。

（2）

　褒賞として何が望みかと王から問われて、アルシッパスはエルミーニアを妻として求める。この要求の妥当性は別として、それに対する王の

許可の妥当性はどうなのだろうか？　もし王の言葉が神の言葉と同じように絶対的なものであるなら、そこに異議を挟むことは許されないだろう。家父長制度下における父親の言葉もまたそうであろう。しかし、そういった権威よりも、愛の神の権威に従おうとする場合はどうだろうか。作者が問うているのはそのことだ。これは、アフラ・ベーンが処女作の『若き王』でも展開したテーマである。しかも、その問いをより難しくするかのように、アフラ・ベーンはアルシッパスを優れた感じの良い人物として設定している[5]。彼は悲劇のヒーローであってもおかしくないし、夫たる資格を十分に備えている。そのような人物であるからこそ、ガラティア王女は彼を密かに、そして熱烈に恋している。エルミーニアは、アフラ・ベーンの後の作品ではよくあるように、醜い老人を夫として押し付けられているわけではない。エルミーニアがアルシッパスを愛し、その妻となっても何ら不思議はない。しかし作者は、そのようなアルシッパスを、この劇のヒロインであるエルミーニアの敵役にしているのである。愛の世界は不可思議で気まぐれなのだ。なぜなら、「至高の愛は理性を認めることなどない」[6]（Ⅱ.ⅰ.1-3）からである。そうであれば、エルミーニアが父のオーグリウスの忠告に耳を傾けないのも道理であろう。彼女は愛に従っているのであるから、父にもアルシッパスにも屈しない。彼女は新婚の床を拒否し、堂々とアルシッパスと渡り合う。

> ERMINIA. . . .
>> The Prince his word methinks should credit get,
>> Which I'le confirm whene're you call for it:
>> My heart before you ask't it, was his prize,
>> And cannot twice become a sacrifice.
> ALCIPPUS. *Erminia*, is this brave or just in you,

---

[5] 感じが良い（agreeable）という形容は、アフラ・ベーンの作品の中で、人物の判断基準としてしばしば言及されることになるものである。この形容が付けられるだけで、その人物が称賛に値することが分かる。
[6] ガラティア王女が兄のフィランダーに言う言葉。

To pay his score of love with what's my due:

What's your design to treat me in this sort,

Are sacred Vows of Marriage made your sport?

Regard me well, *Erminia*, what am I?

ERMINIA.　One Sir, with whom I am bound to live and die,

And one to whom by rigorous command,

I gave (without my heart) my unwilling hand.

(Ⅱ.ⅲ. 42-54)

　王と父の命を受けて、エルミーニアはアルシッパスと形式的には結婚するのだが、実質的には拒否している。表面上は王や父という絶対者の権威に従いながら、夫という家庭内の権威には従わないのだ。夫たるアルシッパスに決然と主張するこの言葉に、新しい女性像を見ることもできるだろう。彼女をそのように突き動かしているのは、もちろんフィランダー王子に対する愛である。フィランダー王子に捧げた心は、アルシッパスには向かないのだ。結果、大将にも任命された誉れ高いアルシッパスは怒りに駆られ、短剣を取り出す。女を殺すのに剣など必要なく、短剣で十分であるかのように、妻たるエルミーニアを殺そうとする。「お前の血の中で騒ぎ回る魂を解放してやろう」（Ⅱ.ⅲ. 69）と、短剣を向けるのだ。勇敢な戦士であるアルシッパスは武器の力の報いとしてエルミーニアを妻として手に入れることができたのだから、夫たる地位と名誉を守るために武器に頼るのは自然であるかもしれない。しかし当然のことながら、短剣であろうと剣であろうと、愛を打ち砕くことはできない。短剣を前にしてもエルミーニアはたじろぐことはないし、それどころか、「その切っ先をここにどうぞ」（Ⅱ.ⅲ. 79）と、進み出るのだ。短剣はエルミーニアのフィランダー王子への愛を断ち切れないどころか、勇敢な剣の名手であるアルシッパスをも裏切るのだ。彼女の愛の強さの前に、武勇を誇るアルシッパスが短剣さえも操れないのだ。唯一の頼みである武器を操れない戦士は無力である他ないだろう。そしてまた、アルシッパスを無力に陥れたのも、彼のエルミーニアに対する愛である。

短剣が断ち切れなかったのは、エルミーニアが抱く愛情だけではなく、アルシッパス自身が抱く愛情でもあるのだ。愛がこの作品を、剣が象徴する悲劇から後退させているのである。愛が剣に勝利するということ、それは女の論理が男の論理に勝利するということにも繋がるのだが、このモチーフはアフラ・ベーンの作品に繰り返し現れることになる。

　アルシッパスはエルミーニアに対しては武器を振うことはできなかったが、フィランダー王子とその友アルカンダーに対しては、実際に武器を使う。エルミーニアが王子といっしょにいるのを見た時、嫉妬に駆られたアルシッパスは王子に戦いを挑むが、結果は彼自身が傷を負うだけである。後に、彼はアルカンダーに対しても戦いを挑むが、その時も、彼が負傷して終わる。アルシッパスの剣は無力なのだ。比類なき武勇を誇った彼の剣は無力となってしまった。それは、彼が立ち向かうのは愛だからである。彼が王子に剣を向けた時、王の臣下であることから逸脱することを、戦いの場を戦場から愛の世界に移すことを彼は自覚していた。愛の戦場では、剣など何の役にも立たない。しかし、それでも彼が頼ることができるのは剣だけなのだ。だから、こう言わざるを得ない。

> That y' are my Prince shall not defend you here,
> Draw Sir, for I have laid respect aside.

(II.vii. 61-62)

　エルミーニアが結婚しながらも夫への愛を拒絶することによって、家庭の秩序に逆らったように、アルシッパスは王子への敬意を捨てることによって、王国の秩序に逆らうのだ。アルシッパスと同じ大将の地位にあったエルミーニアの父オーグリウスも、かつて王国の秩序に背いたことがあった。それは、戦功に対する褒賞に満足できなかったからだが、アルシッパスは違う。彼はエルミーニアの夫になるという自ら望んだ褒賞を与えられながらも、実質的には夫たり得なかったからである。その屈辱の源たる王子への反逆は、彼が国家よりも愛を選んだことを意味する。エルミーニアは愛ゆえに結婚という制度を裏切ったように、アルシッ

パスも愛ゆえに国家という制度を裏切るのだ。ならば、彼はエルミーニアと同じく、愛の国の住人になった、と言えるだろう。あるいは国王ではなく愛の神の臣下になったと言うべきか。「愛は間違いなく無法の悪魔だ、理性などに答えたりはしない」（IV.ii. 39-40）と、アルシッパスは苦々しくも認めているのである。もし愛が悪魔であるのなら、人間の操る剣などでは到底太刀打ちできない。その剣が権威を保証するものであるなら、剣の無力さこそが、愛の至高性と権威の失墜を証明することになるだろう。

　確かに剣は威力を発揮するチャンスはあった。アルシッパスがエルミーニアを殺そうとした時だ。彼が剣を突き立てさえすれば、目的は達成され、悲劇は成就したであろう。だが、作者はエルミーニアが死ぬことを許さなかった。つまり、悲劇を許さなかった。剣先が指し示すのは悲劇だが、作者はその剣先を逸らせるのだ。戦争では悲劇は生まれるであろうが、また家庭内でも悲劇は生まれうるであろうが、この劇においては嫉妬が悲劇を生むことを許さなかった、ということであろう。剣の無力さを通して、作者は悲劇からの退却を意図しているのだ。そして、その退却自体が劇のひとつのテーマともなっている。

　アルシッパス以外の勇敢な戦士たちもまた、剣の無力さを示すことに貢献している。アルシッパスの友人ピサロは、エルミーニアの家の前でフィランダー王子と剣を交えようとする場面がある（第2幕第6場）。彼らは言い争いから剣を抜くことになるが、そこに王子の友人アルカンダーが割って入って、ピサロと戦う。結果、ふたりとも負傷することになるが、これはそれぞれの友人による一種の代理戦である。しかし、それが暗闇の中のことであるとはいえ、臣下が王子の声を分からないとは不思議である。特にピサロはガラティア王女を密かに愛している——上述したように、そのガラティア王女は実はアルシッパスを密かに愛している——のだから、その兄の声を認識できないのはおかしいだろう。そのありそうにない設定をしてまで、そして有能な戦士であるピサロを反逆者にしてまで、作者は代理戦の場面を設けた。そこに駆けつけたアルシッパスにピサロが言うように、剣を交えたことが「何の役にも立たな

かった」（Ⅱ.iv. 60）ことを表すためである。剣に事態の解決能力がないことを表すためである。さらに、ピサロは我知らず、恋敵のために反逆者になってしまったのだから、剣はその使い手をも裏切ったのだ。剣がもたらすドラマティック・アイロニーだ。また、暗闇の中では人は事態を的確に判断できないが、それは愛の世界においても同じだ、と作者は言っているのかもしれない。愛の世界は見通しがきかず、そこでは的確な判断はできないということをも、この場面は暗示しているのかもしれない。暗闇が反逆という秩序の崩壊をもたらしたように、愛もまた秩序を崩壊させる力を持つだろう。

　しかし、秩序の崩壊は、この悲喜劇が目指すところではない。愛による秩序の崩壊を止めるために作者が持ち出すのは友情である。ピサロは、彼が密かに愛していた王女が、実は密かにアルシッパスを愛しているという事実を知った時、嫉妬ではなく友情を選ぶのである。アルシッパスがフィランダー王子に嫉妬したのとは対照的に、ピサロはアルシッパスへの嫉妬に狂うことなく、友に理性を説く。

> ―Come clear up my Lord, and do not hang the head
> Like the flowers in storm; the Sun will shine again.
> Set *Galatea's* charms before your eyes,
> Think of the glory to divide a Kingdom.
> And do not waste your Noble youth and time,
> Upon a peevish heart you cannot gain.
>
> （Ⅲ.ⅰ. 128-33）

　ピサロは暗闇の中で友のために戦うことができるほど勇敢であるが、友のために自らの恋心を諦めることもできるほど理性的でもある。エルミーニアの "a peevish heart" を手に入れようとするよりも、ガラティア王女の愛を受け入れる方が友のためであるとピサロは考えるのだ。またそれは、ハッピー・エンディングに向かうこの劇にとっても理に適っているだろう。ピサロをこのように理性的な友人として造形することに

43

よって、作者は劇を悲劇から逸脱させようとしているのである。

（3）

　この劇では、男性の登場人物がしばしば武器に手をかける一方、女性の登場人物にとっても武器は疎遠な存在ではない。彼女たちは軍事的社会の象徴である剣を恐れることはないのだ。エルミーニアはアルシッパスが向ける剣先に怯まなかったことはすでに述べたが、アルシッパスとフィランダーが剣を交えようとした時、間に割って入るのもエルミーニアだ。剣を持たずとも、剣を手にする夫と恋人と渡り合うことができるのだ。その力に屈してしまう王子は、彼女のことを「暴君」（II.vii. 70）とさえ言わざるを得ないほどである。剣を持つ者よりも持たざる者の方が勝利を収めるということは、剣の無力さ、すなわち悲劇が生じないということを意味するであろう。

　ガラティア王女の剣との関わりはもっと積極的だ。「復讐の力は抑えられない、それが血を浴びて鎮められるまでは」（II.i. 31-32）、と兄の王子から聞かされた時、彼女は短剣を取り出し、エルミーニアに復讐するよう迫る。愛の熱情を知るガラティア王女は、愛ゆえの悲劇も辞さないかのように見える。しかし、それは本心ではない。彼女もまた結局は悲劇を避けようとする。その手段として作者が持ち出すのは、またしても友情だ。友情は友の死を望まないのだ。ピサロがアルシッパスへの友情ゆえに理性を保ち得たように、ガラティア王女のエルミーニアへの友情が、恋敵への同情が、悲劇を止めるのだ。悲劇を止めるのは剣に代わる力が必要だ。その代わりの力のひとつとして作者は友情を持ち出しているのだが、友情がそれに値するかどうかは別として、どうしても作者は悲劇から遠ざかろうとしているのである。

　また、もうひとつ代替の力として作者が提示するのは、説得の力である。オーグリウスがアルシッパスに娘を殺されたと誤解して、人民の守護者としての王にアルシッパスへの復讐を進言する時、ガラティア王女はアルシッパスの弁護に立つ。アルシッパスはつれない恋人であっても、

彼が死んだら自分も生きてはいられないと思うからである。彼女は王で
ある父の情に訴える。

> If e're my Mother, Sir, were dear to you,
> As from your tears I guest whene're you name'd her:
> If the remembrance of those charms remain,
> Whose weak resemblance you have found in me,
> For which you oft have said you lov'd me dearly;
> Dispence your mercies, and preserve this Copy,
> Which else must perish with th'Original.
>
> （Ⅳ.vii. 36-42）

　この感動的な説得を振り切ることは難しいだろう。振り切ってしまえ
ば、王は妻への愛情を断ち切ってしまうことになる。それは王を貶め
ることだ。そうならないためにも、王は娘の説得を聞き入れなければ
ならない。聞き入れなければならないように、作者はガラティア王女
に熱情的な説得をさせているのだ。それはあまりに力強いので、同時
代の著名な劇作家トマス・オトウェイは、『救われしヴェニス』（*Venice
Preserv'd*）（1682年初演）でこの説得を使っているほどである[7]。ここで
ガラティアは父王の「慈悲」に訴えるのだが、「慈悲」があるならば悲
劇は生まれないだろう。ガラティア王女もまた物語を悲劇から遠ざける
ことに貢献する人物のひとりなのである。
　エルミーニアもガラティア王女も、愛のために堂々と語ることを躊躇
することはない。彼女たちは自らの信念に忠実に生きる勇気を持ってい
る。つまり、何が大切なものであるかを分かっているということだ。エ
ルミーニアは、いやいやながら父の命に従って結婚するが、王子への愛
を断念しはしない。ならば、その行き着く先はどこか？　結婚という制

---

[7] Derek Hughes, *The Theatre of Aphra Behn*（Hampshire: Palgrave Publishers Ltd, 2001）,
p. 39参照。

度に絡め取られた彼女に残されたものは何か？　「死以外、私を解放するものはない」（I.iii.96）、ということを彼女は理解している。これは、意志の弱さではなく、決して意志がぶれることはないという強い決意表明だ。命を賭けても、王子への愛を貫くことを彼女は決めている。結婚を受け入れることの諦念と同時に、愛を諦めない決意を持っている。アルシッパスもまたエルミーニアを諦めない決意を持っている。決意と決意はぶつかり、アルシッパスはエルミーニアを絞殺してしまったと誤解する。最終幕では、エルミーニアはピサロと謀って天使の姿でアルシッパスの前に現れて彼を諭す。

> *Be still 'tis she* [Galatea] *you must possess,*
> *'Tis she must make your happiness;*
> *'Tis she must lead you on to find*
> *Those Blessings Heaven has design'd,*
> *'Tis she'le conduct you where you'll prove*
> *The perfect joys of grateful love.*
> . . .
> *For if* Erminia *still were here,*
> *Still subject to the toyles of life,*
> *She never could have been thy wife.*
> *Who by the laws of men and Heaven*
> *Was to anothers bosom given,*

（V.ii.98-113）

　アルシッパスはエルミーニアが亡霊であると信じ、これを夢の中の出来事だと考える。そして、夢の中のお告げを受け入れる。アルシッパスがいくら武勇を誇り決断していようと、相手が亡霊ならば無力だ。超自然的存在に対して立ち向かう術はない。エルミーニアはその有利な立場を利用して彼を執拗に操るのだ。エルミーニアは偽りの世界を現出させ、アルシッパスを騙しているのは確かだが、そこでの説得には偽りはない。

策を弄しながらも、説得の力は悲劇を後退させるのだ。

　ピサロの妹アミンタについても言っておかなければならない。彼女は
アルカンダーの恋人であるが、彼女もまたエルミーニアやガラティア王
女と同様、愛の神に従い、説得術に長ける女性である。彼女の最優先事
項は愛ではあるが、その情熱はエルミーニアやガラティア王女の場合と
はやや違い、一筋縄ではいかない。だからアルカンダーも、「あなたの
愛を勝ち取るには、普通のようにはいかない」（IV.i. 42-43）と、嘆く
ことになる。彼女が独白で明らかにするその恋愛観はこうだ。

> I have too much betray'd my passion for him,
> ―I must recall it, if I can I must,
> ―I will―― for should I yield, my power's overthrown,
> And what's a woman when that glory's gone [?]
>
> 　　　　　　　　　　　　　　　　　　　　　　（IV.i. 86-89）

　彼女は愛の本質を理解しており、その扱いに手管が必要なことも知っ
ている。彼女はアルカンダーへの愛を彼の妹オリンダに打ち明けるが、
そのことはアルカンダーには秘密にしてほしいと頼むのである。秘密に
しておきたいのなら打ち明けなければよいのだが、妹に打ち明けること
は策略なのだ。彼女は、アフラ・ベーンの作品にたびたび登場すること
になる愛の術に長けた女性たちの先駆けと言えよう。アミンタが愛にお
いて求めるのは、従属ではなく支配である。「私は、私の奴隷となって
死んでくれるような、跪き、誓い、従順な男を愛する」（II.ii. 41-43）、
と言うのがアミンタである。アミンタにはアフラ・ベーンのフェミニス
トとしての表れを見ることができるかもしれない。しかし、それは困難
なことであることを示すためだろうか、作者は幕切れ近くで、兄のピサ
ロにこう語らせている。「やがて、お前の方が彼の奴隷となるだろう」
（V.v. 246）、と。それともこのピサロの科白は、作者の本心ではなく、
男性の観客への単なるリップ・サーヴィスだろうか。

　アミンタもまた、剣と関わり合いを持つ。アルカンダーはピサロを殺

してしまったと誤解して、アミンタに跪いて剣を差し出す。この時、怒りに任せてアミンタは――彼女は激情的な女性だ――廷臣であるファラティウスに兄の復讐を委ねる。よりにも選ってファラティウスだ。ファラティウスは密かにアミンタを愛しているので、彼女の依頼を実行すれば、アルカンダーの代わりに彼が恋人になれる可能性があるかもしれない。しかし、臆病者の彼が復讐を引き受けることはあり得ない。復讐を引き受けないような人物として、作者は彼を造形し、そのような人物に復讐を依頼するように場面を設定しているのだ。そして、殺害してしまったというこの誤解は、アルシッパスがエルミーニアを殺してしまったと誤解する場面の前触れの役割も果たしている。また、復讐という観点で言えば、この場面は、もしフィランダーがアルシッパスを殺したなら、エルミーニアを殺すというガラティア王女のフィランダーに対する脅迫の場面とパラレルになっている。同じようなことが繰り返し起こるわけであるが、最も重要なことは、殺人は誤解であり、復讐は果たされないという繰り返しが起こることである。恋人を殺そうとすること、兄を殺そうとすること、これら不穏な出来事はすべて未然に終わるのだ。女性が殺害を口にすることだけでも不穏ではあるが、その悲劇の足音は消えるように仕組まれているのである。悲劇に向かうかに見えて、その方向は必ず逸れるのだ。悲劇は、実際のところ、生じないようになっているのだ。それこそがこの劇の戦略なのである。

（4）

　幕開けの場面では、意図的に登場人物はすべて男性だけになっているが、勇者たちが去った後、最後にファラティウスとその従僕ラ・ブリーだけが舞台に残る。そこでファラティウスは策略を思いつき、名誉の負傷を負ったかのように偽るため、顔に傷当てをつける。「偽り」（false）という語を連想させるファラティウス（Falatius）にはぴったりの行為だ。彼は戦う勇気さえ持ち合わせてはいないのだが、策略には富んでいて、アミンタに勇敢であることを見せようと企むのだ。そして、偽りの

48

情報をアミンタに伝えるため、従僕を送り出す。アルシッパスが王から戦場での功績を称えられ、その褒賞にエルミーニアを妻として与えられることが告げられたのと同じ場面で、偽物の武勇が作り出されるのだ。早くもこの最初の場面ですでに、作者は、本物の勇者の後すぐに偽物の勇者を登場させているのである。偽物が本物を侵食させるようにするためだ。つまり、悲劇の威厳を侵食させるためだ。滑稽な偽物の勇者は、悲劇よりも喜劇にこそ相応しいだろう。悲劇からの逸脱は最初から暗示されているのだ。

　偽りの傷当てはファラティウスを滑稽にするが、それだけではない。偽りの傷当てが保護していると見せかける傷は、本物の剣が作ったものではない。いわば、偽りの剣が作り出した傷を偽りの傷当てが隠しているのだ。傷当ては偽物の剣を暗示しているのである。つまり、剣もまた、滑稽の対象と成り得るのだ。ファラティウスのアミンタへの自慢はそのことを示している。

AMINTA. . . .
　　Falatius, Welcome from the Wars
　　I'me glad to see y've scap'd the dangers of them.
FALATIUS. Not so well scap'd neither, Madam, but I
　　Have left still a few testimonies of their
　　Severity to me.
OLINDA. That's not so well, beleeve me.
FALATIUS. Nor so ill, since they be such as render us no
　　Less acceptable to your fair eyes, Madam;
　　But had you seen me when I gain'd them, Ladies,
　　In that Heroick posture.
AMINTA. What posture?
FALATIUS. In that of fighting, Madam.
　　You would have call'd to mind that ancient story
　　Of the stout Giants that wag'd War with Heaven;

Just so I fought, and for as glorious prize
Your excellent Ladiship.

（Ⅱ.ⅱ.59-74）

　ファラティウスが架空の武勇談を自慢すればするほど、彼はますます滑稽になっていく。そして同時に、彼の大言壮語は、戦いや戦いで用いる剣そのものの価値を疑わせることになる。彼は戦いや武器に滑稽味を付与している、ということになる。また、ファラティウスはアミンタのために戦ったと言うが、架空の戦いでの架空の武勇の褒賞としてアミンタを求めるのなら、褒賞として女性を求めるということ自体が架空の滑稽談になってくる。嘘で固められた彼の話は、非論理で貫かれているからだ。そうなると、本当の武勇の褒賞としてアルシッパスがエルミーニアを要求したことも、非論理的であるかもしれないと思わせることになる。喜劇の滑稽さは物語を喜劇の色に染めていくのだ。

　当然ながら、ファラティウスの偽物の勇気はアミンタの心を手に入れることはできないが、アルシッパスの本物の勇気もエルミーニアの心を手に入れることはできない。アルシッパスの剣もファラティウスの剣の影も、女性に対しては無力である。ならば、本物の勇気と偽物の勇気の違いはどこにあるのだろうか。本物の剣と偽物の剣の違いはどこにあるのだろうか。そこには径庭がないように見せかけること、それが、作者がファラティウスに大言壮語させる目的であるだろう。その大言壮語には、ファラティウス自身は気付いていないであろうが、剣に対する嘲笑が含まれている。愚かで臆病者の彼が、自在に操ると称する剣に、どんな価値を認めればいいのだろう。彼が笑いの対象ならば、その剣もまたそうであってしかるべきだろう。ということは、アルシッパスの剣も、アルシッパス自身も、滑稽ということにならないだろうか。ファラティウスは我知らずアルシッパスをからかっていることになるのかもしれない。

　ファラティウスはこの劇で道化の役割を果たしているのだが、道化とは、物事の真実を笑いの中から明らかにする役割を担う者でもある。自

らは意識することなく、また意図することもないが、結果的に真実を炙り出してしまうことがある。気が付かないことを気付かせてくれるのだ。ファラティウスがこの劇で気付かせてくれるのは、それを頼りに生きている勇敢な兵士には気付かないであろう、剣の無力さである。もし剣が無力なら、武勇とは何か、と疑問を抱かせることになる。そうすると、王がアルシッパスの武勇を賛美し、その褒賞としてアルシッパスがエルミーニアを求める場面で始まったこの劇は、最初から喜劇を内包していたということである。用意周到に喜劇に向かっていたのだ。これがアフラ・ベーンの最初の上演劇であることを考え併せると、そこには喜劇作家へと向かうことになる彼女の姿を重ね合わせることもできるであろう。

　臆病者である道化は、いくら愛する人の頼みであるとはいえ、剣による復讐に加担することはできない。しかし、ハッピー・エンディングに加担することはできる。つまり、物語を悲劇にすることはできないが、喜劇にすることはできる、ということだ。しかも道化らしく、間違いによって、喜劇の大団円を導く契機となる。それは、エルミーニアは死んだ（アルシッパスに絞殺された）とファラティウスが誤解したことから始まる。その誤解のために、彼が次に彼女を見た時、エルミーニアの亡霊だと思ってしまう。エルミーニアはその誤解[8]を利用し、アルシッパスを従順にしてしまうのである。そうなれば、エルミーニアとフィランダーの結婚に障害はなくなり、ふたりはめでたく結ばれることになる。エルミーニアの「強いられた結婚」は取り消されたわけだ。それは、エルミーニアが愛を貫く強さを持ち続けたおかげであると同時に、道化が道化としての役割を果たしたおかげでもある。アフラ・ベーンは道化が意味を持つ世界を描いたのだが、それはすなわち喜劇の世界である。理性だけですべてが判断され、決定されるわけではない世界である。喜劇作家アフラ・ベーンを予想させる構造だ。

8　エルミーニアはこの誤解を "a happy mistake"（Ⅳ. ⅷ. 17）と呼び、フィランダーは "[a] blest error"（Ⅳ. ⅸ. 119）と呼んでいる。

（5）

　喜劇の大団円がもたらすものは和解である。縺れた糸を、一刀両断に
断ち切るのが悲劇だとすれば、解いてみせるのが喜劇だと言えるかもし
れない。この劇では、誰も一刀両断に断ち切る強い剣を持ち合わせては
いない。アルシッパスしかり、フィランダーしかりだ。エルミーニアを
巡って恋敵の関係にあるこのふたりは、実際に剣を交えることがあるの
だが、それはエルミーニアによってすぐに中断されてしまう。エルミー
ニアは悲劇を回避する力を持っているのだ。ならばこそ彼女は、悲劇を
引き起こすような人物ではないフィランダーを愛するようになったのか
もしれない。

　作者は、悲劇的英雄に相応しい決断力が欠如していることでフィラン
ダーを責めてはいない。また、ファラティウスやアルカンダーの臆病さ
を責めてはいない。むしろ、剣による争いを放棄する方向に動くことに
積極的価値を与えている。剣が象徴する軍事的社会への抵抗をその内部
からもたらすことは、作者がエルミーニアに託した愛の理念に合致する
からである。そして結果的に、「アルシッパスよ、エルミーニアはその
父の同意があれば、汝のものだ」（Ⅰ.ⅰ.118）という王の宣言は取り消
されることになった。それは、王の権威と父親の権威が、愛の力に屈し
たことを意味する。アフラ・ベーンの権威への戦いは始まった。ヒエラ
ルキーに対する戦いが。喜劇における、戦いが。

　エピローグの最後で、ある女性がこう言う。

　　But we are upon equal treatment yet,
　　For neither Conquer, since we both submit;
　　You, to our Beauty, bow; We, to your Wit.

　この結びの言葉はこの劇の主張を要約している。女性が頭を垂れるの
は、剣に対してではなく、権威に対してでもなく、"Wit" に対してである、
という主張だ。ここに、私たちは作者自身の声を聞くことができる。剣

よりも機知ということならば、悲劇よりも喜劇、ということになるだろ
う。

第3章

『流浪の男』に見る喜劇の空間について

（1）

　『流浪の男、あるいは追放された王党員たち』第1部（*The Rover. Or The Banish't Cavaliers*, Part I[1]）（1677年初演、出版）はアフラ・ベーンの最も成功した劇作品であるが、その事実は、この作品だけが彼女の戯曲の中で唯一続篇を持ち、彼女の死後も変更を加えられながらも上演され続けたということによっても窺うことができる。この作品がキングス・カンパニーを率いたトマス・キリグルー（Thomas Killigrew, 1612-83）の『トマソ』（*Thomaso, Or The Wanderer: A Comedy*）（1654年初演）を下敷きにした、というよりむしろ改作したものであることは否定できないにしても、王党員の側からではなく女性の側に立った視線がその改作に特別の意味を与え、この作品をアフラ・ベーン独自の作品にしている、ということもまた否定できない。しかし、それだけではない。それだけなら、魅力的な女性像を創造している、というところで留まってしまうであろう。だが、この作品には、登場人物の魅力もさることに、劇——喜劇、と限定した方がいいかもしれないが——のひとつの理念が具象化されて、アフラ・ベーンの一群の劇作品の中核の作品となっているのである。その文脈から見れば、この作品の「あとがき」でアフラ・ベーンが、『トマソ』の改作であるという非難に答える形で、『トマソ』が優れた戯曲であると称賛しつつも、「（自慢するわけではないが）プロットと所作は私自身のものである」と断言しているのも、単なる弁明と見なしてしまうべきではなく、自らの劇作術を遺憾なく発揮したゆえの自負の

---

[1]　*The Rover. Or The Banish't Cavaliers*, vol. 5 of *The Works of Aphra Behn*.

言葉と解することもできるだろう。「あとがき」の弁明の背後にはアフ
ラ・ベーンの矜持が透けて見えるのだ。『トマソ』ではなく『流浪の男』
が上演され続けたのも、彼女の作品に独自の魅力があり、独自の演劇空
間を形成しているからである。作家としての彼女の活動領域は多岐に及
び、劇作品だけを取ってみても、悲劇、悲喜劇から喜劇、笑劇までと幅
広いが、喜劇こそ彼女が最も得意とする分野であり、『流浪の男』には
彼女の演劇理念の表れを見て取ることができる。彼女がそれをどれほど
意識していたかはもちろん分からないが、それは重要なことではない。
重要なのは、結果として、この作品にその理念が体現しているというこ
とである。

（2）

　キリグルーが『トマソ』を書いたのは、イギリスの空位時代で、マドリッ
ドにおいてであった――そして王政復古後までは出版されることはな
かった――ということは、まず注目しなければならない事実だ。劇の中
に登場する王党員たちは、クロムウェルによる内乱のために、チャール
ズ2世と共にカトリックの国（最初はフランス、後にスペイン）に追わ
れた現実の王党員たちと同じ時代の空気を吸っているのである[2]。ダン
バーの戦いとウースターの戦いに破れて亡命を余儀なくされた彼らの影
を、『トマソ』は色濃く背負っている。政治に翻弄される現実の世界を
切り取ったような状況設定は臨場感を醸し出すことになるだろうが、そ
れは喜劇にとって必ずしも有利なことであるとは言えない。臨場感は喜
劇とは相容れない切迫感を伴うからだ。作者のキリグルーもまたチャー
ルズ2世と共に亡命していたことを考え合わせると、追放されて彷徨う

---

[2] Derek Hughesは次のように述べている。
　Killigrew's play was an idealizing reflection of the cultural milieu in which it had been
written: its honourable Cavalier exiles are bound together by common cause with their
king, and a shared – if sometimes strained or violated – set of distinctively male code and
loyalties. *The Theatre of Aphra Behn*（New York, Palgrave Publishers Ltd, 2001）, p. 82.

王党員たちという劇のモチーフから彼が距離を保つことは難しかったように思われる。主人公のThomasoからキリグルーの名Thomasを連想しないことは難しいだろう。喜劇の笑いに必要な対象との距離感を保つこととは困難であったのではないだろうか。だからキリグルーは、『トマソ』を喜劇と認識してもらうために、題名にわざわざ"A Comedy"と銘打つ必要があったのだ。しかし、アフラ・ベーンの場合は違う。空位時代はもう遠くに過ぎ去って王政復古が実現した時代から、彼女は追放された王党員たちを眺めることができたのである。しかも女性という立場から、過去の王党員たちを距離感を持って描くことができたのである。アフラ・ベーンは喜劇に必要な対象との距離を手にして、舞台の設定をマドリッドからスペインによって占領されていたナポリに変え、イギリスからさらに遠く離れながらも、抑圧というイメージ——力によって他者の自由を奪うというイメージ——を強調する舞台設定で、しかも劇の時間をカーニヴァルの期間に変え、自分独自の喜劇を創出したと言えるだろう。観客にとっても同様に、対象との距離ゆえに笑いに身を沈めることが可能となる。『トマソ』の場合のように劇が生々しい現実と重なるのではなく、遠く離れた過去の回想として、登場人物たちを喜劇の中に見ることができたであろう。職業作家として、常に観客を意識し、観客の反応を気にかけていたアフラ・ベーンであってみれば、そういう事情は十分に計算していたはずだ。だから彼女には"A Comedy"というタイトルは必要ではなかったのだ。

　キリグルーにとっては切実な現実であった亡命という時間を、アフラ・ベーンは舞台の上で思い起こさせる回想の時間に変えたのだ。『流浪の男』は『トマソ』にその内容の大部分を負っているとしても、喜劇として最も利用しているのはその時間なのである。やがて終わることになる空位時代という時間、それは歴史的に振り返ってみれば束の間とも言えるだろうが、今は過ぎ去ったその時間をアフラ・ベーンはキリグルーから持ってきたのだ。喜劇のために、時間を借りたのだ。借りた上で、自由に脚色することが可能な、自由に戯れることが許される、そして深刻さから離れられる回想の時間を提示したのだ。

　さらに、その終わりを告げる束の間の時間は、カーニヴァルというこの劇の展開する背景と共鳴関係にある。カーニヴァルとは、四旬節の直前に数日間行われる仮装行列を伴う祝祭であり、四旬節になれば終わってしまう束の間の時間である。主人公のイギリス人ウィルモアは、初めて登場した時、旧知のフレデリックからどうしてナポリに来たのかと訊ねられて、こう答える。

> 　　　　　　　　　　　　　　　　　　　　　　　　...I
> must abord again within a day or two, and my business ashore
> was only to enjoy myself a little this Carnival.
>
> 　　　　　　　　　　　　　　　　　　　　（Ⅰ.ⅱ.62-64）

　主人公は、カーニヴァルの期間の1日か2日だけナポリに上陸して楽しみ、その後はまた船に乗らなければならない、と言う。主人公がいなくなれば劇は終わってしまうのであるから、この劇が続くのはカーニヴァルの1日か2日だけであるということが暗示されているわけである。ウィルモアが楽しむその束の間、劇は続くのだ。「愛と浮かれ騒ぎ（愛という浮かれ騒ぎ）がナポリでの仕事だ」（Ⅰ.ⅱ.71）とウィルモアは言うが、それはまたこの劇が扱う仕事でもある。
　その束の間の楽しみに耽ることをウィルモアの恋人となるスペイン人貴族ヘレナもまた願っている。カーニヴァルが終わったら永遠に修道院に入れられることになっているヘレナは、この世の名残として、仮装して陽気にカーニヴァルを楽しもうという計画を立てていることをまず冒頭で私たちは知らされる。四旬節の前の束の間の楽しみ、それがこの喜劇なのである。
　四旬節（Lent）という語はこの劇で2度使われている。最初は、ヘレナの兄ペドロがガヴァネスのカリスに「カーニヴァルの間ヘレナを閉じ込めておけ、四旬節になったら修道院で永遠の苦行を始めることになる」（第1幕第1場）と命じる場面であり、2度目は、フレデリックがフロリンダ（ヘレナの姉）の恋人であるベルヴィルに「世間がみんな陽

気であるこんな時に、全く四句節そのもののような顔をしているのはどういうわけか」(第1幕第2場)と訊ねる場面である。四句節はやがて終わるだろうが、ヘレナにとっては決して終わることのない苦行が始まるのだ。だから、その前の束の間のカーニヴァルは陽気に楽しまなければならない期間なのだ。この劇の前提となっているその事実が、四句節という言葉によって強く印象づけられている。その短いカーニヴァルの時間が、この喜劇の時間として設定されているのであり、その時間の中では観客も、陽気に楽しむことが当然期待されているわけだ。四句節とカーニヴァルの対比は、現実の時間と喜劇の時間の対比に敷衍することができるだろう。カーニヴァルでは陽気に羽目を外すことが許されるように、喜劇が演じられる時間もまた現実に戻る前の束の間の陽気さが許されるのである。また歴史的に俯瞰すれば、それは空位時代と王政復古後の時代との対比と見ることもできるだろう。正統な伝統から外れた空位時代はまさにカーニヴァルのような喧噪であり、そこで演じられるものは喜劇以外の何ものでもない、と王党派には映るだろう。だからそこで展開される出来事は笑いの対象となるのであり、作者はそこを喜劇の時間として選んだ。カーニヴァルという舞台、つまり喜劇という舞台は、現実から離れた特殊な時空間であるのだが、そしてそれゆえに笑いに身を浸すことができるのだが、アフラ・ベーンは巧みにそこに私たちを誘い込むのだ。同時に、カーニヴァルはすぐに終わること、終わらなければならないものであること、が暗示されてもいる。

(3)

　カーニヴァルの時空間に観客を誘うかのように、この劇はヘレナが姉のフロリンダをカーニヴァルに誘い込む会話から始まる。ふたりは身分ある姉妹なのだが、その高貴な家柄ゆえにふたりは自由を奪われている。フロリンダにはベルヴィルという恋人がいるが、父からは金持ちのドン・ヴィンセンティオとの結婚を強いられ、また兄のペドロからはその友人で総督の息子であるアントーニオと結婚するように言われている。一方

58

妹のヘレナはカーニヴァルが終わったら修道院に送られて尼僧にされることになっている。家父長制の抑圧の中で虐げられる女性たちというアフラ・ベーンの作品で繰り返し現れるモチーフが、この作品の冒頭から示される。しかし彼女たち、特にヘレナはおとなしく父親の言いなりになるような従順さは持ち合わせていない。『強いられた結婚』のヒロインであるエルミーニアと同じだ。ヘレナが望むのは、カーニヴァルに出かけること、そしてそこで男をつかまえることなのだ。彼女はそうはっきりと姉に言っている。

> . . . and that which makes
> me long to know whether you love *Belvile*, is because I hope he
> has some mad Companion or other, that will spoil my devotion,
> nay I'm resolv'd to provide my self this Carnival, if there be ere
> a handsome proper fellow of my humour above ground, tho I ask
> first.

（Ⅰ.ⅰ.31-35）

　ヘレナが求めているのは"mad"（とても陽気な）な男なのであり、そのような男を求める彼女はおとなしく尼僧になるような女ではない、と私たちは劇が始まってすぐに知らされる。そして、その陽気な男とはウィルモアなのであるが、それは少し後でフレデリックが彼のことを"my dear mad *Willmore*"（Ⅱ.ⅰ.60）と呼ぶことで暗示されることになる。このことは、ヘレナとウィルモアが日常から逸脱した"mad"な空間、つまりカーニヴァルの空間に相応しいということをも示している。劇を通して"mad"という言葉が繰り返し発せられるのであるが、それによってカーニヴァルという逸脱した空間が浮かび上がってくることになる。
　姉をその計画に引き込み、またペドロから彼女たちをカーニヴァルの期間家に閉じ込めて監視しておくように命じられたカリスをも引き込み、娘たちはカーニヴァルの空間へと出て行く。ここで主導権を握っているのはヘレナだが、フロリンダもカリスもいやいや引き込まれるわけ

ではない。特に、「おふたりだけで行かすわけにはまいりません」（Ⅰ.ⅰ.172）と言うカリスには、「私だって若いんだから、カーニヴァルに行きたいわ」（Ⅰ.ⅰ.170）、と傍白させることによって、アフラ・ベーンは、女性の心に潜む反抗心を伝えようとしている。傍白は取り繕った言葉ではなく、観客に向けられた本心の提示なのだから、傍白にこそ登場人物の本当の姿が見て取れるだろう。ここに見て取れるのは、女性は従順とは限らないということであり、その非従順は家父長制や現実社会への抵抗であり、そのエネルギーにおいて成り立つのがカーニヴァルであり、また同時にこの喜劇であるということだ。

　カーニヴァルは現実とは違った次元に存在する空間であるが、その次元の違いをもたらす手段が仮装である。仮装することによって現実のアイデンティティは隠され、別のアイデンティティを文字通り身に纏うことになる。ここで注意しておきたいが、アイデンティティは隠されるのであって、変化してしまうのではない。むしろ、社会の制約や抑圧から仮装によって守られ、アイデンティティは本来のアイデンティティに戻る、と言った方がいいだろう。（アイデンティティの実在に対するポストモダン的疑問はここでは括弧に入れておく。目に見える人物を成り立たせているものをアイデンティティと一応呼んでおく。）ヘレナはジプシーの仮装をしたから大胆にウィルモアに言い寄ったのではない。仮装する前から、仮装していい男をつかまえてやろうと企んでいたのである。仮面を被る前から従順という仮面を被っていたと言える。その上に仮装の仮面を被るのだ。二重の仮面は二重否定のように本来の姿を明らかにする。要するに、押し付けられていた抑圧を脱して、自由になるのだ。ヘレナは社会が許容する祝祭であるカーニヴァルを利用して、自由になるのだ。そして、カーニヴァルが宗教的色彩を帯びるものであるとすると、修道院行きを命じられていたヘレナにとっては、その反抗方法は、結果的に極めて的を射たものとなる。それは、ヘレナの、つまりアフラ・ベーンの、社会に対する反抗の至極洗練された形態であると言っていいだろう。

　仮面はアイデンティティを変えはしないが、人間関係は変えてしまう。

　むしろ見知らぬ者同士として新たに人間関係が作られる、と言った方がいいだろうか。ペドロはアントーニオの友人であり、父の意向に逆らって彼に妹のフロリンダを与えようと思っているのであるが、仮面を被ることでこのふたりは敵対関係となる。「誰もが夢中になっている美人の娼婦アンジェリカ・ビアンカ」を巡る争いの中で、仮面を被った相手がアントーニオであることをペドロは知る。それはアントーニオが従者のディエゴにフロリンダのことを言われて、「フロリンダ！　そんな遠い喜びのことは言わないでくれ。彼女のことを思ったとしても、アンジェリカに対する情熱は抑えられない」（Ⅱ.i.152-53）と、目の前にいる人物がペドロであるとは夢にも思わずに、言ってしまうからである。フロリンダに対する侮辱と、アンジェリカを巡るライヴァル意識は、ふたりの関係を変えてしまう。もっとも、アントーニオはその変化に気付いていないわけだから、ふたりの関係というよりペドロの認識が変わった、と言うべきだろう。そして、彼の認識の変化を観客は共有し、アントーニオだけが知らない――彼はペドロを恋敵のベルヴィルだと誤解している――という状況になるわけだから、アントーニオは道化の立場に置かれることになる。状況を理解せずに振る舞う者は道化たらざるを得ないからだ。この劇に登場する男たちは皆、多かれ少なかれ道化的な振る舞いをすることになるのだが、その先陣を切って道化にされるのが、総督の息子アントーニオなのだ。劇の中で最も身分が高く支配する側にあるアントーニオを笑いの対象にすることによって、この劇の喜劇的トーンは決定され、かつ明瞭に示される。

　アントーニオはペドロから申し込まれた決闘を堂々と受けて立つ言葉を発するものの、実際には総督の息子という身分をひけらかしてその役を事もあろうにベルヴィルに代わってもらう。そうすることによって恋敵を亡き者にしようと企むのだが、結果は全く逆になる。ペドロとアントーニオに扮したベルヴィルの決闘の過程において、アントーニオ（実はベルヴィル）はフロリンダへの愛を見事証明したと感じたペドロは、彼に妹を与えることを約束してしまうのである。つまり、アントーニオは恋敵を殺させることを企みながら、結果的には恋敵に恋人を奪われる

機会を愚かにも自ら作ってしまうのである。

（4）

　その身分が意味するところとは違って、総督の息子が状況を全く支配
できないのは、カーニヴァルという現実とは違った法の下でこの劇が展
開するからだが、その法の下では支配者の側であるスペイン貴族のペド
ロもアントーニオと同様に無力である。最初ペドロは状況認識において
アントーニオよりは優位な立場にあったが、それでも状況を支配する立
場にはない。優位な立場にあるように見せかけているのは、実際はそう
ではないことを強調するためである。ペドロは、アンジェリカをものに
することはできず、妹たちを支配することもできず、ガヴァネスのカリ
スにさえ背かれるのである。そして滑稽なことに、彼は妹のフロリンダ
を娼婦と間違えて追いかけ回しさえする。作者は彼らから徹底的に威厳
を奪い去っているのだ。つまり、ヒエラルキーの転覆をアフラ・ベーン
は図っているのである。ヒエラルキーの転覆とは、カーニヴァルの論理
であると同時に喜劇の論理でもある。アントーニオもペドロもその論理
の中に絡め取られるのだ。まるで、歴史が積み重なったナポリの地下世
界の迷路に迷い込んだかのように。
　しかし、絡め取られるのは、彼らが支配者であるからというよりも、
彼らが男であるからだ。アントーニオがウィルモアを撃とうとした時、
アンジェリカに制止され、その命令に従順に従うのはその象徴だ。男で
あるがゆえに、追放されたイギリス人の王党員たちも同様に、喜劇の論
理の中で道化となる。王政を復活させるという立派な大義を担った者で
ありながら、しかも作者はその大義を是認しているのだが、彼らは道化
でもあるのだ。すなわち、この劇において転覆させられているヒエラル
キーは、男女のヒエラルキーということになる。
　イギリス人の王党員たちの中で最も明らかな道化は、疑いなくブラン
トである。娼婦に対する毒舌をさんざん吐きながら、彼が引っかかるの
は結局娼婦のルセッタである。自分には女性を惹きつける魅力があると

勘違いして、またルセッタを身分の高い女性と誤解して、まんまと彼は
騙される。騙されるだけでなく、身ぐるみ剥がされ、滑稽な格好のまま
下水道に突き落とされるのだ。自分自身に対する認識が欠如し、周囲の
状況を理解できないブラントの姿に、道化以外のものを見ることはでき
ないだろう。彼がまだ名前さえ知らぬルセッタへの愛を語るのは娼家の
前であり、そののぼせ上がった言葉を聞かされるベルヴィルやウィルモ
アはブラントが騙されているのだろうとうすうす感じている。だから、
ブラントが騙されて恥をかく結果になることは初めから予想されること
ではある。ただ、作者は徹底的な形でその予想を実現させているのだ。
そして、ブラントが道化の役回りを演じること自体よりも重要なのは、
そうなることを予想していたイギリス人たちもまた状況を冷静に認識し
ているのではなく、実は状況に振り回される道化である、ということ
だ。アントーニオの愚かさを先に認識したペドロもまた道化であったよ
うに、ブラントの愚かさを感じとったベルヴィルやウィルモアもまた道
化なのだ。現実を正しく認識できないブラントが、「幸運は男のわたし
たちに微笑みかけてくれている」（Ⅲ.ⅰ. 118）と言う時、そこに表され
ているのは作者の皮肉であろう。

　男たちは状況を把握できていないのだ。男たちは幸運ではないのだ。
フロリンダとの駆け落ち計画が様々な事情によって邪魔されるベルヴィ
ルの場合もそうだ。彼は、アントーニオを負傷させた犯人——本当の犯
人はウィルモアである——と間違われて逮捕されるという道化役を演じ
させられることにもなる。それに、ペドロがフロリンダを娼婦と思って
追いかける場面では、ベルヴィルは彼女がフロリンダであることに気付
きながら、彼女との駆け落ちの計画が露見することを恐れて、恋人を助
けることができない。恋人を助けられないベルヴィルは恋人としての名
誉を剥奪されていると言っていいだろう。かつて彼はパンプローナでフ
ロリンダを助けたことがあると冒頭のシーンでフロリンダ自身によって
語られていたが、その名誉はこの劇が始まる前のことで、ベルヴィル
はもうその名誉からは遠い。結局フロリンダをその苦境から救い出す
のは従妹のヴァレリアであり、ヴァレリアはフロリンダから"My dear

Preserver"（V.i.133）と感謝されるのである。男が受けるべき名誉
は女性に移行されているのだ。栄誉を担うべき男が道化となり、従属さ
せられていた女性が栄誉を担うのだ。

　このように男たちが、スペイン人の支配者たちも、追放されたイギリ
ス人の王党員たちも、共に道化の役回りを演じさせられているのは、す
なわち現実の秩序が逆転したカーニヴァルの法を背景として劇の状況が
設定されているのは、この劇の主題のための戦略である。すなわち、メ
インプロットであるヘレナとウィルモアそしてアンジェリカの三角関係
をその中で展開させるためである。そして、その中心にいるウィルモア
——彼は "The Rover" としてタイトルになっている——を道化的存在
として提示する素地を作り出しているのである。ウィルモアは酔っぱ
らってフロリンダを娼婦と間違えて言い寄るという滑稽な振る舞いをす
るのだが、その行為も道化的主人公という範疇においては許されよう。
道化はこの作品におけるヒエラルキーの転覆という状況と密接に結びつ
いている。

　その状況設定のおかげで、まずヘレナの大胆な計画が許容されるもの
となる。彼女はまずジプシーに仮装してその計画を実行に移す。ジプシー
とは流浪する民であり、流浪の男ウィルモアを相手にするのにまさに
うってつけの仮装だ。ジプシーはまた未来を予言する者であるが、ヘレ
ナは自ら未来を切り開いていく。彼女は行動する者なのであり、優柔不
断なところのある姉のフロリンダとは対照的にその行動は実に素早い。
姉の恋人の友人をつかまえようという言葉通り、ベルヴィルといっしょ
にいるウィルモアを見たとたん、「彼に決めた、彼に運命を語ってやる
のじゃなくて、私自身の運命を試してみよう」（I.ii.124-22）と決め
てしまうのである。そして、機知に富んだ会話でウィルモアの心を捉え
るが、浮気者のウィルモアは完全に彼女の虜になってしまうわけではな
い。ベルヴィルからアンジェリカの美しさを聞かされるや、「アンジェ
リカのことが頭から離れなく」（II.i.7）なり、娼家に掛けられた彼女
の肖像画に魅せられ、彼女を買うお金がないウィルモアは、その絵を盗
もうとしてアントーニオと争いになってしまう。

64

　注目しておかなければならないことは、ウィルモアはヘレナとアンジェリカのふたりをほぼ同時に好きになるのだが、仮面を被ったヘレナと肖像画に描かれたアンジェリカを彼はまず好きになる、ということである。ウィルモアの側から見れば、生身の人間との接触によって恋愛が始まるわけではないのだ。実体が欠如したところから恋愛が始まるのだ。ウィルモアだけはこの劇で仮面を被らないので、ヘレナやアンジェリカは生身の彼にまず接するのだが、ウィルモアの側からはそうではないのだ。すぐに、実物のアンジェリカや仮面を取ったヘレナにウィルモアは賛嘆の声をあげることになるのだが、最初好きになったのは実物から隔たったところにある仮面を被った人物や肖像画に対してなのである[3]。現実から隔たったところにあるカーニヴァルという仮想空間にこの劇があるのとパラレルに、ウィルモアは実在から隔たったところにある仮想空間で恋に落ちるのである。それは、カーニヴァルが一種のゲームであるように、ウィルモアの恋愛も一種のゲームであることを示唆する。ふたりの女をほぼ同時に好きになるということも、それが純粋な意味での愛ではなく、ゲームとしての愛（戯れとしての愛）であることを物語っている。カーニヴァルやゲームが一時の楽しみであるように、ウィルモアも一時の楽しみ――１日か２日の「愛と浮かれ騒ぎ（愛という浮かれ騒ぎ）がナポリでの仕事だ」と彼は言っていたし、娼婦との楽しみはまさに一時の疑似恋愛と見なされるのであり、また酔っぱらってフロリンダを追いかけ回すのもその一環である――を求めているのだ。

　だがこれだけなら、浮気な男を巡る三角関係の恋愛ゲームというだけで終わってしまうだろう。そうではなくこの恋愛関係が複雑なドラマになるのは、女たちの認識がウィルモアの認識とは違うからだ。女たちは本気なのだ。娼婦のアンジェリカでさえ本気になるのだ。彼にとっては恋愛ゲームであっても、彼女たちにとってはそうではない。要するに、ウィルモアがゲームとして始めたものがゲームではなくなってしまうのだ。

---

[3]　ウィルモアは初めてアンジェリカを見た時、"How heavenly fair she is!"（Ｉ．ⅱ．21）と言い、初めてヘレナが一瞬だけ仮面を取った時は、"I never saw so much beauty"（Ⅲ．ⅰ．183）、と言っている。

（5）

　１ヶ月あたり1000クラウンという法外な値段を自分につけるアンジェ
リカは、最初は娼婦らしくお金にのみ価値を置く女として登場する。ア
ンジェリカは侍女のモレッタに、「すべての男が浮気という罪を犯すわ、
だから私は決心しているの、黄金以外には何ものにも私の心を与えな
いって」（Ⅱ.ⅰ.129-30）、と断言している。モレッタの言うところの「恋
に落ちるという女性特有の病」をアンジェリカは克服しているかのよう
だ。しかし、ウィルモアがそのアンジェリカの決心を変えてしまう。ア
ンジェリカは本気でウィルモアに恋してしまうのだ。アンジェリカの思
いが本気であることは、彼女の傍白や、彼女の心の変化を冷静にそして
苦々しく観察しているモレッタの傍白によって、われわれに知らされる。
娼婦が娼婦でなくなるのだ。娼婦としてお金を受け取る側であったアン
ジェリカが、ウィルモアには500クラウン与えているという事実が、立
場の逆転を証明している。またアンジェリカは、愛の誓いを破ったウィ
ルモアに復讐しようとする。ピストルを突き付け、本気で命を狙うのだ。
ここでも作者は傍白という手を使って、ウィルモアに、「彼女は本気だ」
（Ⅴ.ⅰ.212）と言わせているが、傍白の慣例からしてこの科白はウィル
モアの状況認識を示すというより、観客にアンジェリカが本気であるこ
とを知らせるためのものである。だが、愛に本気にならず、愛の誓いな
どもともと信じないのが娼婦ではないのか。他人の命を奪って犯罪者に
なることは自らの将来を犠牲にしかねないことであるが、それをも顧み
ないアンジェリカは娼婦であることをやめただけではなく、愛と復讐に
身を捧げようとするのだ。

　打算だけで生きてきて、「愛人であったことはしばしばだけど、恋な
ど今までしたこともない」（Ⅱ.ⅰ.380）娼婦が本気の恋に落ち、そして
裏切られて復讐に身を委ねることは、果たして喜劇だろうか。本気のア
ンジェリカをわれわれは笑うべきなのだろうか。

ANGELLICA.　—Love, that has rob'd it [my heart] of its concern

　Of all that Pride that taught me how to value it.

　And in its room

　A mean submissive Passion was convey'd,

　That made me humbly bow, which I nere did

　To any thing but Heaven.

　—Thou, Perjur'd Man, didst this, and with thy Oaths,

　Which on thy Knees, thou didst devoutly make,

　Soften'd my yielding heart—And then, I was a slave—

　—Yet still had been content to've worn my Chains:

　Worn 'em with vanity and joy for ever,

　Hadst thou not broke those Vows that put them on.

　——'Twas then I was undone.

WILLMORE.　Broke my Vows! whe where hast thou liv'd?

　Amongst the Gods? for I never heard of mortal Man,

　That has not broke a thousand Vows.

ANGELLICA.　Oh Impudence!

（V. i . 229-47）

　娼婦から一途な女に変貌して、ピストルを突き付けながらこのように迫るアンジェリカは滑稽な笑うべき対象なのだろうか。ここに漂うのは悲壮感であり、滑稽さを感じることは難しいだろう。確かに、似つかわしくない振る舞いは一般的に喜劇的結果をもたらす。娼婦が純愛を語るのはナンセンスとも言えるだろう。しかし、娼婦を娼婦というステレオタイプで理解してはいけないのだ。ヘレナだってそうだ。名家の娘でありながら、大胆にも男をつかまえて尼僧にされる状況から逃げ出そうとする彼女は、従順な貴族の娘というステレオタイプの外にある。貴族の娘が欲得ずくで恋をし、娼婦が本気で恋をする、という状況をこの劇は作っているのである。本来考えられる状況とは逆の状況になっているのだけれども、それによって喜劇的結果を生み出そうと作者は目論んでい

るわけではない。むしろ逆である。その似つかわしくない振る舞いが喜劇的にならないために、というより、ありうべき自然なことであると私たちに思わせるために、カーニヴァルが規定する喜劇的状況の中に彼女たちを置いているのだ。アフラ・ベーンはヘレナやアンジェリカの行為を逸脱したものとして際立たせるのではなく、喜劇的状況の中に溶け込ませて、自然な行為として私たちに受け入れさせようとしているのだ。貴族の娘が貴族の娘らしくなく、娼婦が娼婦らしくない、つまりその身分がひとりの女性のアイデンティティを決定してしまうのではなく、女性はそれぞれ独自のアイデンティティを持った存在なのであるということを印象づけること、それが作者の目論みなのだ。言い換えれば、仮面を被ったカーニヴァルこそが本来の姿であり、現実とはステレオタイプという仮面を被った見せかけではないのかと問うことが、作者の目論みなのである。

　しかし、ヘレナとアンジェリカの行為が自然なものであるとしても、それがこの喜劇の中心として位置付けられている以上、それは喜劇的効果をもたらす必要がある。それはもうひとりの当事者であるウィルモアという人物自体の滑稽さからももたらされるが、それだけではない。それぞれの行為自体は全く滑稽なものではなくても、周囲との関係において、つまりそれが置かれる状況において滑稽さは生まれるのであり、この作品においては、女たちのウィルモアに対する認識とウィルモアの女たちに対する認識の違い、つまり本気と戯れとの相克から喜劇が生まれている。

　本気と戯れの勝負においては、どちらが勝つかは初めから決まっている。しかもこの劇においては、本気の女ふたりを相手にするのだから、ウィルモアに勝ち目はない。戯れのためにカーニヴァルが行われるナポリに上陸したウィルモアが結婚することになって幕を閉じるこの劇は、女性が望む結婚という現実に彼が引き込まれていく喜劇である。そして重要なことは、その喜劇を可能としているのは、ヘレナとアンジェリカのふたりが共に本気になるという事実だ。アンジェリカとジプシーに変装したヘレナ、加えて男装したヘレナに責め立てられて[4]、ウィルモアが

退却する道は結婚という現実なのである。三角関係の混乱と動揺の中で
——ウィルモアはヘレナとアンジェリカを取り違えることもある——、
事態を取り繕うとしてウィルモアは言い逃れを続けながら、結果的には
結婚という現実に絡め取られていくのだ。もしアンジェリカという存在
がなかったら、ヘレナはウィルモアと結婚できたかどうかは疑わしい。
不実を責めるアンジェリカに、浮気な心を正当化する弁解をいくら言い
募ったとしても、そして言い募れば言い募るほど彼の確実な退路は結婚
という現実しかないのだ。アンジェリカの叱責は、「ああ、何と私は私
のジプシーといっしょにいたいことか」（Ⅳ.ⅰ.271-72）、とウィルモア
に自覚させることになるのである。ゆえに、劇の構造から見れば、ヘレ
ナとアンジェリカは共謀してウィルモアを結婚に追い込んでいると言え
る。共謀なのだ。アフラ・ベーンはヘレナとアンジェリカを共謀させて
いるのだ。立場としてはライヴァル関係にあるふたりを、劇の構造にお
いて共謀させているところに、この喜劇の力の源泉がある。そこに、女
対男という基本的構造を、そして勝利者は女性なのだというモチーフを、
浮かび上がらせる力がある。

　共謀のおかげでヘレナは結婚という望んだ結果を手に入れることがで
きたが、ではアンジェリカの方はどうだろうか。もちろんウィルモアは、
ふたりの女を同時に好きになることはできても同時に結婚することはで
きないから、どちらかの女は犠牲にならなければならない。その役を引
き受けるアンジェリカは道化的存在なのだろうか。ヘレナの引き立て役
として、滑稽な役回りを割り振られているだけなのだろうか。決してそ
うではない。上に引用した科白からも明らかなように、作者はアンジェ
リカに威厳を与えようとしている。結婚という結果を手に入れることは
できなかったにしても、本気でウィルモアを愛したアンジェリカは、威
厳を持った人物である資格を持つのだ。それが最も明瞭に表されている
のは、アントーニオがアンジェリカからピストルを奪ってウィルモアを

4　アフラ・ベーンの作品には女性の登場人物が男装する場面が多くある。女優の男装は、王
政復古期の演劇の多くに見られる一般的特徴であり、そこには、男装する女優を見せること
自体が主眼である場合もあった。アフラ・ベーンにもその傾向がないとは言えない。

撃とうとした時、断固それを阻止する場面である。

　　—And you, *Antonio*, I command you hold,
　　By all the Passion you've so lately vow'd me.

（Ⅴ.ⅰ.319-20）

　総督の息子は、この命令に極めて恭しく従う。そして、アンジェリカはウィルモアに、殺すに値しないと、死ではなく軽蔑を与えて立ち去るのである。そこに感じられるのは高貴さではないだろうか。

（6）

　フロリンダは男たちの欲望の対象になって追いかけ回されるのだが、結果的には苦境を逃れて相愛のベルヴィルと結婚する。ヘレナは浮気なウィルモアを結婚に導いて、尼僧になることを免れる。そして結婚という劇の結末を強調するかのように、やや唐突の感は否めないが、フレデリックとヴァレリアが結婚することになる。こうして、この3組の結婚という型通りのハッピー・エンディングでこの喜劇は幕を閉じる。だがそれは、本当にハッピー・エンディングなのであろうか。その答えは続篇にあるとも言えるが、ここで続篇を持ち出すのは邪道だ。この劇はここで完結しているのであるから、この劇の中だけで判断しなければならない。続篇でのヘレナの死をこの劇の解釈において云々することは避けなければならない。
　妹たちを思い通りに操ろうとしていたペドロが、最後には彼女たちが望んだ結婚を承認するに至る、これは女の男に対する勝利、すなわち被抑圧者の抑圧者に対する勝利を意味するだろう。この文脈でこの劇が構成されていることは確かだ。だが、勝利者である女性たちの中で唯一の例外であるアンジェリカは、どう理解したらいいのだろうか。ウィルモアとの恋に破れ、ライヴァルのヘレナに破れた敗者として、理解すべきなのだろうか。高貴ではあるが、結婚という結末から除外された憐れむ

べき者として理解すべきなのだろうか。そうではない。

　型通りのハッピー・エンディングの陰にアンジェリカがあるのではな
く、その逆に、アンジェリカの威厳を暗示するために結婚という結末の
コンヴェンションがあるのだ。それはあくまでも暗示であるし、暗示で
なければならない。敗者の威厳を暗示ではなく明示して際立たせてし
まっては、それは喜劇ではなく悲劇の結末になってしまう。この劇はカー
ニヴァルという状況設定から結婚という結末に至るまでコンヴェンショ
ンに則った喜劇なのだが、そしてそのような喜劇として認識されるよう
に作者は仕組んでいるのだが、その中にアフラ・ベーンは女性の威厳の
輝きを悲劇的要素として忍び込ませているのだ。アンジェリカは敗者で
はない。喜劇の構造においては敗者だが、ヘレナやフロリンダよりも女
性の威厳を体現しているという意味では彼女こそが勝者だ。女性が勝者
となるこの劇で、恋に破れるアンジェリカは、別の意味で勝者なのだ。
そう認識することによって、この劇は相対的価値観の上に形作られた喜
劇となる。典型的な喜劇的構造に揺さぶりをかけ、喜劇の安定性が揺る
がされるのだ。つまりこの劇は、喜劇のコンヴェンションに根を張って
安定するのではなく、それが断ち切られて浮草のように漂うものとなる。
題名に取られている "Rover"（彷徨うもの）とは、この劇自体をも意
味していると考えられる。王党員たちが王政という大義を抱えて漂うよ
うに、この劇は喜劇の理念を抱えて漂うのだ。漂うその空間に私たちは
誘い込まれる。現実の中に浮いたカーニヴァルという空間に誘い込まれ
るように、そして回想という時の中に誘い込まれるように、この喜劇の
中に誘い込まれる。

　めまぐるしく場面が変わり、仮装した人物たちが入れ替わり立ち替わ
り現れ、結婚という結末に流れていくこの劇は、カーニヴァルという束
の間の夢が象徴する特別な時空間つまり回想の時空間に迷い込んだかの
ような印象を観客に与えるだろう。仮装しない "Rover" であるウィル
モアがその中を漂って結婚に行き着くように、われわれもその中を漂っ
て喜劇の型通りのハッピー・エンディングに行き着く。だがその結末は、
アンジェリカの哀しみに満ちた威厳によって足元をすくわれてしまう

ハッピー・エンディングである。いわば宙に浮いたハッピー・エンディングだ。そのふわふわと夢の中のように漂う空間、それがアフラ・ベーンの創出した劇的空間である。夢のように儚く幕を閉じることになる空間だ。現実の中に浮いた劇空間という理念をこの劇は教えてくれる。

　いかにウィルモアが浮気者の"Rover"を気取ろうと——事実、最初はそうだったのだが——、彼はヘレナが仕掛ける結婚という策略に絡め取られていくだけだ。同様に、いかに観客が劇から離れた客観的存在を気取ろうと——事実、幕が開く前はそうだったのだが——、観客はアフラ・ベーンが周到に用意した喜劇の空間に誘い込まれることになって、女性の勝利と威厳を承認することになる。

　打算抜きのアンジェリカの純愛と威厳によって、娼婦と名家の娘の間の境界が消し去られ、結婚という女たちの勝利によって、男と女の間に横たわる権力の境界線が消し去られ、ウィルモアが誘い込まれる空間の中に観客が誘い込まれる——仮装せずにカーニヴァルの中に入っていくウィルモアは現実の装いのまま劇の中に取り込まれていく観客の分身だ——ことによって、舞台と観客の間の境界が消し去られる。こうしてアフラ・ベーンの劇的空間が完成するのだ。苦い笑いをたたえながら浮かび上がる喜劇の空間が。

　しかし、一作家の意図などとは無関係に、歴史は繰り返す。内乱は過ぎ去ったにしても、時代は名誉革命へと大きく舵を切ろうとしているのだ。だとすれば、『流浪の男』が浮かび上がらせようとしている劇的空間は、カーニヴァルのようにまさに束の間の空間ということになるだろう。

第4章

現実と虚構と——『サー・ペイシャント・ファンシー』について

（1）

　モリエールの最後の戯曲『病は気から』（*Le Malade imaginaire*）（1673年初演、1675年出版）が、愚かな夫と打算的な妻そして父思いの娘を巡る単純なプロットの劇であるのに対して、この劇からヒントを得たことをアフラ・ベーン自身も——「読者に寄せて」において弁解がましくではあるが——認める『サー・ペイシャント・ファンシー』（*Sir Patient Fancy: A Comedy*[1]）（1678年初演、出版）のプロットはより複雑である。『病は気から』は主人公アルガンの屋敷内のみに舞台が設定されて、彼の家族に関わる事柄だけを扱っているが、『サー・ペイシャント・ファンシー』はアルガンに相当するサー・ペイシャント・ファンシーの家族だけではなく、彼の隣家であるレイディー・ノウウェルの家族をも登場させて、両家の関わり合いの中で劇が進行するという構造になっている。もちろんプロットが単純であることと複雑であることは劇の善し悪しに関わることではない。『病は気から』の目的はただ国王ルイ14世を楽しませること——現実にはそれは叶わずモリエールは失望した——にあったが、アフラ・ベーンの劇は、それが生活のために書かなければならなかったものであったとしても、彼女の作品群に繰り返し表れるフェミニズム的視点からの主張が込められているがために、複雑な構造にならざるを得なかった。興行的にはモリエールの方がはるかに成功したと言えるが、アフラ・ベーンという職業作家を成り立たせている資質がこの劇作品には色濃く反映しているのだ。「読者に寄せて」の弁明が、男性劇

---

[1] *Sir Patient Fancy : A Comedy*, vol. 6 of *The Works of Aphra Behn*.

作家に比べて女性劇作家が劇の内容ではなく女性というだけでいかに不当な扱いを受けているかということに費やされていることからも、この作品におけるアフラ・ベーンのモチーフが窺える。ふたつの家の関わり合いを描くことは、アフラ・ベーンが敵視する家父長制社会の縮図でありかつ最小単位である家族の相互関係を浮かび上がらせることになる。家父長制社会において権力を握る家長——サー・ペイシャント・ファンシーとレイディー・ノウウェル——の人物設定とふたりの対立を通して、家父長制の問題が浮かび上がってくる。このふたりが家長としていかに振る舞い、その結果としていかなる大団円を迎えるかを骨組みとして、この喜劇が構成される。もうひとつ、モリエールの喜劇とは違って、アフラ・ベーンがこの作品に持ち込んでいるのは、アレゴリーという要素である。それは、ふたりの家長やその他の登場人物の名前からも明らかである。寓意的人物は人物の幅を限定してパターン化してしまうが、作者は意識的にあえてこのアレゴリーという作為的手法を用いている。アレゴリーと言えば、この作品が上演された1678年は、ジョン・バニヤンの『天路歴程』が出版されることになる年だが、アフラ・ベーンはそれに先立って、アレゴリーという手法に観客の意識を向けさせているのだ。ジャンルに関しても彼女は意識的な作家であった、と言うことができる。さらに、この1678年はカトリック教徒陰謀事件（Popish Plot）が起こることになる年であることも思い起こそう。T. オーツが捏造したこの事件により、王位継承排除法案が議会に提出され、カトリック教徒が実際に処刑されることにまでになった——王位継承排除危機と呼ばれる——のだが、架空の出来事が現実を支配したという構図は、この劇においてサー・ペイシャントが架空の病気に罹っていることから物語が生じるという構図と同じである。現実社会と劇という虚構はひと続きであることをアフラ・ベーンは教えてくれるのだ。現実と虚構、このせめぎ合いの場、それは文学がそして劇が生まれるところとも密接に関わっているのである。つまり、この劇は時代の空気をまさに映し出していると言うことができるのである。時代の空気を映し出すことは劇作家に求められる資質であろうが、時代の流れに常に敏感であったアフラ・ベーンは、ま

さに劇作家になるべくしてなったと言えよう。内乱の空位時代から王政
復古そして名誉革命へと至る激動の時代に身を置きながら、彼女は劇作
によって時代を切り取っていったのだ。

（2）

　サー・ペイシャントはレイディー・ノウウェルを嫌っている。彼女の
ことを、「堪え難き夫人、ロマンス好きの夫人、不敬な書物でいっぱい
の歩く図書館」（Ⅱ.ⅰ.180-81）と呼んで、嫌悪を隠そうとはしない。「国
家をも堕落させ」（Ⅱ.ⅰ.189-90）かねないとまで言う。それは、本好
きでセネカやプルタークの古典も読んでいて教養がある──あるように
見える──女性に対する、男性の側の一般的な嫌悪でもあるが、彼が彼
女を嫌っているのはひとえに、甥のリアンダーと彼女を結婚させようと
いう思惑に彼女が従わなかったからである。しかし、それで両家が隔絶
してしまうかというと、そうではない。彼はいやいやながらも隣家と関
わることを余儀なくされる。それは、レイディー・ノウウェルが息子の
ロドウィックをサー・ペイシャントの娘イザベラと結婚させようと考え
ているからである。その企みを象徴するかのように、一本の「糸」が両
家を繋いでいる。ロドウィックとイザベラが恋文をやり取りするための
「糸」が文字通り両家を繋いでいる。また、この劇の道化的人物サー・
クレデュラス──彼はレイディー・ノウウェルの娘ルクリーシャに求婚
している──がその中に隠れているカゴが両家を行き来するのも両家の
繋がりのひとつの現れである。社会の中で各々の家族は孤立して存在し
ているのではなく、ネットワークのように繋がっているのだ。切れない
糸が社会を作り上げている。そこにアフラ・ベーンはドラマを見る。つ
まり、この劇では家父長対家母長というドラマである。サー・ペイシャ
ントが向き合わなければならない女性は隣家のレイディー・ノウウェル
だけではない。自らの再婚相手である若き妻レイディー・ファンシーに
も相対しなければならない。妻とその情夫ウイットモアの実像を彼は知
ることになるからだ。隠されたことはすべて明るみに出されなければな

らないのであり、主人公としてサー・ペイシャントは事実の証人にならなければならないのだ。彼の家長としての権威そして夫としての権威が、試され明らかにされていくことによってこの劇は展開していくのである。題名が示しているように、これはサー・ペイシャント・ファンシーの物語なのだ。サー・ペイシャントがその権威を保持する唯一の方法は、それを危機にさらしているロンドンから逃れることであったかもしれない。

what a lewd world we live in—oh *London, London,* how thou aboundest in Iniquity, thy Young men are debaucht, thy Virgins defloured, and thy Matrons all turn'd Bawds !

（Ⅱ.ⅰ.390-92）

　これは、サー・クレデュラスの愚かさに辟易してサー・ペイシャントが吐いた言葉であるが、作者は周到にその場にレイディー・ファンシーを立ち会わせている。ロンドンという大都会で堕落している者の中には妻も含まれているのだが、観客も知っているその事実を夫だけが知らない。自分では意識することなく真実を語るという道化の系譜に、サー・ペイシャントは連なっているのだ。そうだとしても、もしここでロンドンを去れば、彼は威厳を保てたかもしれない。「この邪悪な都会からイザベラを連れ出す」（Ⅱ.ⅰ.438）ことができたならば、レイディー・ノウウェルが目論むロドウィックとイザベラの結婚はなかったであろうし、妻とウイットモアを離れさせることもできたかもしれないからである。しかし、「ロンドンから出る！　そんなことになればもうおしまい。ウイットモアに逢う望みがなくなってしまう」（Ⅱ.ⅰ.446-47）と恐れたレイディー・ファンシーは策略を用いて、夫をロンドンに留めようとする。「愛のゲームでは夫を騙すのは正しいこと」（Ⅱ.ⅰ.517）だと考える彼女は、夫を病人に仕立て上げることによって、家に閉じ込めるのである。レイディー・ファンシーは侍女のモーンディの入れ知恵で、夫に顔が大きく腫れていると思い込ませる。そして、鏡の代わりに拡大鏡

を渡して、顔が腫れていると信じ込ませることに成功するのだ。それは
サー・ペイシャントに対しては、実に有効的な計略であった。なにしろ
彼はその名前が表しているように、自分を病気だと思いたがっているか
らである。しかも、20年もそうなのだ[2]。サー・ペイシャントは20年間
も医者と薬剤師に食い物にされてきた。悪徳な医者と薬剤師に対する非
難や、彼らを信じてしまう愚かさに対する非難はもちろんあるのだが、
サー・ペイシャントの場合に注目すべきなのは、彼は一方的に被害者で
あるわけではないということである。実際は病気ではないのに病気を偽
装すること、病人の仮面を被ること、それを彼は自らの意志で選び取っ
ているのだ。つまり、病気を利用しているのである。ただ、そうしてい
るという事実に気付いていないだけだ。あるいは、気付かないことにし
ているのである。「彼の病気は空想上のものに過ぎない」（Ⅲ.ⅰ.36）と
語るレイディー・ノウウェルをはじめ誰もがそのことを知っているのだ
が、本人だけが知らない[3]。ここにも彼が道化の系譜にあることの証拠
がある。彼がそれに気付くのは、彼の娘ファニーによってだ。偽医者に
扮したサー・クレデュラスも加わって医者たちがサー・ペイシャントの
「病気」に対する処方について「議論」するのを聞いていたファニーは、
彼らに料金を払おうとする父にこう言う。

> . . . they did not talk one word for you, but of Dogs, and Horses,
> and of killing folks, and of their Wives and Daughters; and when
> the Wine was all out they said they wou'd say something for
> their Fees.

（Ⅴ.ⅰ.540-42）

---

[2] "He [Sir Patient Fancy] has been just going this twenty Years"（Ⅱ.ⅰ.225）とモーン
ディは傍白で教えてくれる。

[3] レイディー・ノウウェルは、サー・ペイシャントが "Hypochondriacal Melancholy"（Ⅲ.ⅰ.
39）であると正しく理解している。また、レイディー・ファンシーの偽善についても知って
いる。彼女はノウウェルという名前の通り、よく知っているのだ。このことは彼女の教養を
示唆すると同時に、彼女が彼に対して優位に立っていることをも意味している。

「お父さん、好きではないものにも時には耐えなければなりません、それは試練ですから、良きキリスト教徒に相応しい苦行ですから」（Ⅱ.ⅰ. 168-69）と、初めて登場した時にすでに賢明さを見せていたわずか7歳の娘は、父を矯正する役割を担っている。「医者」たちの集まりを、"a sort of New-fashion'd Conventiclers"（Ⅳ.ⅰ. 412）と正確に見抜いていたファニーの言葉に父は目覚めるのだ。

Say you so?— Knaves, Rogues, Cheats, Murderers! I'le be reveng'd on 'em all, — I'le ne're be sick again, — or if I be I'le die honestly of my self without the assistance of such Rascals . . .
（V.ⅰ. 543-45）

「もう病気にはならない」、とサー・ペイシャントは意志表明をしている。あたかも、意志によって病気になったり病気にならなかったりすることができるかのようである。今までは自らの意志によって病気であることを選んできたが、これからは自らの意志で病気にならないことを選ぶ、と宣言しているように聞こえる。本物の病気は意志でやめるわけにはいかないのだから、この宣言は、今までの病気が空想上のものであったことを暗に認めることでもある。彼は20年来続けてきた習慣をここで断ち切るのだ。ここにモリエールのアルゴンとアフラ・ベーンのサー・ペイシャントとの決定的な違いを見ることができる。アルゴンは最後まで空想上の病気に罹ったままであったのだから。そして、サー・ペイシャントに覚醒をもたらしたのが、幼い娘のファニーであることにも注意しておこう。家父長制の下での父と娘、支配者と被支配者、という役割の逆転を、ここでアフラ・ベーンは示唆していると思われるからである。

では、サー・ペイシャントはなぜ20年間も自らが病気であると思い込んでいたのだろうか。レイディー・ノウウェルが言うように、彼は明らかにヒポコンデリーであるが、この病気は「自己愛的現実神経症」とも呼ばれたことがある。自らへの過剰なまでの愛着がサー・ペイシャントを想像上の病気に駆り立てたと言えよう。病気という仮面で自らを被う

ことによって、現実から自らを守ることができるのだ。病気は、彼と現実との間の緩衝地帯なのである。そこに留まれば、辛い現実に触れないで済む、不貞な妻の実像を知らないで済ませられる。つまり、道化であることを選んだということだ。しかし同時に、それは現実を正確に把握できないということでもある。拡大鏡に映った自分の顔を実像だと思い込んでしまい、財産だけを狙っている妻を貞淑だと信じ込んでしまうのだ。自分は病気だと思いたがっているし、妻が貞淑であってほしいと願っているのだから、それは当然の帰結であろう。それを利用してレイディー・ファンシーはウイットモアとの関係を続けて、それを隠し通すことに成功してきたのである。サー・ペイシャントがいかに現実を見ることができないか、そのためにいかに騙されてしまうか、そこにこの喜劇の大きな見せ場がある。レイディー・ファンシーとウイットモアの逢い引きの場面がそうだ。まず第2幕第1場では、夜中に庭でふたりがこっそりと逢っている時、寝ているはずのサー・ペイシャントが突然現れる。咄嗟にレイディー・ファンシーはウイットモアをイザベラの求婚者に仕立て上げる。ウイットモアの対応も、名前の通り、臨機応変である。

　　　SIR PATIENT. Your Name I pray?
　　　WITTMORE. *Fain-love*, Sir.
　　　SIR PATIENT. Good Mr. *Fain-love*, your Countrey?
　　　WITTMORE. *Yorkshire*, Sir.
　　　SIR PATIENT. What, not Mr. *Fain-love's* Son of *Yorkshire*,
　　　　　who was Knighted in the good days of the late Lord Protector?
　　　WITTMORE. The same Sir. . . .

（Ⅱ.ⅰ.126-32）

　サー・ペイシャントにとっては、妻が夜中に逢っていた男が妻の愛人ではなく、娘の求婚者であればありがたい話だ。妻が不貞ではないことが分かるし、娘の結婚も実現するからだ[4]。その男が信頼できる知人の息子であるならばなおいいだろう。だから助け舟を出すかのように、こ

のような会話をしたのである。それは、騙されたい者と騙したい者との共犯関係ということができるだろう。サー・ペイシャントが妻とその愛人の嘘や取り繕いをやすやすと信じ続けるのは、その共犯関係のなせる業である。騙しの緩衝地帯をふたりして作っているのだ。騙されることによってサー・ペイシャントは事実から身を守っている。空想上の病気によってそうしているように。それは滑稽で愚かなことであろうが、その愚かな人物が "the late Lord Protector"（クロムウェル）の信奉者であるとすることによって、作者は自らの政治的立場を上手く滑り込ませてもいる。共和主義者は愚かだ、ということをアフラ・ベーンは是非とも主張したいようだ。愚かなサー・ペイシャントは騙され続ける。妻がウイットモアへの恋文を書いているところを見つけた時も、その恋文はイザベラがウイットモアへ書いた恋文を思い出して書き写しているところです、娘の不品行を父親であるあなたに知らせるために、という妻の嘘八百を疑うこともなく信じてしまう。信じただけではなく、妻の「心配り」に感じ入ったサー・ペイシャントは8000ポンドもの財産を贈ることを口にしてしまうのだ。そして、そこにやって来たウイットモアに不審を抱くこともなく、その手紙を見せて、彼らの意思疎通を手助けさえしてしまうのである。彼は愚かな "messenger"（Ⅳ.ⅱ. 132）の役割を担わされるのだ。何も知らない "messenger" となり、「私は良き妻を持つという最高の幸運に恵まれた男だ」（Ⅳ.ⅱ. 167-68）とも言って観客の笑いを誘うサー・ペイシャント、そこには作者の徹底的な皮肉が感じられる。騙されるだけではなく、妻を信頼して妻の不貞を助勢さえするという二重に愚かな役回りが与えられているのだ。一方、ウイットモアはその手紙を読んで、愛人とその夫を同時に満足させる対応を演じて、その名に恥じぬ機知を発揮する。

　サー・ペイシャントの愚かさが最も喜劇的に演じられるのは、この手

---

4 「死ぬ前に娘を結婚させておきたい」（Ⅱ.ⅰ. 197）というのが彼の家長としての願望である。しかも、結婚それ自体が重要なのであって、「愛があるかどうかなんてどうでもいい」（Ⅳ.ⅱ. 60-61）と彼は考えている。もちろん、それが意味するのは、彼が作者の批判の対象であるということである。

紙の場面にすぐ続いて、レイディー・ファンシーが寝室でウイットモア
と密会しているところに、またまた不意に彼がやってくる場面である。
彼は何度も愛人たちの不意をつくのだが、いつも事実は取り逃がしてし
まう。ここでもそうだ。彼は、ファニーから聞いたイザベラとロドウィッ
クの無邪気な密会に腹を立てて妻の寝室にやって来たのだが、不貞の現
場にいる妻に向かって無実の娘を「ふしだらで、身持ちが悪い」（Ⅳ.ⅲ.
89）と嘆くのである。目の前にある妻の不貞の事実は──テーブルの上
のウイットモアの剣と帽子、ベッドの背後に隠れた彼が椅子を倒してた
てる音、鳴り出した彼の時計、テーブルから落としてしまう化粧用品、
などがすべてその事実を語っているにもかかわらず──彼からすり抜け
ていくのだ。「偽善のストックもほとんど尽きてしまいそうだ」（Ⅳ.ⅲ.
98）と言いながらも、レイディー・ファンシーはこの場を切り抜ける。
事実を見ないサー・ペイシャントを手玉に取るのはたやすいことなのだ。
ちょうど医者と薬剤師が彼に対してそうしてきたのと同じだ。信じやす
さゆえに搾取されるのは、道化のひとつの属性であろう。

（3）

　信じやすさという点ではサー・ペイシャントに引けを取らない登場人
物がこの劇にはいる。その属性を名前として戴いているサー・クレデュ
ラスだ。第1幕第1場で彼はその場面に不釣り合いな乗馬服を着て登場
するが、それは何よりも馬のことに関心があるからである。レイディー・
ノウウェルが選んだルクリーシャの求婚者という役回りであるが、亡く
なった馬のギリアンのことが彼の心を占めている。馬丁のカリーに諫め
られても、彼には女性より馬の方が大事である。登場の瞬間に彼が滑稽
な人物であることが分かるようになっているのだ。ルクリーシャの恋人
のリアンダーが彼を見て、びっくりして後ずさりするという演出も、一
目見て彼が滑稽であることを示すために計算されたものだ。
　だから、リアンダーにとっては、「恐れるに足りない」（Ⅰ.ⅰ.217）
恋敵の求愛は、笑いの対象になるだけである。また、リアンダーの友人

であるロドウィックにとっては、妹の結婚相手として相応しくないサー・クレデュラスは、揶揄以下の対象である。将来の義理の兄として協力を装いながら、まずロドウィックはサー・クレデュラスに、"a Dumb Ambassador from the Blind God of Love"（Ⅰ.ⅰ.252-53）として一言も発せずに身振りだけで求愛することを勧める。この方法が妹の気質に最も合うのだという説明を、彼はすぐに信じてしまい、その提案に従う。そうすることによってロドウィックは、サー・クレデュラスの身振りを自由に、つまりでたらめに通訳することができるようになる。聾唖者を装っているサー・クレデュラスが反論できないのをいいことに、ロドウィックは故意に彼を困らせる通訳をして嘲弄するのである。この愚かな求愛方法に何の疑問も抱かないところに、道化としてのサー・クレデュラスの本質が窺える。彼の登場に困っているはずのルクリーシャでさえ笑ってしまうほどである。

　次にロドウィックは、サー・クレデュラスにセレナーデを作ることを勧める。これも策略であって、そのセレナーデのせいで彼を恋敵と思い込んで毒殺しようと考えている人物——もちろん、架空の人物——が現れたと信じさせてしまう。臆病者のサー・クレデュラスは、その場にあった大きなカゴに入って隠れることを自ら提案する。いろいろと移動させられることになるカゴに自ら入るということは、自ら操り人形になるということに等しい。虚構を信じるということは、虚構に操られるということだ。サー・ペイシャントとサー・クレデュラスには大いに共通点があるのだ。虚構の人物から逃げてカゴに入ったサー・クレデュラスを、ロドウィックはカゴから出して、医者の役を演じさせる。虚構を信じさせられた人物が、虚構を演じさせられる人物になるのだ。サー・クレデュラスは、どんどん現実から遠ざかっていくのである。そして、レイディー・ノウウェルが賄賂で丸め込んだ医者たちと滑稽で無意味な会話——ファニーが聞いて、父に告げることになる会話——を繰り広げる。レイディー・ノウウェルの賄賂の目的はロドウィックとイザベラを結婚させてしまうための時間稼ぎだが、ロドウィックの目的はその場面を「より滑稽に」（Ⅴ.ⅰ.67）することであり、そのために彼は「道化を必要

とする」（V.i.69）のである。結果としては、ファニーから話を聞い
たサー・ペイシャントは医者たちのでたらめに気付き、虚構の病気から
目覚めることになる。サー・クレデュラスは道化として振る舞うことに
より、サー・ペイシャントに逆説的に真実を啓示しているわけであり、
道化の伝統的な役割を遂行しているということができる。サー・ペイ
シャントを道化の夢から目覚めさせることになるけれども、これでサー・
クレデュラスの道化としての役割が終わるわけではない。ふたたびロド
ウィックに騙され、カゴの中に自ら逆戻りする。今度は、レイディー・ファ
ンシーとウイットモアの浮気の現場を目撃するためである。つまり、浮
気という事実に立ち会う、という役割を果たすことになるのである。そ
して、妻の不貞を知ったサー・ペイシャントにこう語る。

> A Cuckold! sweet Sir, shaw that's a small matter in a
> man of your Quality.
>
> （V.i.682-83）

　これもまた道化が我知らず告げる真実であろう。一家において自分が
権力を握っていると思っていた家長、若い妻の気持ちを慮ることのな
かった夫、真実から目を背けてきた偽善者が受けるべき報いだ、と作者
が告げようとしている真実だ。サー・クレデュラスは最初から最後まで
ロドウィックに操られて道化を演じさせられるが、それは彼の信じやす
さという属性のためである。大学で学んだ論理学も修辞学も彼を守って
はくれなかった。同じように信じやすさのために妻に操られてきたサー・
ペイシャントも、ロドウィックによって道化にされていると言うことが
できる。サー・ペイシャントを騙して手玉に取っているのは彼の若い妻
とその愛人であるけれども、その妻を実際に寝取ったのはロドウィック
であるからだ。ロドウィックはレイディー・ファンシーの継子イザベラ
と恋仲ではあるが、継母の美しさにも惹かれていた[5]。だから、暗闇の
中で彼をウイットモアだと勘違いしたモーンディ（レイディー・ファン
シーの侍女）の早とちりで、レイディー・ファンシーの寝室に案内され

たロドウィックは、彼女が気付いていないのをいいことにその状況を利用して、彼女と関係を結んでしまう。ということは、ウイットモアもまた寝取られた愛人ということになるだろう。ロドウィックは、結局はイザベラと結婚して、サー・ペイシャントの婚に収まってその役目を完結させる。

　その信じやすさにおいて甲乙つけがたいサー・ペイシャントとサー・クレデュラスは、ロドウィックによって道化にされるという点でも共通している。また、すべての登場人物の中でこのふたりだけに「サー」という称号がついているのも偶然ではないだろう。皮肉を込めてアフラ・ベーンは命名しているのだ。こうしてみると、ふたりはまるで分身のように似ている。サー・ペイシャントがサー・クレデュラスを娘と結婚させて、彼と姻戚関係を結ぼうとしたのも、分身が一体になろうとしているのだと見ることもできる。そして最終的に、サー・ペイシャントが医者に扮したサー・クレデュラスのでたらめによって目が覚め、空想上の病気と決別しようと決意したのは、自らの愚かさを見て自らの過ちに気付いたのだと言えよう。サー・ペイシャントにとってサー・クレデュラスは自らを歪めて映す拡大鏡ではなく、自らの愚かさを精確に映す鏡なのだ。もうひとつ、ふたりにはアレゴリーの名前を持つという共通点がある。そこには、当然のことながら命名した劇作家の意図がある。このふたり以外にアレゴリーの名前を持つのは、レイディー・ノウウェルとウイットモアであるが、この4人にだけそのような名前を与え——レイディー・ファンシーとリアンダー・ファンシーはサー・ペイシャントの妻と甥という関係上ファンシーという姓を持たざるを得ないが——他の登場人物にはなぜ与えなかったのであろうか。アレゴリーという言葉が1回だけこの劇で使われているが、それはサー・クレデュラスが「代換法、アレゴリー、文彩をしばしば用いるように」（Ⅳ.ⅰ. 15-16）学んだという科白においてである。この学問のおかげで、彼は "banter" すること、すなわち「たくさん言葉は喋るが、意味するところは何もない」（Ⅴ.ⅰ.

5　... death she's very handsom ［Aside］... （Ⅱ.ⅰ. 287）

83）という技術を習得したのである。それが、偽医者としてサー・ペイ
シャントの診断に加わった時の会話に生かされることになったし、しば
しばラテン語──間違ったラテン語──を挟んだ会話をすることにも役
立っている。同じく学があると設定されていて、アレゴリーの名前を持
つレイディー・ノウウェルもまたラテン語──間違ったラテン語──を
使うのも、「学問」を揶揄する意図があるだろう。アレゴリーは揶揄の
対象であることを意味する。

　レイディー・ノウウェルは道化になることは免れている──それは彼
女が女性であるからかもしれない──が、サー・ペイシャントとサー・
クレデュラスに劣らずウイットモアもまた道化であることは確かだ。第
4幕第3場で、レイディー・ファンシーと彼女の寝室で密会中に、サー・
ペイシャントが入ってきた時、彼は彼を隠そうとするレイディー・ファ
ンシーの操り人形となる。そしてあげくの果てに、椅子の格好をさせら
れ、その上に彼女が座ることになり、最後は彼女に蹴り出される。辛く
も逃げ果せるのであるが、それは道化を演じるという代償を払っての上
でのことだ。ウイットモアという名前もこの場面では皮肉に響く。

　アレゴリーの名前を与えられた人物は、その名前が限定する行動しか
取ることは許されないので、パターン化された人物になってしまう傾向
がある。この劇におけるアレゴリー的人物も、道化というパターンの枠
内で行動を取ることになる。もちろん喜劇が道化を要請しているのであ
るが、それだけなら道化をアレゴリー的人物とする必要はないであろう。
アレゴリー的人物であるサー・ペイシャントが道化の枠を破っていくと
ころにこそ、作者の人物設定の意味がある。彼がヒポコンデリーを克服
し、甥のリアンダーの策略で、死を装って妻の不貞という真実を知った
時、彼は政治的立場と宗教的立場を逆転させる。

> . . . I'me so chang'd from what I was, that I think I cou'd even
> approve of Monarchy and Church Discipline, I'me so truly
> convinc'd I have been a beast and an ass all my life
>
> 　　　　　　　　　　　　　　　　　　　　　（V. i . 676-78）

サー・ペイシャントは以前のクロムウェル支持者から国王支持者に、新教徒から旧教徒に、すなわち作者のアフラ・ベーンの側に変貌するのである。クロムウェルを支持することも新教を信じることも愚かなことだ、とサー・ペイシャントは反省しているのだ。真実への覚醒は以前の愚かな考えからの覚醒であるというわけだ。この政治的主張に作者のあざとさを見るのは容易なことだ。しかし、そのあざとさの背後にはもうひとつ注意しておくべきことがある。

　この覚醒によって、サー・ペイシャントはアレゴリー的にパターン化された道化ではなくなった。事実を的確に把握する人物となった。ということは、サー・ペイシャントは過去の自分、アレゴリー的人物であった過去の自分をも反省の対象としている、ということである。作者の立場から言えば、共和制支持者の新教徒を批判するのと同じレヴェルでアレゴリー的人物を批判している、ということだ。ここには周到なジャンル批判がある。まるで、この劇と同じ年に出版されることになるアレゴリーの代表的作品『天路歴程』——議会支持派であるバニヤンの作品——を見据えるかのように、アフラ・ベーンはアレゴリー批判をしていると言えるのだ。この文学的主張を見落としてはならない。

（４）

　アレゴリー批判である以上、アレゴリー的人物は笑いの対象でなければならない。題名となっている主人公サー・ペイシャントとその分身的存在であるサー・クレデュラスがそうだ。彼らが笑いの対象となるのは、現実を的確に把握できず——あるいは把握するのを避け——虚構の側に留まろうとするからである。サー・ペイシャントは虚構の側から現実の側に移った時、道化の衣装を脱ぎ捨てることになったのだが、虚構の側にいる人物は非難の対象になるかというと、話はそう簡単ではない。なぜなら、作者が身を投じている演劇というジャンル自体が、虚構の側に位置するからだ。現実と虚構という単純な二分法ですべてを片付けてしまったなら、アフラ・ベーンが拠って立つ基盤をもぐらつかせてしまう

ことになるだろう。サー・ペイシャントは自ら選んで虚構の側に立ち、貞節を装う妻に騙され、道化を演じてきた。だが、虚構の病気という仮面を脱ぎ捨てた後、リアンダーの策略を受け入れて死んだ振りをすることによって、彼は騙される側から騙す側に回る。虚構によって真実──この時点でも彼は妻の貞節が真実であると信じているが──を明らかにしようとするのだ。つまり彼は虚構が真実のために有用であると認めていることになる。虚構は単に批判され排除されるべきものではない、ということだ。一方レイディー・ファンシーの側から見れば、彼女は騙す側から騙される側に回される。彼女は夫の虚構の病気を利用して真実を隠し、夫を騙してきたわけだが、今度は虚構の死によって夫に騙され、不貞という真実が暴かれることになるのだ。騙される者が騙す者になり、騙す者が騙される者になる。道化が主人になり、主人が道化になる。立場の逆転だ。その逆転が常に可能であること、真実と虚構とがその逆転を演じていること、そこにこの劇の眼目がある。サー・ペイシャントの偽りの死という虚構がレイディー・ファンシーの不貞という真実の中に入り込んで、その事実を明らかにする。逆に言えば、レイディー・ファンシーの貞節という虚構が真実に目覚めたサー・ペイシャントによって暴かれる。しかし、夫に不貞を働いていた偽善のレイディー・ファンシーはウィットモアに対しては貞節を守る真実の愛人であったと言うこともできる。結婚以前から続いていたレイディー・ファンシーのウィットモアへの愛を疑う根拠はない[6]。また、ヒポコンデリーによって自らを欺いていたサー・ペイシャントは妻には誠実であったとも言えるが、妻を試すために死んだ振りをすることによって虚構に堕ちたとも言えよう。

　では一体、真実と虚構はどのような関係にあるのだろうか。もし真実が一切存在しない世界が仮にあるとして、そこには果たして虚構は存在するだろうか。また逆に、虚構が存在しない世界に真実は存在しうるだろうか。光があるから闇を認識するように、そして闇があるから光を認

6　それは次のウィットモアのサー・ペイシャントへの科白からも分かる。"[W]e have long been Lovers, but want of Fortune made us contrive how to marry her to your good Worship"（V. i . 709-10）.

識するように、真実と虚構は互いの存在を保証するものであろう。あるいは、現実と夢のように表裏一体、コインの裏表と言ってもいいかもしれない。どちらが表でどちらが裏なのか、誰が断言できようか。まさに胡蝶の夢なのだ。真実と思っていたものが虚構であったり、虚構と思っていたものが真実であったりするのだ。相対性の世界、あるいは逆転可能の世界だ。どんでん返しが起こりうるのだ。そして、『サー・ペイシャント・ファンシー』を支配しているこの論理はそのまま劇というジャンルに敷衍できるであろう。劇という虚構が真実を暴き立て、真実の側にいると思い込んでいる観客が実は虚構の側にいたことを知る。舞台という虚構の空間が真実を啓示する場となり、観客席は実は真実からは遠いことを知らされる。俳優という虚構の人間の方が真実に近づく。演じているのはどちらか。私たちは、既存の社会システムに乗っかって、社会の構成員を演じているだけではないのか。与えられた役割を、システム維持のために、演じているだけではないのか。家父長制というのもそのシステムのひとつだ。だが、家長と子供の関係も逆転する。7歳のファニーは父である家長の矯正係となるのであり、そして子供はやがて家長となるかもしれない。ここに見られるのも、相対性の世界、逆転可能の世界だ。そこでは家長の権威は貶められることになるだろう、絶対的なものではないのだから。つまり、家父長制それ自体がフィクションであると言ってもいいかもしれない。家長であるサー・ペイシャントとレイディー・ノウウェルよりも、劇の展開を支配しているのはロドウィックであることは、そのことを示唆している。アフラ・ベーンの劇というフィクションが暴こうとしているのは、家父長制というフィクションであるのかもしれない。家父長制というシステムに関してはそれで問題ないかもしれないが、それでは、アフラ・ベーンのヒロインたちが求める結婚というシステムはどうなるのだろう。結婚も、家父長制と同じく、社会のシステムだ。そして、フィクションでもあるかもしれない。ヒロインたちは体制側が作り上げたシステムというフィクションを維持するのに貢献しているのだろうか。そうではないだろう。与えられたものではなく、自らのフィクションを作り上げようとしているのだろう。それはつ

いには、人間自体のフィクション性に至ることになるかもしれない。社会というシステムの中で生きる人間というシステム、フィクションだ。それに対峙するのに有効なのは何かと言えば、劇というフィクションだ。フィクションにはフィクションを、ということだ。それをアフラ・ベーンは、劇作家という仮面=フィクションの下で提示しているのだ。

第5章

誠実に騙すこと──『偽りの娼婦たち』について

（1）

　　『偽りの娼婦たち』（*The Feign'd Curtizans, or, A Nights Intrigue*[1]）（1679年初演、出版）は、彼女の最も成功した劇である『流浪の男』との類似性が指摘されてきた。『偽りの娼婦たち』のマーセラとコーニーリアの姉妹は、確かに『流浪の男』のフロリンダとヘレナの姉妹を彷彿させるものがある。機知と策略に富んだフロリンダとヘレナが変装するように、マーセラとコーニーリアは娼婦という仮面を被る。だが、ヘレン・バークのようにその仮面が「同じ機能を果たしている」、ということはできない[2]。前者が被るのはカーニヴァルの仮面であり、それは被ることが当然とされているものであるのに対して、後者が娼婦を装うことは予期されていないからである。カーニヴァルという社会的了解のもとで仮装するのと、策略をもって作為的に仮装するのとは意味合いが全く異なるのである。『偽りの娼婦たち』は「策略を巡らす姉妹の物語」という構成を『流浪の男』から引き継いでいるのは事実だが、「偽り」というテーマは、興行的には成功とは言えなかった前作『サー・ペイシャント・ファンシー』から引き継いでいるのである。前作では、半ば意図的であったサー・ペイシャント・ファンシーの偽りの病気は"Fancy"というタイトルにもなっている名前に暗示されていただけだが、今回は"Feign'd"という明確な語を使って、アフラ・ベーンはこのテーマを明示している。さらにその目的をも"Intrigue"という語をタイトルに加えることによっ

1　*The Feign'd Curtizans, or, A Nights Intrigue*, vol. 6 of *The Works of Aphra Behn*.
2　Helen M. Burke, "The Cavalier myth in *The Rover*," in *The Cambridge Companion to Aphra Behn*, eds. Derek Hughes and Janet Todd（Cambridge University Press, 2004）, p. 128.

て明らかにしている。「娼婦」、「偽り」、「策略」、とアフラ・ベーンお気
に入りのテーマが並んだこの作品は、彼女の典型的な作品であることが
予想される。

　それだけではない。カトリック教徒陰謀事件という時代を揺るがせた
社会的背景を、アフラ・ベーンは自らの見解に沿って劇に取り入れても
いる。捏造であったとはいえ社会的に大きな影響を及ぼした、そして実
際に無実の血が流されたこの事件を無視することは劇作家にとって難し
いことであったであろう。無視するとしたら、それはそれでひとつの意
味ある意志表明であろうが、取り入れるにしても、生々しい事件をいか
に取り入れるかは難しい選択であったであろう。アフラ・ベーンが取っ
た手法は、事件を先取りする形で書かれた前作『サー・ペイシャント・ファ
ンシー』から一貫して、陰謀という作為を矮小化するという喜劇的手法
である。『偽りの娼婦たち』では舞台をローマ──カトリック教徒陰謀
事件はローマから広まったと言われている[3]──に設定し、反カトリッ
クのイギリス人牧師を道化として登場させて、旧教と新教の宗教的対立
そのものを喜劇の衣で包んでいる。陰謀も、宗教的対立も、本質にお
いては笑うべき喜劇に過ぎない、と言おうとしているかのようである[4]。
プロローグとエピローグの両方で、陰謀事件のために舞台が苦境に陥っ
ていることを嘆きながらも、喜劇の力でその陰鬱なる空気を払いのけよ
うとする劇作家としての意志が見て取れる。「愛人を囲うことと劇を見
ることには相応しくない時代」（p. 89）であるにもかかわらず、あるい
はむしろそうであるがゆえに、アフラ・ベーンは筆を折ろうとはしなかっ
た[5]。つまりこの劇は、彼女が時代とその風潮を見通しつつ、自らの信
条に従って書き進めた作品であると言えよう。そこには彼女の劇作家と

---

[3]　プロローグでは、"the Plot is laid in Rome" と陰謀事件と劇の両方を巧みに言及している。
[4]　つまりは、陰謀とは劇と同じく架空のもの、ということになるかもしれない。Alison Shell
は "illusory" という語を使っている（"Popish Plots: *The Feign'd Curtizans* in context" in
Aphra Behn studies, ed. Janet Todd, Cambridge University Press, 1996, p. 35.）。しかし、架
空のものだから取るに足りなかというと、それは決してそうではない。演劇という架空
のものが持つ力をアフラ・ベーンは逆説的に証明するのだ。
[5]　この一節からは、アフラ・ベーンは観劇と愛人を囲うことを同列に見ているということが
窺われて、興味深い。

しての信念が表されており、結果として高い評価を得ることになった[6]。作者自身の自負心も、初めて作品を献呈しているという事実から窺うことができる。献呈されているエレン（ネル）・グウィン——女優でチャールズ2世の愛人であり、献呈の辞では「世界で最も力があり輝かしい国王の心を捉えた」と書かれている——をこのうえなくすばらしい女性と称賛の言葉を長々と並べて褒め立て、彼女に対する貢ぎ物は彼女に相応しいものでなければならないと言いつつ、アフラ・ベーンはこの作品を献呈しているのである。彼女の愛人という立場もまた、愛人たることと劇作が受難の時代において、戯曲の被献呈者として意味を持っていたであろう。献呈するに相応しい作品を書いたという自負の通り、『偽りの娼婦たち』は喜劇作家としてのアフラ・ベーンのひとつの頂点とも言える作品なのである。

（2）

　娼婦はアフラ・ベーンの劇にたびたび登場する。しかも彼女は共感を込めて娼婦を登場させている。それは、男の歓心を買うことを旨とする娼婦という職業に、女でありながら演劇界という男の社会で世渡りする劇作家という職業の彼女が親近感を感じたためであるかもしれない。そこには女性の自立という一種のフェミニズムを見て取ることもできよう。だがここで注目すべきことは、『偽りの娼婦たち』は娼婦の劇ではなく、娼婦の「振りをする」女たちの劇であるという点である。ここには本物の娼婦はひとりも登場しない。もし娼婦の劇なら、彼女の他の多くの作品におけるように、娼婦と貴婦人との対比、娼婦と正妻との対比、あるいは娼婦と娼婦を買う男との対比といった構造の上に、プロットは進行することになるだろう。だが、この劇ではそうはいかない。そのような単純な対比構造は成り立たない。「振りをする」という状況が、人

6　例えば、Dolors Altaba-Artal はこの作品を、ドライデンの『当世風結婚』（1672）、ウィチャリーの『田舎女房』（1675）、エサレッジの『当世風の男』（1676）と並ぶ傑作と評価している。*Aphra Behn's English Feminism* (Selinsgrove: Susquehanna University Press, 1999), p. 89.

物間の関係を複雑にする。つまり、マーセラとフィルアムール（「愛を
満たす」の意味）との関係は、彼女が娼婦ユーフィーミアに扮した時の
フィルアムールとの関係と同一ではないし、コーニーリアとガーリアー
ドとの関係も、彼女が娼婦シルヴィアネッタに扮した時のガーリアード
の関係と同一ではない。マーセラは、マーセラとしての自己とユーフィー
ミアとしての自己との間で分裂するし、コーニーリアもコーニーリアと
しての自己とシルヴィアネッタとしての自己の間で分裂する。ローラの
場合もそうだ[7]。自己分裂は変装する者の宿命であろう。そして変装の
影響は男たちにも及ぶ。フィルアムールはマーセラに対する時の自己と
ユーフィーミアに対する時の自己との間で分裂するし、ガーリアードも
コーニーリアに対する時の自己とシルヴィアネッタに対する時の自己と
の間で分裂するのである。その上、マーセラとコーニーリアは男に扮し
て――マーセラは兄のジュリオの従者や兄自身にも扮して――それぞれ
フィルアムールやガーリアードと対峙することもある。自分がどのよう
な立場にいるのか、そして相手がどのような立場にいるのかによって、
人間関係は変わってくる。状況は複雑になる。変装が多過ぎて、観客は
状況把握に苦労することになる。作者は状況の錯綜自体を楽しんでいる
かのようですらある。それは、作者が「振りをする」ということの意味、
つまり「役を演じる」こと、「劇を演じる」こと、の意味を問いかけて
いるかのようだ、ということである。少なくとも、「振りをする」とい
うこと自体がこの劇のひとつの大きなテーマだと言っていいだろう。主
人公である姉妹の従者ペトロが様々な身分の「振りをする」ことによっ
て進行するサブプロットも、その事実を裏付けている。

　劇のオープニングにもそのテーマが現れている。この劇は、教会から
出て来たローラ・ルクリーシャをジュリオが追いかけている場面から始
まる。実はふたりは自らの意志とは関係なく結婚する（結婚させられる）
ことになっているのだが、お互い相手の顔は知らない。それで、婚約者

7　ローラが男装してガーリアードを助けた時、彼女は彼の友情を勝ち得るが、それは彼女が
望んでいたものではない。「ああ、友情は何と愛から遠いことか」（Ⅲ.i.93）という嘆きと
ともに、彼女の心は引き裂かれるのである。

同士が追いかけ逃げるという滑稽な場面となっているのである。追いか
けるジュリオからしてみればこの結婚相手は望ましいが、追いかけられ
るローラからしてみればそうではない、ということが了解される。強制
的に結婚されられる被害者は常に女性だ、と暗示しているのかもしれな
い。婚約相手であろうとなかろうと、ローラはこの男から逃れたいので
従者のシルヴィオにこう言いくるめる。

> Lets haste away then, and *Silvio* do you lag behinde, 'twill give
> him an opportunity of Enquiring, whilst I get out of sight, —be
> sure you conceal my Name and Quality, and tell him—any thing
> but truth—tell him I am *La Silvianetta* the young Roman Curtizan,
> or what you please to hide me from his knowledge.

（Ⅰ.ⅰ.13-17）

　この冒頭の部分からだけでは観客には分からないが、ローラはシル
ヴィアネッタの振りをすることをこの場でとっさに思いついたのではな
い。後の場面で語られるように、コーニーリアが扮するシルヴィアネッ
タという架空の娼婦に思いを寄せるガーリアードに思いを寄せるローラ
は、わざわざ彼女の隣に引っ越し彼女の振りをして、ガーリアードと一
夜をともにしたいと考えている。彼女は強いられた結婚そのものから逃
れるためではなく、その前にガーリアードと情事を持ちたいのだ[8]。そ
のひとつの手段としてシルヴィアネッタの振りをするのだが、それをこ
の幕開けの場面で利用しているのである。娼婦の「振りをする」という
テーマをまず冒頭で持ち出しながら、しかも架空の人物の「振りをする」
ことでその意味合いを複雑にしながら、作者が巧みに語っていることは、
「振りをする」のは何かの目的のためである、という明らかな事実である。
そして、「振りをする」という手段の結果、どのような結末を迎えるこ

8　その意味では、彼女はガーリアードと共に、アフラ・ベーン文学のひとつの底流である
"libertinism" に繋がる人物である。

94

とになったかを、劇は追っていくことになる。

　貴婦人に憧れて貴婦人の振りをすることはあっても、娼婦に憧れて娼婦の振りをするということは考えにくい。娼婦は憧れの対象ではないからだ。にもかかわらずマーセラとコーニーリアの姉妹がそれぞれユーフィーミアとシルヴィアネッタという名前まで付けて娼婦を装うのは、しかるべき理由があってのはずである。作者が提示するその理由は、おじのモリシーニの横暴に対する彼女たちの抵抗、ということである。マーセラは醜いオクターヴィオと結婚することを強制され、コーニーリアは聖テレシア修道院に入ることを理不尽にも強制されている。おじから身を隠して、その強制から逃れるために、つまり「カゴの鳥のように格子越しにさえずることになる」（Ⅱ.ⅰ.108-09）のを避けるために、彼女たちは娼婦の「振りをする」という手段を採る。さらにマーセラには、「美しく若い娼婦の魅力がフィルアムールに少なくとも幾分かの興味をそそらせるかもしれない」（Ⅱ.ⅰ.80-81）という期待もある。彼女たちの変装の手段が妥当なものかどうかはともかく、時間がない彼女たちにしてみれば仕方のない──マーセラに言わせれば「唯一の」（Ⅱ.ⅰ.68）──選択肢であっただろう。しかしその意気込みにおいて、フロリンダとヘレナの場合と同じく、マーセラとコーニーリアにも違いがある。姉は、より積極的な妹に引きずられるという形だ。マーセラは娼婦の振りをすることに不名誉を感じてためらいがあるが、妹には娼婦になること自体にもためらいがないかのように姉を説得する。

What Curtizan, why 'tis a Noble title and has more *Votaries than Religion*, there's no Merchandize like ours, that of Love my sister!
（Ⅱ.ⅰ.65-66）

・・・there are a thousand satisfactions to be found, more than in a dull virtuous life!
（Ⅱ.ⅰ.89-90）

これらは聞き慣れたアフラ・ベーンの戯曲の科白である。だがそれを額面通りに受け取ることはできない。もしそうなら、娼婦の振りをするのではなく本物の娼婦になればいいのだから、姉を説得する方便と理解しなければならない。だが、ここで彼女の本心より重要なのは、娼婦に身を隠すことにおいて、その意気込みにマーセラとコーニーリアに差があるということの方である。そのような人物設定をすることによって、劇は平板にならずに済む。同じことを同じようにする人物がふたりいたら劇は退屈になるだけだ。もちろんアフラ・ベーンはそんなことはしない。さらにアフラ・ベーンは娼婦に扮することの葛藤を巡る彼女たちの会話を通して、女性の名誉と喜びについて、つまりフェミニズムを、いつもの彼女の劇におけるのとは違った形で語ってもいるのだ。そして、娼婦に扮する際のふたりの温度差は、偽りの娼婦（ユーフィーミアとシルヴィアネッタ）に対する際の消極的なフィルアムールと積極的なガーリアードという男たちの温度差と相似的でもある。こうして人物間の立体的な関係、および表面上の言葉と実際の行動との複雑な関係が浮かび上がってくることになる。

　葛藤を感じながらも娼婦の振りをするマーセラであるが、ユーフィーミアとしてフィルアムールに接する時には見事に「誘惑する女」になり、その役を演じ切る。側で聞いている放蕩者（リベルタン）のガーリアードをもうっとりさせる彼女の「演技」はこの劇の大きな見せ場であるが、その演技にはジレンマがある。彼女が求めているのは、マーセラとして愛されることであって、ユーフィーミアとして愛されることではないからだ。彼女自身が誘惑したのであるが、そして彼がその誘いに屈したのもユーフィーミアにマーセラを見たからなのだが、彼女にとっては彼が娼婦のところにやって来たこと自体が裏切りなのである。だからユーフィーミアとしてフィルアムールに接している以上、彼女が最終的に欲しているのは、彼が拒絶するということなのだ[9]。拒絶されるために熱心に誘惑するのだ。自己分裂と葛藤の心理劇と言ってもいいだろう。一

9　"I [Marcella] hope he will not yield...."（IV. i. 21）

方のフィルアムールも自己分裂と葛藤に苛まれる。目の前にいるマーセ
ラとしか思えない美しい娼婦を拒絶しなければならないのだ。結局彼は、
マーセラそして観客が望んでいるように、その「偽りの娼婦」を拒絶す
るという役割をマーセラのために引き受ける。娼家を「欲望と恥辱の館」
（Ⅳ.ⅰ.4）と見なし、娼婦を「罪人」（Ⅳ.ⅰ.47）と考えるフィルアムー
ルは、ユーフィーミアにマーセラの美しさすべてを認めるのだが、そし
て認めるがゆえに、「このような美しい人を娼婦に堕としてはならない」
（Ⅳ.ⅰ.110）と傍白して、彼女に語りかける。

　　—[*To Marcella*] consider yet, the charms of Reputation:
　　The ease, the quiet and content of innocence,
　　The awfull Reverence, all good men will pay thee,
　　Who as thou art will gaze without respect,
　　—And cry—what pitty 'tis she is—a whore—

（Ⅳ.ⅰ.111-15）

　ここにフィルアムールの誠実さを見るべきだろうか。おそらくそうで
はない。2000クラウンも支払いながら、娼家で娼婦に「貞節」を求めて
説教することは、滑稽なことと映るだろう。その滑稽さという対価を
払って示されているのは、フィルアムールのマーセラに対する愛であ
る。フィルアムールはユーフィーミアにマーセラを見たからこそ、この
ような滑稽な役を引き受けたのだ。だから、「陰鬱な心から彼女を振り
払えず」（Ⅴ.ⅰ.52）、その場を立ち去りかねるのである。同じように第
5幕でも、フィルアムールは男装したマーセラにマーセラの美しさを見
る。マーセラが兄のジュリオの振りをして、「娼婦のためにないがしろ
にされた」（Ⅴ.ⅰ.488-89）妹の復讐に来たとフィルアムールに迫った時、
陰で聞いていたジュリオが出て来て争いになるが、フィルアムールは男
装したマーセラの側に立つ。友人であるジュリオよりもマーセラの美し
さを持った偽りの男の味方をするのだ。ここに男色のほのめかしはない。
ただ純粋にマーセラへの思いがあるだけだ。最終的にふたりが結婚する

ことになるのが当然の帰結だと感じられるように、ふたりのやりとりが造形されている。マーセラとフィルアムールとの関係はロマンスに近づいている、と言えるだろう。

　それに対してコーニーリアとガーリアードの関係は逆にロマンスから遠ざかっている。ユーフィーミア（マーセラ）とフィルアムールとの一種のロマンス的心理劇の次には、彼と共に娼家を訪れたガーリアードとシルヴィアネッタ（コーニーリア）との場面が展開されることが当然期待されるが、すぐにはそうはならない。その前に喜劇的場面が挿入されるのである。コーニーリアの侍女であるフィリパがガーリアードと間違えてサー・シグナル・バフーンを屋敷に通し、従僕であるペトロがティクルテクストを騙して連れて来て、このふたりの道化役による喜劇が展開されることになる。さらに、コーニーリアもその喜劇に一役買ってサー・シグナルをからかいもする。また、寝室に逃げ込んだティクルテクストのところにガーリアードがやって来て、暗闇の中でお互い相手をシルヴィアネッタと勘違いして、男同士抱き合うという滑稽な場面も用意されている。ガーリアードが誤解に気付いたのは、ティクルテクストの髭に触れたからである。こういった喜劇的場面の後では、その当事者同士のコーニーリアとガーリアードのやりとりにロマンス的雰囲気は期待できない。むしろ、ロマンス性を剥ぎ取るために作者はこのどたばたの場面を挿入したと考えるべきであろう。つまり、極めて実際的なレヴェルをこのふたりには用意しているということである。娼婦の振りをすることにためらいがあったマーセラがフィルアムールの前で見事に娼婦の振りをすることに徹したのに対して、娼婦という立場を称賛していたコーニーリアはガーリアードの前でその役割に徹しない。

CORNELIA. Stay, do you take me then for what I seem [?]
GALLIARD. I'me sure I do! and wou'd not be mistaken for a
　　Kingdome!
　　But if thou art not! I can soon mend that fault,
　　And make thee so, —come—I'me impatient to begin the

Experiment.

CORNELIA.　Nay then I am in earnest, —hold mistaken stranger!
　　—I am of Noble birth! and shou'd I in one hapless loving
　　minute, destroy the Honour of my House, ruin my youth and
　　Beauty! and all that virtuous Education, my hoping parents
　　gave me?

（Ⅳ.ⅰ. 434-41）

　「一家の名誉」という家父長制の大義こそコーニーリアが、そしてア
フラ・ベーンが否定しようとしたものではなかったのか。「高貴な生ま
れ」こそが女性の自由を束縛するものではなかったのか。「女性の美徳」
こそが偽善ではなかったのか。ここで明らかになるのは、「決して娼婦
になるつもりはない」（Ⅳ.ⅱ. 456）、「ただ娼婦の振りをしただけ」（Ⅳ.ⅱ.
458）という彼女の断言が証明しているように、彼女が体制側からの逸
脱を本当は望んではいないという事実である。威勢よく姉を説得しよう
とした彼女の言葉には偽りがあったということだ。しかし、「娼婦の振
りをする」という偽りの行為をしているのだから、その行為の理由だけ
に真実を求める必要もないであろう。家父長制（という偽りの制度）の
下で、それに対して偽りという手段でもって対峙しようとしながら、そ
の動機自体に偽りがあったということになる。「偽り」、「偽ること」、そ
れ自体がこの劇の主題なのだ。「変装」を巡るドラマをアフラ・ベーン
は書いているのだ。

　だが、コーニーリアの偽りは単純な偽りではない。彼女は「厄介な美徳」
（Ⅳ.ⅱ. 505-06）を扱いかね、美徳に引き裂かれているのである。だから、
女性の美徳を説いてガーリアードを追い出してしまったことを、彼女は
すぐに悔やむのだ。偽りの娼婦として彼を拒絶した結果は、「ますます
彼を愛している」（Ⅳ.ⅱ. 548）ことを悟らされるだけであった。マーセ
ラにしてもコーニーリアにしても、娼婦の振りをするという試みは何ら
良い結果をもたらさなかった。それは同じく娼婦の振りをしたローラの
場合にも言える。彼女が偽りの娼婦シルヴィアネッタを装ったのは、見

知らぬジュリオと強制的に結婚させられる前に、ガーリアードと一夜の情事を持とうとしたからであったが、その結果は滑稽なものにしかならなかった。ローラがガーリアードだと思って部屋に引き入れた相手は、実は婚約者のジュリオ——暗闇の中で彼もまた相手をシルヴィアネッタだと思い込んでいた——だったのだから。しかも、彼女が事実を知るのは、ジュリオがこのことを当のガーリアード——シルヴィアネッタと言い争って、怒って彼女の部屋から出て来たばかりのガーリアード——に語るのを物陰から聞いていた時である。ジュリオの言葉から、彼女は自分の誤りを悟ることになる。この事実は、「不注意な愚か者」（V.i. 219）であったことを彼女に嘆かせることになるが、彼女がジュリオよりも愚かであるというわけではない。ローラをシルヴィアネッタだと誤解したまま、情事——しかも彼女の部屋に現れた男（オクターヴィオ）によって中断させられた情事——を自慢げに語るジュリオもまた愚か者に相違ないのだから。「このとても幸せな夜」（V.i. 174）と語るジュリオには作者の皮肉が感じられる。そしてこの場面には、もうひとり登場人物がいる。男装したコーニーリアである。すなわちここには架空のシルヴィアネッタを巡る４人の人物——シルヴィアネッタに扮したコーニーリア、シルヴィアネッタに成りすましたローラ、シルヴィアネッタの「美徳」に憤慨したガーリアード、ローラをシルヴィアネッタだと思い込んだジュリオ——が集まっている。彼らの会話から浮かび上がってくるのは、状況の錯綜であり、アイデンティティの混乱である。何かの振りをするということはアイデンティティに揺さぶりをかけることに他ならないわけで、その錯綜は当然の帰結であるとも言える。言うまでもなく、「変装」を巡る物語は、アイデンティティを巡る物語でもあるのだ。ともあれ、３人の女性たちにとって、娼婦の振りをすることは期待した結果を彼女たちにもたらさず、状況をややこしくしただけのように見える。では、「振りをする」ということ自体が否定的に捉えられているのだろうか。マーセラとコーニーリアの従者で、様々な変装をするペトロの場合を考えてみよう。

（3）

　ペトロも冒頭の場面で登場するのだが、彼は何にでも変身できる器用
な男として紹介される。フィルアムールがペトロのことを "pimp" と
呼んだのに対して、ガーリアードはその間違いをこう指摘する。

> . . . he［Petro］is capacitated to oblige in any quality;
> for Sir, he's your brokering Jew, your Fencing, Dancing and
> Civillity-Master, your Linguist, your Antiquary, your Bravo,
> your Pathick, your Whore, your Pimp, and a thousand more
> Excellencies he has to supply the necessities of the wanting
> stranger. —Well sirrah—What designe now upon Sir *Signal* and
> his wise Governor ［?］

（Ⅰ.ⅰ.123-28）

　変幻自在である人物はその代償としてアイデンティティを喪失するこ
とになる——それとも、アイデンティティを持たないというアイデン
ティティを持つことになると言うべきだろうか——であろうが、選択的
に変身するペトロの場合はそうはならない。それは、彼の変身を理解し
ているガーリアードのこの言葉から分かる。ペトロはただ、サー・シグ
ナル・バフーンと彼の「賢明なる」個人教師のティクルテクストに対し
てだけ変身して騙すのである。それは、彼があくまでマーセラとコーニー
リアの従者であることの証明でもある。そのことを知らないのは騙され
るふたりだけである。ペトロにとって何に変身するかということは重要
ではない。何でもいいのだ、サー・シグナルとティクルテクストを騙し
て金を巻き上げるという目的に適うものであるならば。マーセラとコー
ニーリアが変装する娼婦という存在がアフラ・ベーンにとって特別な意
味合いを持っていたのとは違って、ペトロの場合はただ目的だけに意味
がある。彼は彼が仕えるコーニーリアが娼婦シルヴィアネッタに変装す
るのを利用して、主人公が演じる変装のドラマに、この滑稽なふたりを

巻き込んでいく。そして、それは変装のドラマに別の角度から光を当てることにもなるだろう。

　変装して騙す場合、誰を騙すかということは大事な要素である。ペトロが騙すサー・シグナルとティクルテクストは騙されるのに相応しい道化役として人物設定されていることにまず注意しておかなければならない。サー・シグナルの父が彼の牧師ティクルテクストをお供につけて息子を大陸に外遊させているのだが、それは彼を「完全な馬鹿にするためだ」（I.i. 179）とガーリアードは皮肉に語っている。この金持ちの馬鹿息子と同様にお供の牧師も愚かなのだが、それがより明瞭に示されているのは、第3幕第1場で、2つ折り版を抱えているティクルテクストにフィルアムールが、持っているのは「ノックスかそれともカートライトか」（III.i. 289-90）と訊ねる場面である。もちろん、これら狂信的と言えるピューリタンの神学者の名前を出しているのは戦略的だ。ティクルテクストはノックスやカートライトの書物——ペトロはすぐに「ナンセンスの塊」（III.i. 291）と、作者の代わりに傍白する——を持っていると想像されるような人物とされているのである。しかし彼が実際に持っているのは、彼の日記に過ぎない。フィルアムールはその日記の任意のページを読み上げる。

> April the Twentieth, arose a very great storm of
> Wind, Thunder, Lightning, and Rain, —which was a shrew'd sign
> of foul weather. The 22nd, 9 of our 12 chikens getting loose, flew
> over-bord, the other three miraculous escaping, by being eaten by
> me, that Morning for breakfast.
>
> 　　　　　　　　　　　　　　　　　　　　　（III.i. 296-300）

　アフラ・ベーンがここで戦略的に語っていることは、ティクルテクストの取るに足りない日記の中身はノックスやカートライトの書物の中身と等価だ、ということである。両者の取るに足りなさを明瞭にするために、彼女はフィルアムールにわざわざ日記を読み上げさせているのだ。

ティクルテクストがそのような人物である以上、彼から個人教授を受けているサー・シグナルが賢明になる見込みは全くないことになる。ノックスやカートライトが非難されてしかるべきであるように、サー・シグナルとティクルテクストもいくら騙されて被害にあったとしても同情の余地は与えられない。ひどい悪臭のかぎタバコをマナーとして強要されるのも、"giving lesson" という名のもとに金品を巻き上げられるのも、彼らの愚かさが容赦なく晒されるためである。彼らを騙すペトロに非難の目は向けられない。

　ティクルテクストは日記には重大なことを書くと自慢げに言いながら、くだらないことを書いているのと同じく、彼の言葉は彼の行動を裏切ってもいる。彼は自らを "magnanimity"（Ⅲ.ⅰ.459）の人間だと思っているが、そして彼の生徒のサー・シグナルは自らを "Fortitude and courage"（Ⅲ.ⅰ.467-68）を持った英雄だとうそぶいているが、それは彼らが自己認識に欠けていること、すなわち道化の役回りに相応しいことを物語っている。嘘を事実のように語る（騙る）タイタス・オーツ的人物という暗示があるのかもしれない。彼らは危機が迫ると臆病にもそのたびに物陰に身を隠したり、逃げたりするのだが、その象徴的な場面は、サー・シグナルが煙突に隠れて煤だらけになり、ティクルテクストが逃げる途中で井戸に落ちる場面である。煤だらけになるのも、井戸に落ちるのも、それだけで滑稽で彼らの道化ぶりを表しているが、それだけには留まらない。煤を洗い流そうとして、サー・シグナルは釣瓶を引き上げるのだが、そこに乗っていたティクルテクストとご対面ということになる。ここだけではなく、何度かふたりはシルヴィアネッタの部屋の内と外で顔を合わせるという喜劇的場面を演じて劇的効果を演出している。牧師の先生にとっても、その生徒にとっても、娼家で顔を合わせるのは不都合なことなのだが、それこそペトロが目論んでいたことであった。娼家で鉢合わせすればお互いが牽制し合って退散することになり、結果的にペトロはすでに受け取っていたお金を丸儲けということになるからだ。彼らの方も娼家に行く不都合は理解しており、特にティクルテクストは牧師という身分上そうなのだが、彼らも変装して出かける。

しかし結果的にお互い相手が誰であるかを認識することになる。お互いがお互いの愚かさを映し出すのである。つまり、ペトロが採った変装という手段も、サー・シグナルとティクルテクストが採った変装という手段も、すべてサー・シグナルとティクルテクストの愚かさを暴き出すのに貢献したことになる。変装は事実を隠そうとしながら、実は事実を明らかにすることに貢献するのだ。ペトロと道化役のふたりのイギリス人たちは、変装のこの逆説的な意味を変装する主人公たちに投げかけるという役目を果たしている。ペトロの変装の目的はお金を得るということであったが、そしてその目的は達成されたのだが、劇としての変装の目的は変装のこの側面を明るみに出すことにあるのだ。ここにこの３人によるサブプロットの存在意義がある。道化にされるふたりは笑いをもたらすだけではなく、変装によって進行するプロットに寄与するという役目をきちんと果たしている。

（４）

　では、変装によってマーセラとコーニーリアに明らかになった彼女たちのアイデンティティとは何であろうか。変装によって苦境に陥った彼女たちの事実とは何であろうか。それは、彼女たちが愛する女であるということだ。マーセラがユーフィーミアとしてフィルアムールに、コーニーリアがシルヴィアネッタとしてガーリアードに相対した後、彼女たちに残されたのは愛の苦悩（の自覚）であった。その苦悩ゆえに、彼女たちの変装は結果的に良い結果をもたらさなかったように見えたのだが、彼女たちのアイデンティティを観客にそして彼女たち自身に明らかにするという結果は明らかにもたらしている。変装という行為は事実を照らし出す光でもあるのだ。こう考えてくれば、変装が両義的であることが容易に了解される。つまり、変装はアイデンティティを隠す暗闇の役目を果たすと同時に、アイデンティティという暗闇──自らのアイデンティティを白日の下に把握していると自負できる人間などいるだろうか──を照らし出す光の役目も果たしているのだ。それは、現実をカモ

フラージュしながら、しかも現実の本質を鋭く指し示すという劇のあり
ようとパラレルになっている。劇とは変装することで成立し、虚偽の中
に（彼方に）真実を暴くものであろう。アフラ・ベーンの劇は常にジャ
ンルとしての劇への指向を秘めているのだ。

　暗闇でもあり光でもある両義的な変装を主題とするこの劇は、従って
暗闇の中でプロットが進行しつつ——『一夜のたくらみ』というこの作品
のタイトル通りに——、その暗闇を断続的に光が照らし出すという構成
を取ることになる。この劇のト書きには光についての言及が何度も——
"lanthorn" が14回、"candle" が３回、"light" が３回——されている
のは劇の構成において意味があってのことなのである。例えば第４幕第
１場では、シルヴィアネッタの部屋に忍び込んだサー・シグナルとティ
クルテクストが暗闇の中で何とか隠れ続けようとしている時、灯りを
持ったペトロが彼らの間に進み出たためにふたりは顔を合わせて驚くこ
とになる。光の劇的効果は巧みに計算されたものだが、それはただ笑い
をもたらすだけのものではない。それはまた娼家にいるという不都合な
事実を彼らに突き付けることになったのだ。事実は常に称揚されるもの
だとは限らない。むしろ不都合で、苦々しく、やりきれないものである
ことの方が多いかもしれない。ローラの場合もそうである。彼女が企み
を持ってシルヴィアネッタに変装した結果得られたものはと言えば、彼
女が望んだガーリアードとの情事ではなく、やはりジュリオと結婚しな
ければならないという現実だけであった。変更できない現実はあるのだ。
ということは、変更できる現実もあるということだ。マーセラとコーニー
リアの場合がそれにあたる。

　ローラの兄オクターヴィオは妹をジュリオに与えると断言して彼女の
運命を支配しようとするが、自らに関しては、「旅こそ私がやるべき仕
事だ」（V.i.653）、「運命と争っても無駄だ」（V.i.695）と言いなが
ら婚約者のマーセラをフィルアムールに与える。そして、姪とオクター
ヴィオの結婚を画策していたモリシーニも「心から」（V.i.696）これ
に賛成する。また、コーニーリアもガーリアードと結婚することが認め
られる。すべては男たちの気まぐれによるかのようだ。しかし、その気

まぐれに根拠がないかというと、そうでもない。

> MORISINI. . . . pray give me leave to ask ye a civil
> question! are sure you have been honest[?] if you have I know
> not by what Miracle you have liv'd.
> PETRO. Oh Sir as for that, I had a small stock of cash, in the
> hands of a c[o]uple of English Bankers, on Sir *Signall Buffoon*. —
>
> （V. i . 716-20）

　ペトロは従者として妥当なことに、マーセラとコーニーリアの
"honesty" を守るべく気を配っていたのである。そして最終的に、
"honesty" の酬いとして結婚という結末を迎えたわけだが、この因果関
係は唐突ではない。なぜなら、彼女たち自身も "honesty" に価値を置
いていたからである。娼婦の振りをすることをマーセラに説得した時、
少々の名誉は犠牲にしても構わないと言った姉に対してコーニーリアは
こう言っていた。

> Spoke like my sister, a little impertinent Honour, we may
> chance to lose 'tis true, but our right down honesty, I perceive
> you are resolv'd we shall maintain through all the dangers of
> Love and Gallantry;
>
> （II. i . 72-74）

　彼女たちにとって最も大切なのも "honour" ではなく "honesty" な
のであり、この行動規範はマーセラとコーニーリアの人生を支配するモ
リシーニが是認するものなのだ。つまり、作中人物を自在に操ることが
できる作者たるアフラ・ベーンが是認するものなのだ。ローラにはその
行動規範がなかった。それは非難されてしかるべきことなのだ。結果的
に運命から逃れられなかったローラと、自ら運命を切り開いたマーセラ
やコーニーリアとの違いはここに求めることができるだろう。作者は細

心に人物造形を行っているのである。

　様々に変装して騙す行動を取りながらも、"honesty" を譲ることのなかったマーセラとコーニーリアの行動が是認されているわけであり、それは同時に彼女たちのために尽力した従者ペトロの行動も是認されるということである[10]。彼は私利私欲のためにサー・シグナルとティクルテクストから金を騙し取ったのではなかった。マーセラとコーニーリアのためにそうしたのであり、彼女たちが望み通りの結婚をすることになった以上、もうそのお金は必要ない。だからそのお金はサー・シグナルとティクルテクストに返されることになる。ここに見られるのは、まさに従者としてのペトロの二重の意味合いである。つまり、彼は女主人たちのために——彼女たちの "honesty" を守るべくお金を得るために——変装して彼女たちに貢献したことは、彼の変装と道化のサブプロット（従）がプロット（主）へ貢献していることとパラレルになっているのだ。こうしてペトロのおかげで変装を巡る劇はハッピー・エンディングを迎える。一夜のたくらみは、明るい光の中に解きほぐされる。

　　Come lets in and forgive all, 'twas but one Nights Intrigue,
　　in which all were a little faulty!

（V. i . 751-52）

　このフィルアムールの科白はあたかもこの劇を要約しているかのようだ。喜劇は許しを要請し、すべてを水に流し、ハッピー・エンディングを迎えるのだ。夜が朝の光の到来によって退散していくように、「一夜のたくらみ」もまた退いていく。

---

[10] ちなみに、この劇の最後の科白は、サー・シグナルがティクルテクストに語りかける科白であるが、そこで彼は師に、"we have hitherto been honest Brothers"（V. i . 754）と言っている。彼らは "honest" であったればこそ愛すべき人物であり得たし、これまでのいきさつにもかかわらず、これからもふたりは愉快な師弟関係を続けるであろう。

　大団円になって初めて、すべては「一夜のたくらみ」に過ぎなかったことがすべての登場人物に納得されて、幕が下りる。しかし、ここには見落としてはならないもうひとつのパラレルがある。それは、「一夜のたくらみ」というこの劇の中味と、劇というものはその本質において、「一夜のたくらみ」に過ぎないものであるということとのパラレルである。演じるとは騙すことであり、観劇するとは進んで騙されることである。『偽りの娼婦たち』における変装して騙す者と騙される者という関係は、変装して演技をする俳優と観劇する観客という関係とパラレルになっているのだ。この劇は騙す者と騙される者との共存関係——共犯関係と言ってもいい——によって成り立っているのだが、そもそも演劇は騙す俳優と騙される観客との共存関係によって成り立っているのである。そして、騙されることにこそ劇を見る快楽はある。（そして、もちろん快楽は危険と背中合わせであるのだが、それはまた別の話だ。）

　この劇において、観客は一見したところ特権的に優位な位置にある。誰が何に変装しているのか、何のために変装しているのか、観客にはすべてが明かされている。暗闇の中でもすべてが見通せる。登場人物が知らないことを教えられている。それが意味することは、観客は騙される者にはなり得ないということだ。観客は、騙される立場ではなくすべてを見抜く立場を、作者から与えられているかのようだ。しかし、それはそう見えるだけであって、上述のパラレルを考える時、観客も騙される立場に引きずり下ろされる。優位な立場にあるというのは錯覚に過ぎないのだ。作品が提示する"honesty"の行動規範を納得させられるための、作者が用意した錯覚なのだ。ここにアフラ・ベーンの巧みなドラマトゥルギーがある。登場人物と観客をパラレルにするというドラマトゥルギーが。

　「夜はわれわれを等しく騙した」（Ⅲ.ⅰ.450）とオクターヴィオは言っていたが、観客も等しく騙されるのである。では、その騙されるという快楽の後には何があるのか。劇はハッピー・エンディングの形を取って

いるが、結婚することになったマーセラとフィルアムール、そしてコーニーリアとガーリアードのカップルがどのような結婚生活を送るかは、劇の関知するところではない。それがハッピーなものであるかどうかは分からない。同じように、幕が下りて劇場をあとにする観客が出て行く世界も、ハッピーなものであるかどうかは分からない。ただ、ティクルテクストはこう言っていた。

Haste honest *Barberacho*, before the day discover us to the wicked world . . . .

(V. i. 1-2)

　この劇のキーワードである "honest" という語に注目しよう。彼を騙している張本人のペトロに対して "honest" と言うのは、道化役に相応しい愚かさを示しているように見えるが、ここには道化が無意識に語る真実もある。ペトロはもちろんマーセラとコーニーリアに対して "honest" であるのだが、それだけではなく、騙されるという快楽を与えるという点でティクルテクストに対しても "honest" であるのだ。ティクルテクストは我知らずその真実を語っているのである。さらに、"the wicked world" という語も、我知らず語った真実だ。人はそこから逃れるために劇場に足を運ぶ。つまり、夜の世界＝騙しの世界＝劇場にこそ快楽があるという、劇作家アフラ・ベーンが抱いていた劇作家としての信念だ。騙す快楽と騙される快楽、すなわち劇作家の快楽と観客の快楽、そのパラレルにアフラ・ベーンの劇作品は賭けられている。

第6章

喜劇から離れて──『にせ伯爵』について

（1）

　第4章で論じた『サー・ペイシャント・ファンシー』と同じく、『にせ伯爵』（*A Farce Call'd The False Count, Or, A New Way to play An Old Game*[1]）（1681年初演、1682年出版）もまたモリエールから着想を得ている。モリエールが、その喜劇作家の天分を発揮して人気を博した、ごく短い1幕劇『滑稽な才女たち』（*Les Precieuses ridicules*）（1659年初演、出版）を喜劇と銘打ったのに対して、その才女ぶった滑稽な女性というモチーフを借りたアフラ・ベーンの『にせ伯爵』にはそのタイトル・ページにファース（笑劇）とはっきりと記されている。さらにエピローグにおいてもこの作品が「たった5日で簡単に書かれた、ささやかなファース（"a slight Farce"）」であると語られている。「たった5日」ということを額面通り受け取ることの是非は置いておくとしても、「ファース」であることはそのまま受け取らなければならないだろう。彼女の他の劇作品に比べて短いとはいえ、『滑稽な才女たち』よりは長い5幕劇『にせ伯爵』を、あえてファースと呼んでいるのはなぜだろうか。アフラ・ベーンがファースと名付けたのはこの作品が初めてであり、他にはもう1作品『月の皇帝』（*The Emperor of the Moon: a Farce*）（1687年初演、出版）があるのみである。後者の場合、登場人物としてハーレキン（Harlequin）やスカラムッチャ（Scaramouch）が設定されていることからも明らかなように、イタリアのコメディア・デラルテの流れをくむファースであることが明瞭であるが、『にせ伯爵』の場合はそうではない。作者が喜

1　*The False Count*, vol. 6 of *The Works of Aphra Behn*.

劇ではなくファースとあえて名付けているのだ。同じくモリエールの『病は気から』（*Le Malade imaginaire*）（1673年初演、1675年出版）を翻案した『サー・ペイシャント・ファンシー』（*Sir Patient Fancy*）（1678年初演、出版）には「喜劇」と記されているのとは対照的である。ここには作者の意図的な区別を見なければならないだろう。モリエールの成功によってファースが流行し、その流れはイギリスにも及んだが、ドライデンの批判をはじめとして「ファース」という言葉は否定的な意味合いが強く、避けられる傾向にあった[2]。しかし、それを承知であえてアフラ・ベーンは一段下に見られるこの言葉をタイトルに用いている。極めて意図的な使用と見なければならない。ファースであるからには、その主眼点は笑いであり、このファースは「あまりに馬鹿げているので、この作品は人々を楽しませずにはおかない」とエピローグで芝居を見終わったばかりの観客に語られるように、ファースとして観客を笑わせることを作者はまず意図している。騙され役のフランシスコにジェイムズ・ノークス（James Nokes）、騙し役にアンソニー・リー（Anthony Leigh）という著名な喜劇役者を配していることからもその意図は観客にとっても明らかだった[3]。では、彼女がこの作品で目指したのはどのような笑いなのか、ファースがもたらす笑いとはどのようなものなのか、それは喜劇のもたらす笑いとはどのように異なるのか[4]？　この笑劇は、笑いについての探求でもある。

（2）

　1681年という初演の年を考えれば、演劇──演劇に限らず文学一般──が政治から遠く離れることが困難な時代であったことは容易に想像され

---

[2] Peter Holland, "Farce," in *English Restoration Theatre*, ed. Deborah Payne Fisk（Cambridge: Cambridge University Press, 2000）, p. 110参照。

[3] 著名なこれらふたりの喜劇役者の名前はエピローグでも言及される。

[4] ファースというジャンルについての論考としては、Peter Holland, "Farce," pp. 107-26を参照。

うる[5]。それはまさにドライデンの政治諷刺詩『アブサロムとアキトフェル』（*Absalom and Achitophel*）が出版された年である。カトリック教徒陰謀事件、そしてそれに続く王位排除法案を巡る混乱は、熱烈な王党派のアフラ・ベーンにとって避けては通れない問題だったはずである。事実、『サー・ペイシャント・ファンシー』や『偽りの娼婦たち』にはこうした社会背景を容易に読み取ることができる[6]。この政情不安定は演劇に題材を提供したという側面はあるものの、演劇にとっては逆風であった。混沌の時代は文学作品が胚胎するには好都合であるかもしれないが、演劇の上演には不都合である。観客数の減少のために、翌82年には２つしかない勅許劇団――国王劇団と公爵劇団――がひとつに統合されて統一劇団となり、演劇活動の場が狭められることになるからである。こういった時代背景のもとでファース『にせ伯爵』は書かれた。

「ささやかなファース」であるこの作品の構造はアフラ・ベーンの劇作品の中では単純なものであると言うことができる。登場人物は騙す側と騙される側にはっきりと二分され、前者が後者を徹底的にやり込めることで劇が進行していく。騙す側が騙される側になったり、またその逆になったり、ということは起こらない。そのような逆転劇、あるいは貴婦人と娼婦の逆転劇をむしろ得意としていたアフラ・ベーンではあるが、この劇においてはプロットが単純であることが美点であるかのように、単純さを追求しているように見える。そして、それは当然彼女の戦略なのであるが、その点については後で述べる。しかし、プロットが単純だからといって、劇そのものが単純であるということには必ずしもならない。王党派でかつカトリックに共感を持ち続けた立場から作品を書いてきた作者を知る者にとって[7]、ドン・カルロス役のウイリアム・スミス

---

[5] この点に関してRos Ballasterはこう述べている。"The literary analogy of 'plotting' with the political controversy of a supposed Catholic plot to assassinate the king, seems to have been so powerful that no author could evade the association." "Fiction feigning femininity: false counts and pageant kings in Aphra Behn's Popish Plot writings," *Aphra Behn studies*, ed. Janet Todd (Cambridge: Cambridge University Press, 1996), p. 50.

[6] ちなみに、この２作でも『にせ伯爵』と同じく、喜劇役者のジェイムズ・ノークスとアンソニー・リーが共演している。

（William Smith）の語るプロローグの言葉は驚きをもって響くことになる。それは、こう始まる。

> *Know all the Whiggs and Tories of the Pit,*
> *(Ye furious Guelfs and Gibelines of Wit,*
> *Who for the Cause, and crimes of Forty one*
> *So furiously maintain the Quarrel on.)*
> *Our Author as you'll find it writ in story,*
> *Has hitherto been a most wicked Tory;*
> *But now to th' joy o' th' Brethren be it spoken,*
> *Our Sisters vain mistaking eyes are open;*
> *And wisely valluing her dear interest now,*
> *All powerful Whiggs, converted is to you.*

　ホイッグとトーリーという政治用語から始まるこのプロローグは極めて政治的な響きを漂わせ、これから上演される作品が政治的なものであることを予期させる。トーリーの信条に基づいて作品を書いてきたアフラ・ベーンであってみれば、観客に語りかけるこのプロローグの政治性に違和感はない。しかし、すぐに観客には違和感が生じてくるはずだ。今回はいままでとは立場が違うのだ。彼女はトーリーからホイッグに転向したのだろうか。それはこれまでの作品の否定に繋がってしまうだろうが、そのようなことがありうるのだろうか。だとすればこれは極めて政治的な作品ということになるだろうが、ファースと明言されたこの作品にそのようなことが果たして可能なのだろうか。笑いをもたらすことを主眼としたファースと政治性はどのような関係を持ちうるのだろうか。プロローグは意図的にこのような様々な疑問を観客に植え付けつつ、劇は始まる。

7　彼女のそのイデオロギーの端的な表れは、公然たるカトリックゆえに王位排除法案を出されたヨーク公（後のジェームズ 2 世）への熱烈な支持である。

若きカディス総督ドン・カルロスはバルタサーの娘ジュリアと恋仲であったが、2ヶ月前にジュリアは父親によって年老いた——父親よりも年上の——商人上がりの裕福な紳士フランシスコと望まぬ結婚をさせられてしまっている[8]。だからといってドン・カルロスの恋心が消えてしまったわけではなく、むしろますます恋心は募っている。（ジュリアもまた同じ思いであることは、次の第1幕第2場ですぐに明らかにされる。）しかし妻とドン・カルロスの事情を知っているフランシスコは、セビリアで若い妻をカゴの鳥のように閉じ込めていたために、ふたりは逢うことができなかった[9]。しかしチャンスが巡ってくる。フランシスコが妻を伴っていやいやながらもドン・カルロスが治めているカディスにやってくるのだ。それは、ひとつには前妻との娘イザベラの結婚式に出席するためであり、もうひとつはジュリアの妹クララとドン・カルロスの結婚式に招待されたからである。だが、この2つの結婚式は幸せを予想させるものではない。前者は当人たちの意に反して父親たちによって画策されたものであり、後者はジュリアをカディスに呼び寄せる口実としてドン・カルロスによってでっち上げられたものである。イザベラの結婚相手というのがドン・カルロスの友人である商人のアントーニオであるが、彼が恋しているのはイザベラではなくクララであり、クララもまたアントーニオを恋している。一方、イザベラは商人であるという理由だけでアントーニオを軽蔑している[10]。ここに、フランシスコを憎く思っているドン・カルロスとイザベラを憎く思っているアントーニオが、フランシスコ父娘に対して共闘することが可能になる状況が成立する。ふたりの友人がフランシスコ父娘をこき下ろす会話から始まるこの劇がまず観客に明示するのは、ファースの笑いの対象がフランシスコ父娘であるということだ。靴屋からの成り上がりで吝嗇家にして嫉妬深い

---

[8] 父親による強いられた結婚という家父長制の抑圧のモチーフはアフラ・ベーンお気に入りのものだが、この笑劇においてはその点が深く追求されることはない。

[9] その意味で、ジュリアが夫のことを"Dragon"（宝物の厳重な番人）（II. i. 50）と呼ぶのは正鵠を射ている。

[10] お高くとまったイザベラは、モリエールの『滑稽な才女たち』で嘲笑される高慢なマドロンとカトーの系譜に繋がる者だとされる。

フランシスコと、名誉欲と虚栄心ばかり強いイザベラという人物像が、笑われてしかるべきものとして、当人たちの登場前に観客に植え付けられるのである。

　ドン・カルロスはクララに恋している振りをしてフランシスコの目を欺いてジュリアに近づこうとし、同じようにアントーニオはイザベラに恋している振りをしてクララに近づいている。笑いの対象となるフランシスコ父娘はすでにして騙される対象ともなっている。騙されることと笑いを生み出すことはこの作品においては等価なのであり、それがこの笑劇で次々とフランシスコ父娘が騙されていく理由である。そして、その騙されるという役割が彼らに相応しいことを、騙す側のドン・カルロスとアントーニオのオープニング・シーンの会話は示そうとしているのである。観客はまずこのふたりの会話をそのまま受け入れなければならない。彼らの認識を受け入れることによって、劇の世界に入っていくことが可能になるのだ。蛇足ながら、その会話を聞く観客は、劇という騙し──すなわち意図を持って人工的に作り上げられたフィクション──を意識的に受け入れることによって、笑いを享受する立場につくことができる、ということを付け加えておこう。

　フランシスコはもともとが商人であるので、立派な商人であるアントーニオと娘のイザベラとの結婚を進めようとするが、イザベラにとって商人との結婚はプライドが許さない。彼女は商人の娘でありながら、商人を名誉のないものと考えているのである。ここで、商人という立場をどのように理解すればよいのか混乱が生じることになる。劇の構造上の対立関係で言えば、騙す側のアントーニオ対騙される側のフランシスコ父娘という構図になるが、商人という職業に対する認識では、商人に名誉を認めるフランシスコとアントーニオ対その名誉を認めないイザベラという構図になってしまうのである。実際、第1幕第2場では、商人との結婚を巡って父娘の口論が演じられる。商人であることを誇りとするという点からは、アントーニオとフランシスコは同じ立場であると言えるのだ。では、作者の立場はどうだろうか。商人を重んじるのはホイッグであり、熱心なトーリー支持者であったアフラ・ベーンであってみれ

ば、その立場はイザベラ側ということになるはずである。しかし、プロローグの言葉を聞いた後ではそうとは即断できない。事実、彼女はイザベラの愚かさを暴き立てようとしているのであり、イザベラの考えに賛同しているわけでは全くない。ではホイッグの立場であるかというと、そうとも言えない。一方の商人アントーニオは好意的に描きながらも、もう一方の商人フランシスコは騙されて笑われる側に置こうとしているからである[11]。つまり、騙す側と騙される側という劇の構造上の明白な二分法とは裏腹に、商人という立場に関するイデオロギーの面では二分法が成立せず、混乱が生じているのである。

　また、同じようなイデオロギーの混乱が別の面にも生じているのを見ることができる。カトリック教徒陰謀事件という時代背景に照らして考えてみると、架空の情報を流して陰謀（plot）を企むのはプロテスタント側であり、カトリック側のアフラ・ベーンとは敵対するはずである。イデオロギー的には、陰謀を暴き立てて真実を白日の下に晒し出すのが、彼女の政治的＝宗教的立場であるはずである。しかし、この作品において陰謀——政治性はないので、策略と言った方がよいだろう[12]——を企んで騙そうとするのは、作者が共感を持って描く主人公のドン・カルロスやアントーニオであり、その策略の犠牲とのなるのが笑い者にされるフランシスコ父娘なのである。策略を巡らすことが極めて正当であるかのように、作品は設定され展開されるのだ。しかも、ドン・カルロスはトルコ人のスルタンに扮するのであり、異教徒がキリスト教徒に対して勝利を収めることになるのである。この作品においては事実よりも虚構の方が力を持ち、より価値があるとされているかのようである。これを敷衍すれば、タイタス・オーツ（Titus Oates, 1649-1705）の捏造は事実よりも力を持つものだということになってしまうのではないだろうか。だとすると、作者はどのようなイデオロギー的立場からこの戯曲

---

[11] 家父長としての権力を振るい、「私の妻は私の奴隷だ」（I.ii. 142）と妻の父に断言してはばからないフランシスコは、作者の価値観からして当然揶揄の対象になる。
[12] 作中では、"a Plot"（I.i. 104）、"the Cheat"（II.i. 37）、"this deceit"（II.i. 98）、"our designs"（III.i. 53）など様々な言葉で表現されている。

を書いているのであろうか。

　ホイッグとトーリー、カトリックとプロテスタント、キリスト教徒と異教徒、こういったイデオロギー対立という当時の時代背景と、これまでの作者アフラ・ベーンのイデオロギー上の信条を無視するかのような展開、これが意味するものは何だろうか。イデオロギーの混乱のように見えるかもしれないが、もちろんそうではない。そうではなくて、ひたすら笑いを生み出すことのみに専心するファースとしての戦略であると解することができる。それは、政治（＝宗教）から遠く離れること、政治的（＝宗教的）イデオロギーの片方に肩入れすることから脱すること、政治的（＝宗教的）イデオロギー自体を無化すること、つまりひたすらファースであろうとする戦略なのだ。プロローグもまたその戦略に寄与するものであると考えることができるだろう。政治用語を多用して、政治的作品であることを観客に予期させるプロローグは、その予期を裏切るためにあるのだ。要するに、時代背景から政治的作品を予期する観客の想像をプロローグの語りかけで直接掻き立てながら、結局は芝居の中でそれを裏切ろうとしているのだ。その意図的に作られたギャップにファースとしての戦略を見ることができる。しかしこのように考えてくると、逆説的なことだが、政治的イデオロギーから離れようと意識するこの作品は政治的状況を利用することによってそうしようとしているのだから、結局は極めて政治的な作品ということになるのかもしれない。意識して逃れることは、意識していることに他ならないのだから。ただ、その意識を芝居の表面に出さないこと――つまり観客の意識にのぼらせないこと――、それによってこの作品はファース足り得ている。ファースと政治的イデオロギーは相容れないだろう。政治的イデオロギーを巡るプロットから笑いを生み出すことも十分可能だろうが、そしてそうすることはアフラ・ベーンにとって十分可能なことであっただろうが、それはこの作品が目指すところではない。そして、より重要なことなのだが、喜劇がもたらす笑いもこの作品が目指すところではない。実は、政治から離れようとするこのファースは同時に喜劇からも離れようとすることになる。政治劇であることを拒むのと同様に、喜劇であることをも

拒む戯曲をアフラ・ベーンは書いているのだ。では、どのように喜劇から離れようとしているのか。

（3）

　この作品の眼目はフランシスコと娘のイザベラがいかに騙されて滑稽な役回りを演じるかにあるのだが、そのためにドン・カルロスは従僕グースマンの知り合いで煙突掃除人のギリオームに「にせ伯爵」を演じさせてイザベラに言い寄らせる。モリエールの『滑稽な才女たち』で言えば、マドロンとカトーに言い寄るマスカリーユ侯爵とジョドレ子爵の役回りだ。ギリオームの身分が卑しく滑稽な人物であればあるほど、ギリオームに騙されるイザベラ、そしてフランシスコはますます滑稽になるという仕掛けでもある。そしてさらに、ジュリアとクララを味方に引き込みながら、グースマンにトルコ人の船長を演じさせ、ドン・カルロス自身もトルコのスルタンに扮してそこに加わり、彼がトルコ人から奪ったガレー船やアントーニオの別荘をも騙しの道具に用いて、大掛かりに、当時の流行を意識してスペクタクル風に、騙しのゲームを拡大させていくのである。ここで「ゲーム」という言葉を使うことは飛躍ではない。タイトル・ページには、"*A New Way to play AN OLD GAME*" と書かれているのだから、ゲームとして作品が提示されていると見なすことは的外れではない。このゲームがすなわち見せ物としてのファースである。ドン・カルロスの "I'll retire then, and fit me for my part of this Farce." (IV.ii. 12) という科白は、その事実を観客に伝えるためのものだと解することができる。なぜなら、この科白の直前にガレー船での偽の略奪シーンを演じた船長（グースマン）の行動について、ロペス（バルタサーの召使いであるが、彼もまた騙しのゲームに加わっている）はドン・カルロスと次のように会話を交わすからである。

　　CARLOS.　But, why so near the Land? by Heaven I saw each
　　　　action of the Fight, from yonder grove of Jesemine,

118

And doubtless all behold it from the Town.

LOPEZ. The Captain, Sir, design'd it so, and at the Harbour gave
　　　it out those two Galleys were purposely prepar'd to entertain
　　　the Count and the Ladies with the representation of a Sea-fight;
　　　lest the noise of the Guns should Alarm the Town, and, taking
　　　it for a real Fight, shou'd have sent out supplies, and so have
　　　ruin'd our designs.

（Ⅳ.ⅱ.1-8）

　ドン・カルロスたちが行っているのは "representation"（「演劇」）な
のであり、それは "designs"（「目的」）を持ったものであると言う。す
なわち、フランシスコ父娘を騙すという目的を持った芝居を彼らは演じ
ているということだ。それは、芝居には目的があるということを観客に
語っていることになる。アフラ・ベーンは戯曲のありようについて常に
意識的なのだ。そしてファースであることを意識して書いている以上、
笑われるべき人物たちは意識的に矮小化されることになる。

　虚栄心の強いイザベラは商人のアントーニオを「小市民」（"a little
Cit"）（Ⅰ.ⅱ.321-22）と呼んで軽蔑している。「私は思うのですけど、
あなたと同じ身分の人の方があなたにはより相応しいし、あなたの平民
の気質に合うんじゃないかしら」（Ⅰ.ⅱ.308-09）とアントーニオに向
かって言い、「私のような美しい女が商人と結婚するなんて……ずっと
独身でいる方がましだし、修道院に送られる方がいいくらいよ」（Ⅰ.ⅱ.
252-25）と商人の父親にうそぶくイザベラは、はなはだしく思い上がっ
た女という設定になっている。であるから、アントーニオが投げかける
"proud Fool"（Ⅰ.ⅱ.335）という呼称を観客も容易に共有できること
になる。彼女にとって重要なのは、人間の中味ではなく上辺を飾る身分
（"Quality"）（Ⅰ.ⅱ.249）だけなのだから、ギリオームが「伯爵」と名乗っ
ただけで彼に思いを寄せ始める。しかも、煙突掃除人のギリオームに優
雅な物腰を見てしまうのである。

119

Ah what a graceful Mien he has? how fine his conversation?
ah, the difference between him and a filthy Citizen.　　　［Aside］
　　　　　　　　　　　　　　　　　　　　　　　（Ⅲ.ⅱ. 96-97）

　煙突掃除人と　"a filthy Citizen"　とが何と違うものかと思ってしまう
イザベラは、要するに何も見えないのだ。同じように何も見えないフラ
ンシスコは、「娘は貴婦人になるべく生まれた」（Ⅲ.ⅱ. 261）とアントー
ニオに言って、娘の結婚相手を、「にせ伯爵」に乗り換えようとする。
こうして、彼らは用意された策略にいとも簡単に引っかかっていく。い
とも簡単に、という軽薄さは実は重要な要素で、ファースとしての作品
に合致するのである。軽薄であることは、彼らにとっては欠点であるが、
ファースにとっては利点である。
　いかに軽薄に、立場をころころ変えていくか、それはファースとして
の見せ所でもある。いとも軽薄に「にせ伯爵」のギリオームになびいた
イザベラは、「にせのトルコ人たち」に捕えられて涙を流したのも束の
間、ギリオーム自身からスルターナ（トルコの王妃）という言葉を聞い
て、微笑みを禁じ得ないのだ。

And yet a *Sultana* is a tempting thing――　　　［Aside smiling］
―And you shall find your *Isabella* true, ―though the *Grand Signior*
wou'd lay his Crown at my feet, ―wou'd he wou'd try me
through, ―Heavens! to be Queen of *Turkey*.　　　［Aside］
　　　　　　　　　　　　　　　　　　　　　　　（Ⅳ.ⅰ. 133-36）

　もちろんギリオームはイザベラを焚き付けようとしているのだが、い
とも簡単にイザベラはその罠にはまってしまう。スルターナという言葉
を聞いただけで都合のいい想像力を働かせてしまうのだ。一方、騙され
る側のもうひとりフランシスコは、極めて現実的な面に想像力が働く。
お金にこだわる商人気質に対する揶揄が感じられるのだが、妻のジュリ
アが捕らえられた時フランシスコがまず気にするのは身代金のことなの

だ。妻の名誉や命よりも、さらに自分自身の命よりも、彼が守ろうとするのはお金である。繰り返し彼が口にする身代金（ransom）という言葉は、彼が何に憑かれているかを明らかにする。身分に憑かれた娘と、お金に憑かれた父親。似た者同士のこのふたりは徹底的に揶揄されてしかるべきだと、アフラ・ベーンは考えているようである。イザベラとフランシスコが「軽薄に」態度を変えることがファースの登場人物として相応しいように、作者の態度としては、その彼らを「徹底的に」揶揄することがファースを書く上で相応しい、と言えるのではないだろうか。

　なぶり者にされるフランシスコではあるが、彼が悲劇の主人公になり得たかもしれないような場面がある。妻の操と自分の命が天秤にかけられた時だ。ジュリアとドン・カルロスは共謀してフランシスコをその苦境に陥らせているのだが、そしてそれは彼が当然後者を選ぶことを予想した上でのことなのだが、もしその時彼が予想に反して自分の命を抛って前者を選んだならば、彼は悲劇に相応しい人物となったかもしれない。もちろんファースであるこの芝居でそのような展開は許されないし、観客も期待しないが、そしてフランシスコもその期待を裏切らないが、そういう可能性のある場面を設定しているということは注目すべきだろう。フランシスコがどちらを選ぶかが分かっていながら選択肢を出すというのは、選ばない方の選択肢の人間（悲劇的人物）には彼は決してなれないことを殊更強調するためなのだ。彼を徹底的に、容赦なく、とことん、救い難いほどに滑稽な人物にするための策略なのだ。彼は恐ろしいスルタンから自らの命を守るために、妻を売ろうとする。彼は、ドン・カルロス扮するスルタンを拒否する（振りをしている）妻を、自ら説得するのである。

> . . . why, I wou'd have ye—lie with the *Sultan*,
> huswife; I wonder how, the Devil, you have the face to refuse him,
> so hansom—so young a Lover; come, come, let me hear no more
> of your coyness, Mistress, for, if I do—I shall be hang'd; —
> *The Great Turk*'s a most worthy Gentleman, and therefore I advise

you to doe as he advises you; and the Devil take ye both. ―

（Ⅴ.ⅰ.71-76）

　ジュリアの「にせの」貞節に対して、間男されることを自ら望むという状況にまでフランシスコは追いやられるのだ。望むだけではなく、跪いて懇願しさえする[13]。そしてついには、力ずくでドン・カルロスとジュリアを追い出してふたりきりになる場面を作り出すのである。ここまでドン・カルロスとジュリアの共謀は「徹底的」なのである。

　同じ徹底さはイザベラに対しても同様である。彼女はスルターナという言葉に有頂天になったが、もちろん「にせスルタン」のドン・カルロスが選ぶのは彼女ではなくジュリアだ。イザベラは失望を味わうためにだけ、ギリオームにその言葉を吹き込まれたのである。そして、スルターナが無理ならやはり伯爵夫人にと、再びころっと方向転換して、一度は捨てた煙突掃除人の「にせ伯爵」ギリオームに結婚を懇願することにする。父のフランシスコが間男されるために自ら奮闘したように、娘のイザベラも「にせ伯爵」と結婚するために自ら奮闘するのである。策略の罠にかかっただけではないのだ。それだけでは生温いとでもいうように、望まない状況を自ら求めるというところまで彼らは追いやられるのだ。しかも、その状況は、いったんそこまで進めば後戻りができない。フランシスコにとっては間男されたならその事実は消えないし、イザベラにとってはいったん結婚したならばもう取り消せないのである。ギリオームの煙突掃除人という正体を知った後でイザベラは「ああ、破滅だ」（Ⅴ.ⅰ.350）と嘆くことになるが、もう後の祭りだ。アントーニオにとっては「徹底的な」復讐ということになるだろうが、考えてみれば残酷と言えよう。恋人のクララでさえもそう思っている。"Unmercyfull *Antonio*, to drive the jest so far; 'tis too unconscionable! "（Ⅴ.ⅰ.153-54）という科白は、一連の策略に対する注解となっていると同時に、観

---

[13] 実際に跪く場面は書かれてはいないけれども、最後の場面のジュリアの科白（Ⅴ.ⅰ.311-12）からその事実が知らされる。

客の気持ちの代弁でもあるだろう[14]。一方ドン・カルロスにしても、その復讐はアントーニオ同様やはり「徹底的」である。フランシスコを妻の貞節を売る滑稽な男に仕上げた後で、自作の手紙を朗読するところにその「徹底さ」を見ることができる。スルタンに扮したドン・カルロスは、カディスの総督ドン・カルロスが身代金を払ってフランシスコを解放するというでっち上げの手紙を読み上げ、フランシスコに感謝の気持ちを抱かせる。敵から敬意さえも勝ち取って、初めて彼の復讐は完成されることになる。アントーニオはイザベラから単に解放されるだけでは気が済まず、ドン・カルロスはジュリアを単にフランシスコから解放して手に入れるだけでは気が済まないのだ。残酷なまでに彼らをやり込めなければ収まらないのだ。この「徹底的な」残酷さは、シニカルなジャシンタ（ジュリアの侍女）が言うように"the rarest sport"（V.i.134）と言うことができる。そして、この楽しみこそ、作者が提供しようとしているファース（＝ゲーム）であると理解することができる。喜劇に付きもののハッピー・エンディングが許されない、「徹底的に」笑い者（sport）を作り上げるファース（＝ゲーム）であると[15]。

　徹底的に笑い者にすることによって、大団円という和解を拒否し、ファースは喜劇から離れていく。ファースがゲームであるならば、そこには必ず勝者と敗者が生じざるを得ないのであり、ゲーム内において両者の和解はあり得ないのだ。それは、事実と虚偽の和解があり得ないのと同様だ。高らかな虚偽の勝利を、ひとつのゲーム内の結果として、政治からも喜劇からも離れたところで行われるゲームの結末として、われわれは受容することになるのである。

---

14 こういうところに劇作家としてのアフラ・ベーンの観客に対する意識を垣間見ることができる。
15 「徹底的に」笑い者にするというファースの特性に関して、Dolors Altaba-Artal はこう言っている: "... it is all farce in which no harsh sarcasm spoils the gay and festive atmosphere." *Aphra Behn's English Feminism* (Selinsgrove: Susquehanna University Press, 1999), p. 112.

（4）

　もしここで劇が終わっていたら、作者の主張するファースとしての性格はより色濃く出ていたかもしれない。つまり、大団円を迎えることのない、笑い飛ばして消費されるべきひとつのゲームとしてのファースの性格が。だが、劇はここで終わってはいない。最後の100行で、事実が露呈することになるのである。それは、バルタサーとセバスチャン（アントーニオの父）が登場することによってもたらされる。一連の策略に加わっていないこのふたりは、その場所がトルコの宮殿ではなく、カディス郊外のアントーニオの別荘であることを告げるのだ。こうして事実が暴露されことになる。事実が隠されたまま、そして虚偽が支配したまま幕が下りることにアフラ・ベーンは気後れしたのであろうか。そうかもしれないが、かといってこのラスト100行は蛇足であるかというと、そうではない。

　事実が明らかになれば虚偽は葬り去られる、というのが一般であろう。しかし、このラストで明らかになった事実はそのような力を持たない。虚偽が作り上げた状況を事実は覆すことができないのだ。どんでん返しは起こらないのだ。いくらイザベラが絶望の叫びをあげて呪っても、煙突掃除人との結婚は取り消せない。それどころか、"your neighbours know him〔Guiliom〕not, and he may pass for what you please to make him; the Fellow's honest, witty and hansom"（V. i . 368-70）と言うドン・カルロスの言葉を、父のフランシスコは抵抗なく受け入れてしまうのだ。ここまで騙してきたギリオームを誠実だと言うドン・カルロスの言葉を真に受けるのはどうかしているが、ギリオームを好きなように仕立て上げることができる虚偽の力にフランシスコは魅了されるのだ。虚偽の餌食となってきたフランシスコであるが、彼はこれからも虚偽の側に付こうとするのだ。そして、妻のジュリアに関しても、厄介払いができたと言って、ドン・カルロスから取り返そうとはしないのである。

　ここで示されている事実と虚偽との関係は、前者は後者を打ち負かす

ことができるとは限らない、ということだけではない。前者は後者を補強することさえある、ということだ。フランシスコはギリオームに関する事実を知った上で、ギリオームが誰にも知られていないという事実を利用して、新しい虚偽を作り上げることができるのだ。これを現実と劇との関係に当てはめれば、現実（事実）という素材から劇という虚偽を作り上げる、ということになるだろう。現実という事実が劇という虚偽を支える、という構造だ。

　ウソのない世界にホントウはない。ホントウのない世界にウソはない。ウソとホントウはコインの裏表だ。そしてコインはひっくり返るものである。ギリオームは本当の紳士になるかもしれないし、劇こそが真実になるかもしれない。このことを暗示するためにも、劇作家としてアフラ・ベーンは最後に事実の露呈の場面を付け加えざるを得なかったのではないだろうか。ここに彼女の劇作家としての意識を見てもいいだろう。しかしこの場面は、劇作家の立場としては意味があるとしても、イデオロギーから離れたところにあるファースとしての作品からすると逸脱であろう。だからだろうか、ファースとして締めくくるために、最後にこう観客に向かって語られるのである。

ANTONIO.　And I, as Heaven and *Clara* can [make me happy].

　—You base born Beauties, whose Ill manner'd Pride,

　Th'industrious noble Citizens deride,

　May you all meet with *Isabella*'s Doom.

GUILIOM.　—And all such Husbands as the Count *Guiliom*.

（V. i . 382-86）

　こうして、これがファース＝ゲームであることを観客に告げて、この笑劇は終わる。アントーニオとギリオームという騙す側が最後を締めくくる科白を与えられて、いわば自分たちの勝利を宣言して劇が終わるのである。

　ドン・カルロスとアントーニオの側の勝利は、作者の勝利（＝劇が人

気を博すること）には結果的には結びつかなかった。それは、イデオロギーの充溢する社会において、それを逆手に取ってイデオロギーから離れようとすることが、いかに困難な試みであるかということを図らずも証明しているのではないだろうか。その意味で、この作品は時代を離れたところで見ると、評価が変わってくるのかもしれない。

第7章

政治劇に隠されたフェミニズム
——『シティの相続人』について

（1）

　『シティの相続人』（*The City-Heiress: Or, Sir Timothy Treat-all*[1]）（1682年初演、出版）は、『にせ伯爵』（1681年初演、1682年出版）、『円頂党員』（*The Roundheads*）（1681年初演、1682年出版）に続く極めて党派性の色濃い政治劇であると、上演当時から見なされてきた。アフラ・ベーンとは劇作においても政治的信条においても対立するホイッグ派のトマス・シャドウェル（Thomas Shadwell, 1642-92）がこの芝居のプロパガンダ的側面に怒りを感じたという事実も、この作品の政治性を裏付けている[2]。時代の風潮を鋭く感じ取っていたアフラ・ベーンにとって、この年代に上演される芝居に政治性を織り込むことは必然のことであったであろう。現実世界というリアリティをカトリック教徒陰謀事件というフィクションが侵犯しているという状況にあっては、芝居というフィクションを現実政治のリアリティが侵犯しても、それは当然のことに思われる。特に『シティの相続人』では、第1幕第1場で主人公トマス・ワイルディングがトーリーになったことを彼のおじのサー・ティモシー・トリート=オールが嘆く科白が語られ、最終幕でも再びワイルディングがトーリーであることにおじが毒づく科白を聞かされるのであってみれば[3]、作品の枠組みとして政治性を認めることは容易である。意図的にこのような政治的枠組みが用いられているのだ。だが、一体芝居におけ

---

[1]　*The City-Heiress: Or, Sir Timothy Treat-all*, vol. 7 of *The Works of Aphra Behn*.
[2]　Janet Todd, *The Critical Fortunes of Aphra Behn*（Columbia, SC: Camden House, 1999）, p. 5
参照。

る政治性とは何を意味するのであろうか。

　政治的主張が語られる演劇を政治劇と言うのであれば、アフラ・ベーンの作品に政治劇はない。彼女にとって、芝居は政治的主張を語る場ではないのだ。それは政治家の仕事であって、劇作家である彼女の仕事ではない。観客を楽しませることが、劇作家として果たすべき役割だと彼女は認識していた。職業作家と言われる所以である。観客が求めているのは政治的見解ではないことは、言うまでもないことなのだ。政治的主張を芝居で語るなどという愚を、彼女が犯すことはないのである。では、彼女の芝居の政治性はどこに見ることができるのか。それは、ホイッグ色やトーリー色に染まった人物の言動とその関係に見ることができる、と言えよう。概して、ホイッグ派の人物が愚を晒して、トーリー派の人物が勝利するという、端的に言ってプロパガンダ的芝居なのだが、それはあくまでも芝居の味付けに過ぎない。上演当時の政治的・社会的状況ではその味付けは当然濃厚に感じられることになったであろうが、その時事性を失った状況においても、作品そのものが意味を失うことにはなっていない。穿った見方をすれば、プロパガンダ的側面は、時代に合わせるための仮面ではないのかとさえ思えてくる。特に、この『シティの相続人』の場合にはそのように思われる。

（2）

　まず、『シティの相続人──あるいはサー・ティモシー・トリート＝オール』というタイトルに注目してみよう。「シティの相続人」とはワイルディングと最終的に結婚することになるシャルロット・ゲットオールのことであり、サー・ティモシー・トリート＝オールはワイルディングと対立して遺産を相続させるのを拒否するものの、最終的には彼の相続を

3　"Before he [Wilding] fell to Toryism, he was a sober civil Youth, and had some Religion in him, wou'd read ye Prayers night and morning with a laudable voice and cry *Amen* to 'em . . . and then I had hopes of him" (I . i . 50-55). "I'll peach the Rogue [Wilding], and then he'll be hang'd in course, because he's a Tory" (V . i . 546-47).

認めるおじである。両者とも主人公ワイルディングの人生を左右する重要な人物であるのだが、彼自身の名前はこのふたりの陰に隠れてタイトルには現れていない。例えば、アフラ・ベーンの代表作である『流浪の男』において、主人公ウィルモアが「流浪の男」としてタイトルに現れているのとは対照的である。ワイルディングは陰に隠されていて、存在感が薄められているように見える。もちろんタイトルは意図的なのだから、作者は意図的に主人公ワイルディングの名を隠して、彼の主体性が奪われていることを観客に印象づけようとしていると解釈できる。こうした主人公のありように、この劇作品の特殊性を見ることができるだろう。称賛されるべき人物として前面に出すことはできない主人公、それがワイルディングなのではないだろうか。彼は、作者の支持するトーリー派の人物に設定されてはいるのだが、それがすべてに対する免罪符にはなっていないと考えるべきだ。彼は、作者が擁護する性的奔放さを身につけているが、それはここでは全面的に肯定されているわけではない。そのような主人公の存在が、この作品に意図されたフェミニズム的傾向を理解する鍵となるのだが、そのことを明らかにするために、ワイルディングを中心にして芝居の展開を見てみよう。

　主人公ワイルディングは極めて困難な状況に置かれて登場する。まず、おじとの関係においては、トーリー主義者になったためにホイッグ主義者のおじの怒りを買って、相続権を奪われることになった。女性との関係においては、恋人の「シティの未亡人」レイディー・ガリアード、同じく恋人の「シティの相続人」シャルロット、そして愛人のダイアナとの四角関係になっていて、それを彼女たちが責め立てているという状況に立たされている。またレイディー・ガリアードを巡っては、友人のサー・チャールズ・メリウィルとライヴァル関係になっており、シャルロットを巡っては、ワイルディングの寄食者となっているフォッピントンが彼女に横恋慕していて、彼を出し抜こうと企んでいる。このような困難な状況を彼がいかに才覚を働かせて打開していくかがこの劇の展開となる。劇の展開としては、主人公としての資質に疑問のあるワイルディングをあくまで中心に据えようとしているのである。

困難を打開していく主人公というパターンには主人公の偉大さがイメージされるかもしれないが、この芝居においてはそうはなっていない。具体的に、ワイルディングと3人の女性との関係において、そのことを見てみよう。3人のうち最初に登場するのはレイディー・ガリアードである。というより、実際に登場する前に、彼女は話題の中の中心人物として登場する。第1幕第1場で、年老いたサー・ティモシーは甥に向かって、自分は「十分に若くて結婚できるから」、「自分で相続人を生むこともできる」（I. i. 101-103）と威勢よくまくしたてるのだが、結婚相手として彼の念頭にあるのは実はレイディー・ガリアードである。サー・ティモシーが、友人のサー・アンソニー・メリウィルが甥のサー・チャールズ・メリウィルをレイディー・ガリアードと結婚させようとしているのを聞いて、「彼もまたライヴァルだ」（I. i. 234）と傍白するところから、そのことが分かる。サー・アンソニーはサー・ティモシーと違って甥に甘く、彼を相続人にするつもりでいるのだが、強権的に甥を結婚させようとしているわけではない。その結婚はサー・チャールズ自身が望んでいるものである。彼はレイディー・ガリアードに対して密かな恋心を抱いているのであるが、その彼に対してワイルディングはレイディー・ガリアードへの愛を明け透けに語る。ワイルディングは放蕩者（リベルタン）に相応しく「シティの相続人」シャルロットをも同時に愛していることを告白するのだが、それはサー・チャールズの嫉妬を掻き立てることにしかならない。レイディー・ガリアードはこうして3人の男たち——後にはサー・アンソニー自身もレイディー・ガリアードとの結婚に名乗りを上げようとする——から愛されている人物として観客に紹介され、そして彼女が登場する運びとなる。

　堂々とした登場を予想させるにもかかわらず、レイディー・ガリアードが最初に示すのは、ワイルディングに対する苛立ちである。気付かずに通り過ぎようとするワイルディングを、侍女のクロジットを使って呼び止め、責め立てる。彼の放蕩のうわさを耳にして、心変わりを非難するのだ。

---Your business once was Love, nor had no idle hours

To throw away on any other thought.

You lov'd as if you'd had no other Faculties,

As if you'd meant to gain Eternal Bliss

By that Devotion only: And see how now you're chang'd.

（Ⅰ.ⅰ.283-87）

　実は、この場面を目撃するのは観客だけではなく、サー・チャールズもまた陰に隠れてふたりを見ている。そのサー・チャールズが、レイディー・ガリアードはワイルディングを愛していると感じるように、彼女の非難は愛の裏返しに過ぎない。彼女は裕福な未亡人として自由な立場にありながら、ワイルディングとの困難な愛を主体的に選び取ろうとしているのである。愛してはいるが名誉を失うことをよしとしない彼女は、ワイルディングと対等に渡り合うのである。愛と名誉をともに守ろうとする女性とリベルタンとの言い争い、という構図である。それはアフラ・ベーンの作品においてしばしばお目にかかるものであるが、この場面で重点が置かれているのは、レイディー・ガリアードがワイルディングに一方的に説得されてしまわないというところ、逆に言えば、ワイルディングがレイディー・ガリアードを説得する力を持たないというところである。彼女が、サー・ティモシーと結婚するとまで心にもないことを言うのも、彼女がリベルタンの論理に屈しない気概を証左している[4]。その気概は、たまらず陰から姿を現したサー・チャールズとのやりとりにも見て取れる。そこで主導権を握っているのは明らかに彼女の方なのだ。それに感心したサー・アンソニーは、彼女と甥を結婚させようと決意するほどである。ここで第1幕第1場の幕が下ろされるのであるが、主人公ワイルディングよりもレイディー・ガリアードの心情が強く印象づけられる、という結果になっている。

---

[4] このレイディー・ガリアードの売り言葉は、彼女は本当におじを愛しているのではないかという猜疑心を起こさせてワイルディングを何度か苦しめることになるが、それは彼のレイディー・ガリアードへの愛の裏返しでもある。

そして次の第2幕第1場が始まるや否や観客が聞くことになるのは、今度はシャルロットの嘆きであり、実際の泣き声である。第1幕第1場の冒頭でも、サー・ティモシーがトーリーになってしまった甥（ワイルディング）のことで泣き声をあげていたのだが、ここでもふたたびシャルロットがワイルディングのことで泣き声をあげるのである。この場面で彼女に悲しむべき情報をもたらしているのは、彼女をワイルディングから奪おうとしているフォッピントンと彼が買収したミセス・クラケットであるから、情報の正確さについては割引して考えないといけないかもしれないが、彼らが嘘を言っているわけではない。ワイルディングがレイディー・ガリアードに求愛したのは事実なのであり、彼女が若く美しい女性であることも、彼がおじから見放されて無一文であることも嘘ではない。その事実を突き付けられて、シャルロットがどう対処するかが焦点となることになる。レイディー・ガリアードがシャルロットの件でワイルディングの不実を責め立てたように、今度はシャルロットがレイディー・ガリアードの件でワイルディングの不実を責め立てることになる。ワイルディングからしてみれば、同じ非難の構図の繰り返しである。劇の構造からしてみれば、恋人が主人公をやり込める場面の繰り返しである。しかも彼女たちは、不実であっても彼を愛していることを傍白によって観客に伝えながら、言葉の上では共にワイルディングを強く非難するのである。そして、そのアンビヴァレントな心情は彼女たちの存在を引き立てるのに与っている。主導権を握っているのは彼女たちの方なのだ。ワイルディングは受け身なのであり、それゆえシャルロットから条件を突き付けられることになる。

> Make it appear you are your Uncles Heir,
> I'll marry ye to morrow.
> Of all thy Cheats, that was the most unkind,
> Because you thought to conquer by that Lye.
> ---To night I'll be resolve'd.
> ………………

I may unpitied die---and I should die,

If you should prove untrue.

（Ⅱ.ⅰ.143-53）

　彼女はサー・ティモシーの相続人であるという彼の詐称を最も許せないと言うのだが、父の財産を相続して裕福な彼女は彼の相続金が必要なわけではないし、また欲しているわけでもない。問題にしているのは信義なのである。彼が相続人であることが偽りならば、彼の愛もまた偽りになってしまうのだ。シャルロットが要求するのはお金ではなく、真実のワイルディングなのであり、その意を決した宣言は彼女がこの場面で彼より優位な立場に立っていることを示している。従って、弱い立場のワイルディングはそれに従うしかない。だから彼はすぐに、「今晩、（自分が正式な相続人であることを示す）書類を見せよう」と約束してしまうのだ。だが、どうやって？

　ワイルディングは自らを追い込まざるを得ない立場なのだ。シャルロットの部屋から逃げ損なった滑稽なフォッピントンにも言いくるめられてしまうほどなのだ。そして追い打ちをかけるように、ワイルディングの指に指輪がないことを見て取ったシャルロットは、「ダイアナにあげてしまったのではないの」（Ⅱ.ⅰ.161-62）と責め立てる。彼女はレイディー・ガリアードのことだけではなくダイアナのことも知っているのである。ワイルディングとしては、書類を手に入れてシャルロットに見せるという約束を果たすしか道はない。そこに彼のすべてが懸かっている。そして、それがいかに果たされるかがワイルディングにとっての、また劇にとっての関心事となっていくであろう。しかし、実はシャルロットにとってはそうではない。最後通牒のような言葉とは裏腹に、彼女にとっては書類などどうでもいいという気持ちがある。ミセス・クラケットに彼が約束を守らなければどうするのと訊かれて、「約束を守らなかったとしても、それでも私は彼と結婚するつもりですわ」（Ⅱ.ⅰ.207-8）と答えるのである。その相反する心情は、レイディー・ガリアードのそれと同じように、彼女たちの人物像に厚みを加えていると言えよう。

133

このシャルロットの心情の吐露とともにこの場面が終わるのである
が、次の場面では今度はダイアナが登場することになる。つまり、オー
プニングの３つの場面で、ワイルディングが関わる３人の女性が順々に
登場する構成となっているのだ。これは彼女たちを紹介する意味合いが
あるだろうが、それよりもこの劇の中心に彼女たちがいることを暗示し
ているように思われる。さて、書類を手に入れるという約束とともにシャ
ルロットの部屋を出たワイルディングが向かう先は、ダイアナのところ
である。実際には向かう途中の道で彼女に会うことになる。彼女は囲わ
れている愛人という立場上、ワイルディングに願うところはレイディー・
ガリアードやシャルロットのそれとは異なる。後者ふたりは自分と彼と
の結婚を望んでいるが、前者は彼と裕福な誰かとの結婚を望んでいる。
なぜなら妻の財産は彼を経由して愛人たる彼女に貢がれることになるか
らだ。形と目的は違っても、結婚を望んでいるという点では共通してい
る。しかし、リベルタンに相応しくワイルディングにとっては、結婚
は "a Bug-bear"（悩ましいもの）（Ⅱ.ⅱ.37）であり、妻というものは
"clog"（邪魔者）（Ⅱ.ⅱ.40）に過ぎない。「愛する夫なんて、忌まわしい」
（"Oh hideous, a Husband-Lover!"）（Ⅱ.ⅱ.214-15）と、レイディー・ガ
リアードに面と向かって公言さえしている。彼と女性たちの利害は一致
しないのだ。そこから当然対立が生まれてくることになる。レイディー・
ガリアードとシャルロットはワイルディングとの正式な結婚が実現しな
いことで彼を責め立てたのだが、ダイアナはワイルディングが裕福な誰
かと結婚しないことで彼を責め立て、涙さえ流す。再び同じ構図の繰り
返しだ。それは、恋人と愛人が同列に扱われていることを示唆すること
になるであろう。だからワイルディングは、同じように宥める側に回る
のである。そしてダイアナをおじのサー・ティモシーを騙す計画に引き
込む。彼女にシャルロットの振りをさせ、彼が彼女と結婚して裕福に
なったとおじに思わせ、頑なになったおじを宥めようという策略である。
これはシャルロット本人には頼めない。ダイアナは彼女自身が結婚する
ことを望んでいないゆえにこの役が可能なのであり、結婚を望んでいる
シャルロットに結婚した振りをさせることはできないからだ。そしてダ

イアナ自身もワイルディングが再び相続人となって裕福になることは愛人としてメリットがあるのだ。かくしてふたりは協力することになるのだが、重要な点は、ここでも主導権を握っているのはワイルディングではなく女性の方だということだ。ダイアナは与えられた役をこなすだけで、ワイルディングに従属しているように見えるが、実はそうではないことがやがて判明する。彼女は彼を出し抜くことになるのだ。

（3）

ワイルディングはおじから勘当され、3 人の女性たちから責め立てられ、苦境に陥っているわけだが、それは彼が自ら招いた結果である。トーリー主義者となって勘当されたのも彼自身の信条の結果であり、トーリー主義者的リベルタンとなったのも彼自身の心情によるものである。アフラ・ベーンの作品群から考えれば、そして彼女のイデオロギーからすれば、そのような人物は共感を持って描かれることになるのだが、この作品では趣が異なっている。アフラ・ベーンの喜劇らしく、策略・変装・騙しというモチーフは変わらないのだが、その結果もたらされる印象が異なるのだ。

ワイルディングは相続人であることを証明する文書を手に入れるために策を弄するのだが、それは彼がシャルロットに書類を見せると約束したからである。たとえそのような約束がなかったとしても、再びおじの相続人となって財産を手に入れることは無一文のワイルディングにとって重要なことであると思われるが、ワイルディングはそのようには見なしていない。実は彼はその晩12時にレイディー・ガリアードと密会する約束を取り付けているのだが、彼にとってこの計略は密会前に素早く片付けてしまうべき「些細な仕事」"trivial Business"（Ⅲ.ⅰ. 546-47）に過ぎないのである。年に6000ポンドの収入が些細なのかと友人のドレスウェルに驚かれても、レイディー・ガリアードに比べれば些細だと断言して、こう述べる。

Let Politicians plot, let Rogues go on

In the old beaten Path of Forty One,

Let City-Knaves delight in Mutiny,

The Rabble bow to old Presbytery;

Let petty States be to confusion hurl'd.

Give me but Woman, I'll despise the World.

（Ⅲ. i . 554-59）

　この最後の文の "Woman" は単数形になっているが、ワイルディングの心情からすれば、当然複数形として理解すべきである。彼にとっては、レイディー・ガリアードとシャルロットこそが大切なのであり、お金などは些細なことなのだ。そして、この優先順位は劇の構造に反映されることになる。作者はそれを明らかにするために入念に劇を構成している。些細なものは滑稽に描かれ、重要なものは滑稽さを排除して描かれることになるのである。

　もちろん滑稽さの対象となっているのは、第1にホイッグたるサー・ティモシーである。ワイルディングは、ダイアナに「シティの相続人」シャルロットの振りをさせ彼を騙すのだが、次に自らがポーランド使節に変装して彼を騙す。彼はおじが毎夜催す宴会の場にやって来てサー・ティモシーがポーランド王に推挙されたという知らせをもたらす。有頂天のサー・ティモシーは疑いもせずこの嘘の知らせを信じて、ワイルディングを賓客としてもてなす。この場面にポーランド王になることを望んだシャフツベリーへの当てこすりを見るのは正しいとしても、それだけではなく、ワイルディング自身がおじを騙して楽しんでいる姿を見ることも必要だろう。髪の毛一本までぴったりの王冠を作るためと称して、おもむろにリボンを取り出し、おじの頭の大きさを測定するワイルディングはこの変装を楽しんでもいるのだろう。ワイルディングは楽しみつつ復讐劇を遂行しようとしているのだ。だがこの場面は複雑で、その場にはレイディー・ガリアードとサー・チャールズが居合わせ、そこにライヴァルのレイディー・ガリアードを一目見たいとスコットランド人に変

装したシャルロットと、さらにダイアナまで現れる。ワイルディングは
シャルロットの変装に気付かず、シャルロットにはない優美さがあると
感じて、彼女に言い寄ることさえするのだ。おじを騙す役回りが、自ら
が騙される役回りを演じてしまうのだ。その上、３人の女性たちを上手
く捌かなければならない。この場を仕切っているはずの彼が、女性たち
に振り回され、サー・ティモシーの滑稽さが強調されるべき場が、ワイ
ルディングの滑稽さをも引き出すことになるのだ。

　ワイルディングが滑稽であったとしても、この場面はあくまで復讐劇
なのだから、サー・ティモシーを徹底的に貶めるまで、徹底的に滑稽に
するまで、彼は手を緩めない。ポーランド使節としておじの自尊心をく
すぐった後、今度は仲間たちと共に強盗に成り代わって、彼を縛り上げ
鍵を奪う。ワイルディングは、おじが彼を相続人とする遺言書を書き、
署名し、封印し、そして隠したことを知っているのである。こうして、
書類を盗み出すという目的を達成する。目的を果たしたら後は逃げるだ
けということになるが、まだ飽き足らないというようにワイルディング
はまだこの滑稽な復讐劇をやめない。早く逃げてしまおうと言うフォッ
ピントンを制して、ポーランド使節一行に再び戻り、強盗に縛られた犠
牲者に扮するのである。強盗たちはきっと遠くに逃げてしまったにちが
いないと言うサー・ティモシーに対して、「思っているよりも近くにい
ますよ」（V.i.204）などとワイルディングは受け答えするのである。
ここでの彼の目的は、ただおじを騙して楽しむことにあるように見える。
そして結果的に、サー・ティモシーの滑稽さが強調されるのだ。

（4）

　文書を手に入れるという目的を果たしたワイルディングであるが、そ
の計略に引き込んだダイアナはサー・ティモシーから熱烈な求愛を受け
ることになる。女性を口説くのはトーリーだけの特権ではないのだ。年
老いたホイッグのサー・ティモシーが「私が自ら跡取りをもうけてもい
い」（Ⅲ.i.114）と言い寄るのは滑稽ではあるが、トーリー主義者とホ

イッグ主義者の特質の差違を希薄化しているとも言える。ワイルディング顔負けの求愛を受けてダイアナは、無一文のワイルディングを捨てて、年老いて醜いけれど金持ちのサー・ティモシーに乗り換えた方がいいのではないかと悩み始める。愛か金かの選択である。結局彼女は後者を選ぶのであるが、重要なことは彼女が自らの意志で選ぶということである。彼女の行動を支配する家父長的権力は存在しない。これはレイディー・ガリアードやシャルロットにも言えることなのであるが、彼女たちは家父長的権力に縛られてはいないのである。それに対してワイルディングやサー・チャールズはおじの財産に依存し、財産という権力を持ったおじとの関係に縛られている。この対照的な構図がこの作品のイデオロギーを作り上げることになる。ダイアナはいろいろと悩んで自問自答した末に、サー・ティモシーを選ぶことにするが、それは苦渋の決断である。そこに至る彼女の内面の葛藤が描かれ、単なるタイプとして提示されているのではないことが分かる。サー・ティモシーが甥のことを口にする時、泣きながら彼女はこう言わざるを得ないのだ。

Pardon me, Sir, that parting Tear I shed indeed at naming *Wilding*,
Of whom my foolish heart has now tane [taken] leave,
And from this moment is intirely yours.

(Ⅴ.ⅰ.287-89)

　涙とともにワイルディングを思い切ろうとするのだ。そしてサー・ティモシーに手を差し出して、退場していく。しかし、ここで忘れてはならないのは、サー・ティモシーは彼女のことをシャルロットだと思い込んでいるということである。だからダイアナが泣きながら辛い決断をしたとしても、それは滑稽な一人芝居になりかねない。レイディー・ガリアードやシャルロットにしても、結婚を軽蔑しているワイルディングに結婚を求めているわけだから、彼女たちの振る舞いもまた滑稽な一人芝居になってしまう危険性があることになる。しかし、いずれの場合もそうはならない。危ういバランスの上で彼女たちが守られ、この劇の秩序が保

たれているのだ。3人それぞれについて見てみよう。

　ダイアナはシャルロットにずっと成りすましたままでいることはできないわけだから、当然その嘘は暴かれることになる。それをサー・ティモシーに暴くのはワイルディングであるが、そしてそれは復讐という意味合いでの暴露であるが、サー・ティモシーの怒りはまずダイアナに向けられることになる。「それじゃあ、わしは売春婦と結婚したのか」とわめくサー・ティモシーにダイアナは毅然と言い返す。

> You give your Nephews Mistriss, Sir, too coarse a name: 'Tis true,
> I lov'd him, onely him, and was true to him.
>
> （V.i.554-55）

　これはダイアナの最後の科白であるが、自尊心に満ちて、臆するところなく自らの心情を言い放っている。彼女は滑稽さの対象とはされていないのだ。その彼女を守るかのように、ワイルディングはサー・ティモシーにすべてを許させる。実は、遺言書を盗んだ時、それといっしょにサー・ティモシーの反逆文書をも手に入れていたのである。その戦利品は権力構造の転換をもたらす。反逆の証拠を握られたサー・ティモシーはワイルディングにもはや逆らえないのである。

　レイディー・ガリアードとシャルロットの場合はどうであろうか。ワイルディングはふたりと同時に結婚することはできないから、もし結婚するとしてもどちらかということになる。結局彼はシャルロットと結婚するわけであるが、ではレイディー・ガリアードは捨てられたのかというと、ここでも危ういところでそうはなっていない。レイディー・ガリアードは不実なワイルディングを捨てて、自らの意志でサー・チャールズを選ぶことにする。チャールズと結婚したのかと問いつめるワイルディングに、「私の選択に異議を挟まないでほしい」（V.i.433）と彼女もまた毅然と言い放つのである。自らが選択することこそ彼女にとって意義のあることなのだ。第1幕第1場でワイルディングとサー・チャールズが彼女を巡って剣を交えた時、やめるように彼女が強く命じたのも、

剣で争われるような所有物ではないという思いからだった。自ら選ぶという行為こそが彼女にとって大切であって、サー・チャールズとの結婚を嫌がったのも、「親族が彼女と彼との結婚を望んでいる」（II.ii.150）というのが最大の理由であった。自ら選ぶという自由意志を彼女は最後まで持ち続ける。彼女の最後の科白はこうなっている。「あなたは不人情なままですね」とサー・チャールズに言われて、彼女は答える。

No, your unwearied Love at last has vanqishet me. Here,
be as happy as a Wife can make ye---One last look more,
and then---be gone fond Love.

（V.i.586-88）

こう言って、ワイルディングを見つめて溜め息をつく。ダイアナと同様に、レイディー・ガリアードにはワイルディングへの未練がある。ダイアナが最後にサー・ティモシーに手を取らせるのと同様に、レイディー・ガリアードもまた最後にサー・チャールズに手を取らせるのであるが、彼女たちの差し出した手には複雑な思いがこもっていよう。俳優は手で演技をしなければならない。またダイアナと同様に、レイディー・ガリアードは自由意志でその未練を断ち切るとされているが、彼女のワイルディングへの思いを考えれば、そこには少々無理があるかもしれない。「私はか弱い女に過ぎません」（IV.i.418）と言って、ワイルディングにもたれかかるレイディー・ガリアードには悲哀が感じられる。しかし、ワイルディングがふたりと同時に結婚することは不可能である以上、どちらかは身を引かなければならない。アフラ・ベーンはぎりぎり彼女の威厳を保ちながらそうさせているのである。レイディー・ガリアードは、自らの意志でサー・チャールズと結婚することによって威厳を保つのだ。名誉を重んじる彼女にとっては結婚こそ意味のあるものであり、いくらワイルディングを愛していても、「愛人になることはできない」（IV.i.207）のである。だからサー・チャールズとの結婚の選択には妥当性がある。そして、この結末が妥当なものであることを示

すために、サー・チャールズが結婚相手に値することが、早くも第1幕第1場で暗示されていた。ワイルディングがレイディー・ガリアードとシャルロットのふたりを同時に愛していると言った時サー・チャールズは驚いて、"Love should be intire"（Ⅲ.ⅰ.546-47）と語っていたのだ。これはレイディー・ガリアードの愛についての考え方と一致するのであり、ふたりの結婚は予定されていたと言えよう。

　では、最終的にワイルディングと結婚することになるシャルロットの場合はどうだろうか。彼女は、彼女を自分のものにしようと企むフォッピントンから、ワイルディングの不品行をさんざん吹き込まれる。「ワイルディングは昨夜レイディー・ガリアードといっしょに過ごした」、「あなたを捨てて未亡人に走った」、「ワイルディングはレイディー・ガリアードと結婚した、とまもなく聞くことになるでしょう」などと聞かされ、危うくフォッピントンの手に落ちそうになる。その時、ポーランド使節に扮したワイルディングを、シャルロットはその声で彼だと認識して後を追いかける。フォッピントンが語ることは誇張があるにしても事実なのだが、シャルロットは事実に屈しないのである。彼女はワイルディングとレイディー・ガリアードとの関係を知っているし、またワイルディングとダイアナとの関係も知っている。ワイルディングに関する事実を受け入れた上で、あえてシャルロットはレイディー・ガリアードに "the perjur'd, false, forsworn"［Wilding］（Ⅴ.ⅰ.484）と会わせるように要求する。シャルロットはワイルディングの不誠実さ——彼がしばしばレイディー・ガリアードに愛の言葉を語るのを聞いている観客にも明らかな不誠実さ——にもかかわらず、彼に求愛するのである。

> CHARLOT. I have thee, and I'll die thus grasping thee:
>   Thou art my own, no Power shall take thee from me.
> WILDING. Never, thou truest of thy Sex, and dearest,
>   Thou soft, thou kind, thou constant Sufferer,
>   This moment end thy fears; for I am thine.

（Ⅴ.ⅰ.527-31）

シャルロットの強い決意がリベルタンのワイルディングを改悛させたということなのであろうか。確かにそう言えるだろう。結婚を軽蔑していた彼がここでシャルロットに結婚を誓うのは、自らの主義信条を棄てたことを意味するからである。彼女は自らの意志を貫くことによって、トーリー的リベルタンの考え方を変えさせ、愛を勝ち得たわけである。ここで喜劇は大団円を迎えることになる。ワイルディングを結婚へと至らせたのはシャルロットの愛の一途さと言えるのだが、見方によっては、それは不自然に作られたハッピー・エンディングに見えるかもしれない。喜劇としてはこの結末は妥当であるとしても、やはり不自然さは免れない。作者自身もそう感じただろう。だから、エピローグでシャルロットを演じたミセス・バトラーにこう言わせている。

> My Part, I fear, will take with but a few,
> A rich young Heiress to her first Love true!
> 'Tis damn'd unnatural, and past enduring,
> Against the fundamental Laws of Whoring.

　シャルロットが不自然に見えることを見越して、弁解しているかのようだ。しかし、不自然に見えようとも、アフラ・ベーンは愛を貫く女性としてシャルロットを設定する必要があった。彼女の女性性と勝利が、アフラ・ベーンのフェミニズムを映し出すのである。
　しかし、勝利したのはシャルロットはだけではなく、レイディー・ガリアードもダイアナもまたしかりである。３人のヒロインたちは、誰に強制されたわけでもなく、自らの意志で人生を選び取ったのである。レイディー・ガリアードとシャルロットにそれを可能にしたのは彼女たちの財産であるが、財産のないダイアナは金持ちと結婚することによって財産を手に入れた。彼女たちの自由な選択こそ、この喜劇を支えるモチーフなのだ。家父長的権力を排除して――それ自体極めて政治的な操作と言えるのであるが――アフラ・ベーンは彼女たちに選択の自由という勝利を与えているのである。そしてその勝利は観客の共感を誘う。しかし、

勝利があればその陰には当然敗北があることになる。

（5）

　ヒロインたちの勝利の陰にあるのは主人公ワイルディングの敗北である。共感を呼ぶように設定されている彼女たちとは対照的に、彼は観客の共感を呼ばないような人物となっている[5]。第4幕第1場において、彼がレイディー・ガリアードの部屋で彼女と会っている時、そこにサー・チャールズが訪ねて来たために彼はこそこそと逃げ出す羽目になるのだが、これは第2幕第1場においてフォッピントンがシャルロットの部屋で彼女と会っていた時、ワイルディングが訪ねて来たためにこそこそ逃げ出そうとするのとパラレルになっている。ワイルディングは滑稽なフォッピントンと同じ役回りを演じてもいるのだ。主人公ワイルディングが与えられているのは滑稽さだけではない。彼がおじからの支配を完全に脱することができたのは、おじが王に反逆を企んでいるという証拠の文書を手に入れることができたからだが、その方法は強盗という手段によってである。この手段を正当化するのは難しいだろう。だからと言って、被害者のサー・ティモシーに同情が向けられるかというと、決してそうではない。彼はワイルディング以上に観客の同情や共感からは遠く、ワイルディング以上に改悛して考えを改めざるを得なくなる。王への反逆の証拠文書をワイルディングから託されたサー・チャールズは、サー・ティモシーを赦す条件を出す。

> With this Proviso, that he [Sir Timothy] make not use on't to promote any mischief to the King and Government.
>
> （V. i. 579-80）

---

[5] Derek Hughesはこの点を次のように述べている。"[T]he play constitutes Behn's greatest exploration of the ugly side of Cavalier glamour." *The Theatre of Aphra Behn* (New York: Palgrave, 2001), p. 147.

彼はこの条件を飲み、すべてを赦すと言って、甥に握手の手を差し出す。ホイッグ主義に奉じ、王への反逆を密かに企んでいた彼は、最後にその主義信条を放棄することを余儀なくされたのである。サー・チャールズの出した条件は政治から離れることだが、それはつまりこれからはまずダイアナの夫として暮らしていくように、ということである。それは、シャルロットの夫としてまず暮らしていくと決めたワイルディングとある意味同質である。彼らはトーリーとホイッグという立場の違いこそあれ、政治的人間であった。政治的対立が、彼らの対立の根本にあった。しかし最後には彼らは政治的立場から離れて、夫という立場を第一義に生きることになった。これは政治的対立が無化されたということではないだろうか。サー・ティモシーはシャルロットに扮したダイアナに、「政治家に良心がないのと同様にワイルディングには良心がない」（Ⅲ.i. 163-64）と語っていたが、ワイルディングが良心のない政治家と同列ならば、サー・ティモシーもまた同列である。共に良心がないという点においても、彼らの対立は無化される。政治家に良心はなく、党派的発言者に良心はないのだ。では、誰に良心があるのか。ヒロインたちだ。政治から離れたところにいるヒロインたちだ。彼女たちには政治的・党派的発言はほとんどないことを思い出しておこう[6]。彼女たちにとっては政治など眼中になく、大切なのは生身の人間の愛であった。結婚であった。だから、この作品において対立があるとすれば、それは政治的対立ではなく、愛と政治の対立である。それがまさにこの作品の構図なのだ。前者の後者に対する勝利は、最後にワイルディングとサー・ティモシーが彼女たちの考え方に近づくことによって示されている。政治的主張の前に、まず夫であることを認めさせ受け入れさせる、これは政治に対するフェミニズムの勝利と言えるのではないだろうか。女性たちは政治を蹴散らしたのである。だからSusan J. Owenのように、"there is least space for feminism"[7]とは、この作品に関しては言えない。政治的作品

---

[6] ダイアナがサー・ティモシーのことをホイッグと呼ぶ（V.i. 244）のが唯一の例外であるが、これも政治的発言ではなく、悪態の言葉に過ぎない。

に見えるとすれば、政治に関わることが要求された時節に、それを逆手に取った作者の戦略に惑わされた結果であるかもしれない。トーリーとホイッグという言葉がたびたび発せられるが、それは政治的意味合いというよりも、単なる罵声としての意味合いしかないことがほとんどだ[8]。政治は舞台の背景を形成するに留まることを理解しなければならないのである。献辞の中で、ひとりの悪漢（サー・ティモシー）を除いてすべてトーリー、と言っているのも、作品の背景説明として理解すべきであろう。もちろん、フェミニズムが男と女の政治学と言うなら、この作品は政治劇ともなるのだが。

　こう考えてみると、タイトルの意味が明らかになってくると思われる。ワイルディングとの結婚を強く希求し、それが叶えられることになった「シティの相続人」シャルロットと、ホイッグ的反逆思想を棄ててダイアナの夫になることになったサー・ティモシー・トリート＝オール。つまり愛の勝者の代表と政治的敗者の代表。この作品のイデオロギーから言えば、フェミニズムの政治に対する勝利。タイトルは明解に作品の意図を表しているのだ。主人公ワイルディングが愛と政治に深く関わるのは事実としても、そこに彼の名の出る幕はない。彼はそのような主人公なのだ。

---

[7] "Sexual politics and party politics in Behn's drama, 1678-83" in *Aphra Behn studies*, ed. Janet Todd (Cambridge: Cambridge University Press, 1996), p. 27.
[8] 特に、サー・ティモシーが発する "Tory-rory Rogues"（V.i.200）という言葉にそれを窺うことができる。

第8章

『ラッキー・チャンス』における喜劇性について

（1）

　　『ラッキー・チャンス』（*The Lucky Chance, or an Alderman's Bargain*[1]）が初演されたのは1686年（出版は1687年）であるが、その当時の社会は安定からはほど遠かった。王位継承排除法案で排除の対象とされたカトリック教徒の王弟ヨーク公が、その法案の不成立によって、反カトリックの気運の中で前年ジェームズ2世として即位している。そしてカトリック復活を目指す王の下で、反カトリックの気運はますます高まっていき、2年後には名誉革命を迎え、ジェームズ2世はフランスに亡命し、ここにスチュアート朝は終わることになる。スチュアート朝とカトリックの熱烈な支持者であり、スチュアート朝支持の政治的な劇作品を多く書いてきたアフラ・ベーンにとっては、その政治的主張を存分に作品の中に散りばめるべき時節であると当然思われるのだが、予想に反してこの作品はそうはなっていない。逆に、意図的に政治から遠ざかろうとしているかのようである。その意味では、第7章で論じた『シティの相続人』と軌を一にする。もちろんこの作品に政治的言及がないわけではないが、政治性が作品を支えるバックボーンとはなっていないし、政治的構図の中で筋が展開することは意図されてもいない。主人公ベルモアが追放された理由は決闘をするという罪を犯したからであり、それは決闘に対して厳格であった当時の法の反映であるのだが、反決闘の法そのものに焦点が当てられているわけではない。法は社会を映す鏡であると言えようが、アフラ・ベーンはその鏡を掲げようとしているわけではない。

1　*The Lucky Chance, or an Alderman's Bargain*, vol. 7 of *The Works of Aphra Behn*.

ベルモアに追放という罰を負わせて、恋人のリティシアからしばらくの
間離れさせるという劇作上の必要性のために、法が利用されているだけ
である。ベルモアと並ぶもうひとりの主人公であるゲイマンもまた恋人
のジュリア（レイディー・フルバンク）から離れることを余儀なくされ
ているが、こちらは借金のためだとされている。実生活において終生お
金に苦労して借金を重ねた作者の社会に対する思いをこの状況に重ねる
ことも可能だろうが、ここでも劇作上重要なのは、ゲイマンが恋人から
身を隠さなければならないという事実の方である。全体として社会的状
況はクローズアップされてはいないわけであるが、政治的な言及もない
わけではない。最も直接的な言及は、第 3 幕第 1 場においてリティシア
とサー・フィーブル・フェインウッド（リティシアと結婚することになっ
ている老市参事会員）が "his Majesty" という言葉でジェームズ 2 世
のことを口にする場面に見られる。ここは、ベルモアがサー・フィーブ
ルをリティシアとの新婚の床から遠ざけるために、サー・フィーブルの
甥のフランシスに扮して策を弄する場面である。その策とは、ある陰謀
が企てられているので参事会員であるサー・フィーブルは急遽会合に出
かけなければならなくなったというでっち上げである。彼は騙されて出
かけていくのだが、もちろん「陰謀」はカトリック教徒陰謀事件（1678
年）やライハウス陰謀事件（1683 年）を連想させるものである。しかし
そうではあるが、ここでは「陰謀」がサー・フィーブルを騙すための滑
稽な小道具として用いられているのであり、陰謀事件の深刻さを連想さ
せるものはない。むしろ嘘の陰謀を持ち出すことによって、「陰謀」な
ど実際には存在しないことを強調しているかのようである。しかも、そ
の嘘を作り出すのはベルモアが扮したフランシスという偽の人物なので
あるから、「陰謀」の架空性は二重に強調されることになる。その強調
を印象づけるためであろうか、早くも第 1 幕第 3 場で、サー・フィーブ
ルはフランシスに扮したベルモアに初めて会った時、彼を友人のサー・
コーシャス・フルバンクにカトリック教徒陰謀事件の「目撃者ではない」
（I.iii. 75）と冗談めかして紹介していた。「陰謀」は現実ではなく虚構
と結びつけられているのだ。そしてこれらの場面の他に、より具体的に

政治的状況を匂わせる箇所があとひとつだけあるのだが、それは第4幕第1場で、キャプテン・ノイセイが "Amsterdam and Leyden Libels" と言い、すぐその後ベアジェストが "New-market Road" と返す場面である。スチュアート王朝に対する批判活動で有名なオランダの2都市の名と、ライハウス陰謀事件と深く関わる地名への言及である[2]。ここには政治的意味合いもあるだろうが、その政治色は薄められていることに注目しておいていいだろう。その発言者であるキャプテン・ノイセイとベアジェストは滑稽な脇役に過ぎないのであり、彼らの発言に重要性は付与されないし、逆に重要ではないということが観客に意識されるように構成されているのだ。政治的言及を彼らが口にすることによって、それは滑稽さを与えられることになるのである。こうしてみると、この作品においては、政治的要素はあくまで喜劇の背景に留まろうとしている。あるいは、政治的言及が喜劇的要素を強めることに貢献している、とも言えよう。この劇においては政治から離れよう、政治的含意を薄めようという意図が見られるのだ。しかし、それはどのような理由によるのだろうか。

（2）

　夜明け。東の空が明るさを取り戻し始め、暗闇の中に閉ざされていたものが、好むと好まざるとにかかわらず、次第に明らかにされていく時刻。ちょうどその時刻に、この芝居『ラッキー・チャンス』は始まる。そして闇に隠れていた主人公ベルモア——旅人に扮している——の姿を浮かび上がらせる。だが、その姿を明らかにさせる陽の光は彼にとって都合が悪い。決闘の罪で追放され、6ヶ月ぶりに恋人リティシアに逢うために密かに彼女のところに帰ってきたところなのだ。そこに登場する彼の親友のゲイマンもまた、人に見られては都合が悪い境遇にある。実際は借金のために身を隠しているのだが、ノーサンプトンシャにいる臨終のおじの元に行っていて不在ということになっているのだ。ふたり共

2　同上、448頁参照。

ロンドンにはいないことになっている人間なのである。不在のはずの人間であるから、彼らが劇中で幽霊という不在の存在に扮するのも道理に適っていると言えよう。また、芝居という架空の物語の主人公に相応しいとも言えよう。不在であるはずの者同士が出会うことから始まるこの冒頭の場面は、この芝居の基本構造が現実社会に根を持つものではないことを暗示しているのかもしれない。

　夜明けの光が射し始めたこの日は、実は特別な1日である。その日は歌とともに明けるのだが、その歌によってベルモアが知るのは——それはつまり観客が知るということでもあるが——その日がリティシアとサー・フィーブルの結婚式が行われる日だということである。流刑に処せられる際に彼は彼女をゲイマンに託しておいたが、サー・フィーブルの奸計によってリティシアは結婚を承諾してしまったのだ。サー・フィーブルが策を弄したのは事実だが、リティシアが彼の財産と名誉に魅力を感じて結婚に応じたのも事実である。一方ゲイマンもまた、恋人のジュリアを銀行家のサー・コーシャス・フルバンクに奪われ、こちらはすでに結婚してしまっていることが知らされる。2人の若き主人公が財産も名誉もある2人の老人に愛する者を奪われたという状況設定なのだが、作者はこの図式的とも言えるパラレルな構造をまず際立たせている。若者と老人——喜劇におけるお決まりの対比だ——そして彼らに相対する若き女性、という2組の三角関係のダブルプロットを巡って劇は展開することになる。さらにサブプロットとして、サー・フィーブルの娘ダイアナを巡ってリティシアの兄ブレッドウェルとサー・コーシャスの甥で滑稽な愚か者のベアジェストとの三角関係が展開する。3組もの三角関係を作り上げて作者は喜劇を織りなそうとするのだが、この極めて恣意的な設定は現実世界から離れた架空の舞台の喜劇性のみを追求していることを暗示させるし、老人や愚か者が最終的に排除されて大団円を迎えることを予期させる。喜劇性が意図されていることは、"cuckold" という語が劇中で何度も繰り返し使用されるところからも明らかである。恋人を奪われたゲイマンがベルモアに説くのは、密通への強い意思である："There was but one Way left, and that was Cuckolding him."（I.i.

120-21)。そしてベルモアにも同じ復讐方法を執ることを強く勧める：
"As many an Honest Man has done before thee——Cuckold him——
Cuckold him." (Ⅰ.ⅰ.162-63)。また、サー・フィーブルとサー・コーシャ
スも、コキュにされることを強迫観念のように気にしている。アフラ・
ベーンは姦通物語という王政復古期初期の喜劇の流行テーマを反復して
いるかのようだ。愛する者を奪還するのではなく、密通によって一時的
な復讐を遂げることを目的とするのは、劇から深刻さを剥ぎ取って滑稽
な復讐劇の感を与えることになる。愛憎劇を滑稽譚に矮小化しようとい
う作者の意図が感じられるのである。主人公たちが幽霊に扮するという
こと、ブレッドウェルが幽霊や悪魔に扮するということ、また老人たち
がそれに騙されるとブレッドウェルが確信することも喜劇性、滑稽性の
線上にあると言えよう。ゲイマン自身も悪魔に操られる。また悪魔に興
味を示し、そのためにダイアナとの結婚式のチャンスを逸してしまうベ
アジェストも滑稽譚に寄与している。幽霊や悪魔という架空の存在が滑
稽譚に利用されて大きな役割を果たすことになるのだ。

　騙されることもまた滑稽さをもたらす。真実を認識できないことは愚
かさの証明ともなるからだ。そして、登場人物が騙されていることを観
客が知っている場合、観客はその人物に対して優位な立場にいながらそ
の状況を眺めることができる。ベルモアはサー・フィーブルを騙し続け
るが、それは後者の愚かさを際立たせ続けることになる。まず彼はサー・
フィーブルの甥に扮することから始める。サー・フィーブル宛の手紙を
横取りして——手紙は作者お得意の小道具だ——ベルモアは彼の甥が訪
ねてくることを知り、その甥としてサー・フィーブルの前に現れること
に決める。その手紙（本物）を見たサー・フィーブルは彼が本物の甥（実
際は偽物）であると信じてしまう。その甥の名をベルモアは知らないが、
サー・フィーブル自身が不用意にもフランシス・フェインウッドという
名前を教えてしまう。本当の甥であると信じ込んだサー・フィーブルは
どんどんと情報を偽物の甥に——つまり観客に——与えていくのだ。い
かなる嘘でリティシアを騙し、策略を弄して彼女を手に入れたのかをベ
ルモアは本人から聞き出すのである。サー・フィーブルは得意になって

語るのだが、それはベルモアの追放という機（chance）を捉えて、リティ
シアに結婚を同意させた（bargain）ことの誇示である。これがこの作
品のタイトルが直接的に意味するところだが、このタイトルには他の意
味がある。その点については後で述べる。

　情報だけではなく、ベルモアは恩赦状をも手に入れる。これはサー・
フィーブルが、ベルモアが入手できないようにするために、先手を打っ
て500ポンドで手に入れていたものである。綿密な計画でベルモアを排
除することに成功してきたサー・フィーブルであったが、前者が後者の
甥に成りすますことに成功することによって、立場は逆転することにな
る。ベルモアは処刑されてしまったとリティシアを騙して、上手く結婚
式当日というところまでこぎ着けたサー・フィーブルであったが、いよ
いよという時に騙される側に立たされることになるのだ。ベルモアがい
かに策略を用いてサー・フィーブルを騙し、新婚の夜を妨害するかがベ
ルモアにとっての、そしてこの劇にとってのテーマとなる。もうひとり
の主人公ゲイマンにとってのテーマは、もちろんいかにしてレイディー・
フルバンクとなったジュリアを寝取るかということである。またブレッ
ドウェルにとっては、サー・フィーブルとサー・コーシャスが取り結ん
だ契約（bargain）——娘のダイアナと甥のベアジェストとの結婚——
を阻止して、自らがダイアナと結婚することがテーマとなる。

　結婚最初の夜、ベルモアがサー・フィーブルを新婚の床から遠ざける
のは、「陰謀」が画策されているという偽情報によってである。それによっ
て彼はサー・フィーブルをサー・コーシャスのところに上手く追いやる
のだが、その証拠として使われるのが偶然手に入れたサー・コーシャス
の時計である。その時計を見てサー・フィーブルは、サー・コーシャス
から伝えられたとされる陰謀情報を信じ、完全武装という滑稽ないでた
ちで出かけていくのだ。ここで具体的な物である時計——実際に価値の
ある物——が偽物である陰謀情報を支える手段として用いられているこ
とは注目しておこう。本物の手紙によって偽物の甥に成りすましたベル
モアを信じたように、またしても友人の本物の時計によってサー・フィー
ブルは偽物の情報という嘘を信じてしまうのだ。この作品の中で——こ

の作品に限らずアフラ・ベーンの他の劇作品においても——しばしば用いられる変装も、変装した具体的な姿という証拠によって変装という嘘が支えられるのである。具体的な目に見える根拠があるからこそ、嘘が本当のものに見えてくる。それは、具体的な俳優と目に見える舞台装置という存在によって、演劇という虚構・嘘が支えられているという演劇構造と通じるところがある。

　2日目の夜、ベルモアはより直接的な行動に出る。彼が頼る手段は、血塗られたシャツと短剣という、より強烈な物である。その具体的な物によって、彼は不当な取り扱いを受けて殺されたとされる自分自身の亡霊に扮するのである。この場面以前にも、ベルモアやゲイマンそしてブレッドウェルが扮した幽霊に遭遇していたサー・フィーブルは、ベルモアに対する罪の意識もあり、本物の亡霊が復讐に来たと信じてしまう。恐怖に戦いて懺悔するサー・フィーブルの姿を見て、リティシアは夫からの解放を喜びながらも心を痛めるほどである。あっけない悔悛であるが、偽物の悔悛ではない。亡霊などではなく、甥のフランシスでもなく、生身のベルモアであると告げられた時に、サー・フィーブルは怒ることなく従容とリティシアと彼を許すのである。

> Where be the Minstrels, we'll have a Dance——adod we will——
> ah——are thou there couzening little Chits-face? ——a Vengeance
> on thee——thou madest me an old Doting loving Coxcomb——
> but I forgive thee——and give thee all thy Jewels, and you your
> Pardon Sir, so you'll give me mine; for I find you young Knaves
> will be too hard for us.
>
> （Ⅴ.ⅱ.349-53）

　サー・フィーブルは夫たる権威を振りかざして抵抗することはない。彼が選ぶのは、抵抗ではなく取引（bargain）である。ベルモアを騙した罪を許してもらう代わりに、ベルモアが騙した罪も許すという取引である。そしてリティシアを彼に譲ることにするが、ベルモアもその寛大

さには感じ入るほどである。リティシアもまたその決断に異を唱えることはない。「若い女と結婚することには注意しなければならない」（V.ⅱ.320）と悟った彼にとっては賢明な選択であると言えるが、喜劇としては道徳的すぎて物足りない選択である。物分りが良すぎることは、その人物を善良さの典型と化すことであり、人物造形の奥行きをなくすことでもあろう。悟りは劇作上必要とされる要素ではあるが、喜劇の面白さを損なうことにもなりうる。その物足りなさを補うのが、ジュリアを巡るゲイマンとサー・コーシャスの三角関係である。あるいは、後者の展開の喜劇性を際立たせるために、前者の三角関係の道徳的すぎる結末が用意されているとも言えよう。

（3）

　実はライヴァル関係にあるゲイマンとサー・コーシャスは似ている。金銭に囚われているという点で似ている。サー・コーシャスは銀行家——彼はFulbankという姓を持っている——という職業柄、裕福でありながらしかも金銭に細かいことは当然予想される。ウェイストオール（Wastall）——実はゲイマンの別名である——に対する容赦ない借金の取り立ても、銀行家としてはもっともであろう。それが仕事なのだから。一方ゲイマンは裕福でないにもかかわらず、Wastall（浪費家）という別名から明らかなように、お金を使うことに執着し、従って必然的に借金という金銭に囚われることになる。彼はジュリアにたくさんの高価な贈り物をし、そのためにサー・コーシャスに借金を抱えてしまう。夫のお金を借りて、その妻に贈り物をするのだ。なぜそのような愚かに思われることをするのかと言えば、それは愛という形のないものだけでは十分ではない、と彼が考えるからである。"To strengthen the weak Arguments of Love"（Ⅳ.ⅰ.33）というのが、愛する人に贈り物をする彼の論理である。アフラ・ベーンの作品の多くの主人公たちはそのような論理は採らないが、ゲイマンは例外的に金銭に固執する。借金ゆえに身を隠さなければならなくなった時の言い訳が、遺産を相続するため

に臨終のおじの元に行くというものだったのも、金銭に対する価値観の表れであろう。また、実際に身を隠した屋根裏部屋の家主の妻から、彼女との密通を彼女の夫にばらすと脅してお金を巻き上げるような悪漢ぶりを発揮するのも金銭への執着心からだ。さらには、ジュリアの指示を受けて悪魔に扮したブレッドウェルから金貨を受け取るのも、お金のためとあらば悪魔とも契約するということに他ならない。そこに彼の躊躇はないのだ。

　受け取った金貨の代価は、見えざる送り主——実はジュリア——と一夜をともにすることであるが、お金のために家主の妻と関係を結んだように、彼はその代価の支払いに応じようとする。

　　　. . . 'tis a Woman——I am positive. Not young nor

　　　handsome, for then Vanity had made her Glory to 'ave been seen.

　　　No——since 'tis resolved a Woman——she must be old and ugly,

　　　and will not bauk my Fancy with her Sight. But baits me more

　　　with this essential Beauty.

　　　　Well——be she young or old, Woman or Devil.

　　　　She pays, and I'll endeavour to be civil.

（Ⅲ. i . 258-64）

　彼は金貨（essential Beauty）さえ貰えれば、「若かろうと年老いていようと、女性だろうと悪魔だろうと」どうでもいいのだ。後でジュリア本人に向かって、この逢瀬の相手について "a Canvas Bag of wooden Ladles were a better Bedfellow"（Ⅳ. i . 84）だと告白することになるが、彼はこの代価の支払いを後悔しているわけではない。美女のように、金貨の美は彼を惹きつけるのである。この金銭への固執は彼を守銭奴のように見えさせるが、守銭奴のいやらしさは伴わない。彼はお金それ自体に固執するのではなく、それをジュリアのために使うことに固執するからだ。彼女のために借金して貧乏になり、そして彼女から密かに与えられたお金——彼女が夫から盗んだものだ——で貧乏から解放されるが、

そのお金は再びジュリアのために使われる。悪魔に扮したジュリアから
与えられた宝石をジュリアに贈るだけではなく、貰ったお金を彼女との
一夜のための賭けに使う。ここでも作者はパラレルな構造を作り出して
いる。ジュリアが夫からお金を盗んで彼に贈って彼との秘密の一夜を得
たように、今度はそのお金をゲイマンが彼女との秘密の一夜のために
サー・コーシャスとの賭けに使うのだ。サー・コーシャスは賭けで失っ
た300ポンドを取り戻すために、妻との一夜を賭けの対象にしようとい
うゲイマンの提案を受け入れる。

Hum——a Night! ——three hundred pounds for a Night!
why what a lavish Whore-master's this: we take Money to marry
our Wives, but very seldom part with 'em, and by the Bargain
get Money [Aside] ——for a Night say you?

(Ⅳ.ⅰ.386-89)

　たった一夜で300ポンドであることを彼は念を押す。ジュリアとの一
夜に、ゲイマンは300ポンドの価値があるとし、サー・コーシャスはそ
れだけの価値はないと考える。しかし、金額の多い少ないは問題ではな
い。問題なのは、彼女が賭けの対象にされるということ、彼女に300ポ
ンドという値が付けられるということである。彼女の知らないところで、
彼女の意思は度外視されて、彼女の肉体が物のように扱われるというこ
とである。これは、彼女がゲイマンにお金を与えて彼を寝室に呼び寄せ
た場合とは、構造においてはパラレルであっても、当事者の意識におい
ては異なる。ゲイマンは貰ったお金の代価として肉体を与えることに納
得していたのだ。ジュリアはそうではない。彼女は納得するどころか、
全く蚊帳の外に置かれている。
　その賭けは、2つのサイコロを同時に投げて目の数の合計で争うもの
だか、不利な状況であったゲイマンは結局6のゾロ目を2回連続で出し
て勝利を収める。6のゾロ目を2回連続というのは、まず起こりそうも
ない確率である。ピンチに陥ったゲイマンが最後に大逆転するというの

は、劇として盛り上がりはあるだろうが、確率的には非現実的と言える
だろう。リアルさよりも盛り上がりを選ぶ作為には、この作品において
政治的言及が喜劇的要素を強めることに貢献しているのと同じように、
現実世界から離れた喜劇的世界を創り出そうとする作者の意図が感じら
れる。そして、賭けに勝ったゲイマンがジュリアの寝室に忍び込む方法
も、箱の中に隠れて荷物として届けられるという喜劇的方法である。そ
して、それを手引きするのは夫のサー・コーシャス自身だ。彼には取り
持ち役を上手く果たさなければならない理由があるのだ。

> if she should be refractory now----and make me pay Three
> hundred pounds----why sure she won't have so little Grace----
> Three hundred pounds sav'd, is Three hundred pounds got----by
> our account . . . .

(Ⅳ.ⅰ.461-63)

　彼が価値を置くのは妻よりも300ポンドの方なのだ。妻の心情を考え
ることもない。ゲイマンが一言も発せずに[3]、彼のことを彼女が夫だと
勘違いしたまま、上手くやることを彼は願っている。そうすれば何事も
なかったかのように、300ポンド得をすることになるのだ[4]。同じように
金銭に囚われていると言っても、ゲイマンにはない守銭奴のいやらしさ
がサー・コーシャスには存分に感じられるようになっている。ゲイマン
が気付かれずに首尾よく事を終えることを、サー・コーシャスはやきも
きしながら待つのだが、悪魔に扮したのが実はジュリアだったとゲイマ
ンが後で気付いたように、ジュリアは男たちの企みを知ることになる。
彼女にしてみれば、寝室にいたのが夫ではなくゲイマンであったのは望
ましいことのようにも思えるが、彼女はそうは思わない。ゲイマンは劇

3　ゲイマンがジュリアに誘われた逢瀬で彼女のことを "a silent Devil"（Ⅳ.ⅰ.77）と表現し
たのとパラレルになっている。
4　"I am content to be a Cuckold"（Ⅴ.ⅱ.180-81）とさえ、300ポンドのために彼はゲイマ
ンに言うのである。

の冒頭で宣言していた密通という望みを果たしたのだが、それはジュリアにとっては望ましいことではなかった。そして、そこにこの作品の鍵がある。

（4）

　ジュリアは金銭には囚われていない。そこがもうひとりのヒロインであるリティシアと異なるところである。後者はサー・フィーブルに言い寄られて不本意ながらも結婚に同意するが、彼の財産に魅力を感じたことも認めている。しかしジュリアはこの作品の主要登場人物たちの中で例外的に金銭に価値を置いていない。サー・コーシャスも金持ちであるが、彼女がその財産に魅力を感じたとは書かれていない。半ば強制的に結婚させられたことになっている[5]。また、ゲイマンから高価な物を贈られても、それを喜んでいるようには見えない。彼女が価値を置くのは、金銭ではなく、名誉なのである。"I prize my Honour more than Life"（Ⅰ.ⅱ. 14）と、侍女のパートに早い段階で言っていたのを思い出そう。この科白が最後の場面で効いてくる。そう告げられたパートもまた名誉の意味を解する身分のある女性であることが最後に明らかになる。名誉はまた作者が希求していたものでもある。アフラ・ベーンはこの作品の序文の最後に、こう書いているのである。

> I am not content to write for a Third day only. I value Fame as much as if I had been born a *Hero*; and if you rob me of that, I can retire from the ungrateful World, and scorn its fickle Favours.

　3日目の上演——その日以降劇作家は利益を得る——は経済的に困窮していたアフラ・ベーンにとっては必要なものであっただろうが、それ以上に重視していたのが名誉であるという主張は文字通り受け取ってい

---

[5]　強制結婚というお馴染みのテーマだ。当然、それは糾弾されることになる。

いだろう。彼女の劇作家からの引退もまもなく現実となるのだ。女性の劇作家であるがゆえに受けてきた非難、男性の劇作家には許されながら女性の劇作家には許されない事柄への不満について長々と書いてきた最後に、このように述べられる言葉には彼女の自負が込められている。時代や観客に迎合する側面が彼女の他の多くの劇作品に見られるのは事実であるが、劇作家としての、そして女性としての名誉心を犠牲にしてまでそうすることは決してなかった。彼女がフェミニストの名を冠せられる所以である。そして、その女性としての名誉心は、この作品ではジュリアに託されることになる。

　賭けの対象にされることは当然ジュリアの名誉が許さない。300ポンドで賭けられたということは、彼女にとっては売春婦と見なされたことに等しい。だから、無言のまま一夜をともにした男が、夫ではなくゲイマンであったと知った時、彼女の名誉心は抗議の声をあげる。愛の権利を行使しただけだと言うゲイマンに対して彼女は、こう言って泣く。

And must my Honour be the Price of it?
Cou'd nothing but my Fame reward your Passion?
——What make me a base Prostitute, a foul Adulteress[?]
Oh——be gone, be gone——dear Robber of my Quiet.

(V.ⅱ.231-34)

　300ポンドと等価とされたのだから、"a base Prostitute"にされたと非難するのはもっともであるが、自らも悪魔に扮して密かにゲイマンと一夜を過ごした身でありながら"a foul Adulteress"にされたと非難するのは的外れであるようにも思われる。自らが主導権を握る場合はいいが、そうでなければ許さないということだろうか。また"Adulteress"という表現には、強制的に結婚させられたにもかかわらず、その結婚を受け入れているようなニュアンスが感じられる[6]。しかしそのような矛盾があったとしても、ジュリアはゲイマンに対してこのような激しい科白を吐かざるを得なかった。ドラマトゥルギー上、そう考えられる。自

158

らの肉体に値が付けられ、物と同じように賭けの対象とされたことに対して、容赦ない非難を投げかけることが何よりも求められているからである。その主体性の侵害を決して許さないことに、彼女の名誉が懸かっており、この作品のテーマが懸かっているからである。女性は物ではない、女性は男が勝手に交換できる物ではない、というテーマだ。女性を物としてやり取りする契約に等しい強制結婚を糾弾してきたアフラ・ベーンのテーマだ。

　ゲイマンに対する非難は、当然彼女を賭けの対象として争った夫にも向けられる。夫であるがゆえにその憎悪はより大きくなる。

> I am convinc'd the Fault was all my Husbands――
> And here I vow――by all things Just and sacred,
> To separate for ever from this Bed.

（V.ⅱ.272-74)

　ジュリアは敢然と夫を拒否するのだ。有無を言わさぬ強い意志を持った妻を賭けの対象にしたことは許されざる罪だったのだ。サー・フィーブルは自らの意思でリティシアをベルモアに譲ったが、サー・コーシャスは妻から三下り半を突き付けられる。しかし、老人が若い女性と結婚するという愚行の結果であるということには変わりはない。もちろんそこには彼らの嘆きが伴うだろう。"She's gone――she's gone――she's gone――"（V.ⅱ.317）とサー・フィーブルが三たび繰り返す嘆きにこだまするように、"Ay, Ay, she's gone, she's gone indeed"（V.ⅱ.318）と繰り返すサー・コーシャスの嘆きをわれわれは聞くことになる。この彼らの嘆きは、嘆きが引き起こす哀感を生じさせようとしているのだろうか。そうは意図されていない。この段階では、老人たちは妻を奪った若者たちが本当は誰なのか、その正体をまだ知らないのである。彼ら

6　劇の冒頭でゲイマンが密通という復讐を遂げることを宣言していたところにも、前提として彼女の結婚を認めていることが窺える。

が、実は若者たちが本来の恋人のベルモアとゲイマンであることを知らされて驚く場面は、まだ先に用意されている。すべてを理解した上での嘆きではないのだ。だから彼らの嘆きには愚かさが伴うことになるのである。愚かさを強調しているとさえ言えるかもしれない。だがその愚かさは改められなければならないのだ。その方法は、妻を本来の恋人の元に返すということである。自らの意思で妻をベルモアに返すことにしたサー・フィーブルの忠告を受け入れて、サー・コーシャスも自らの死後に妻をゲイマンに譲ることを宣言する。ここで、リティシアが夫の決断を受け入れたように、ジュリアも夫の決断を受け入れたならば、２組の三角関係というパラレルな構造で始まったこの劇は、本来の恋人同士が結ばれるというパラレルな構造で終わることになっただろう。しかしその相似形は最後にきて崩れる。リティシアが夫の決断を受け入れないのだ。サー・コーシャスの宣言を聞いて、同意するかとジュリアに訊ねたゲイマンに、彼女はこう答える。

No, Sir——you do not like me——a canvas Bag of
wooden Ladles were a better Bed-fellow.

（Ⅴ.ⅱ.390-91）

ジュリアはゲイマンにも怒りの言葉を吐くのだが、彼女の一連の怒りの科白をどう解釈するかにこの作品の理解が懸かっている。例えば、キャサリン・ギャラガー（Catherine Gallagher）など多くの批評家はこの場面のジュリアの拒否を文字通りには受け取っていない。彼女は、夫とゲイマンに対するジュリアの怒りの言葉を分析しながら、結局はジュリアの怒りが偽物であると示唆している[7]。スーザン・グリーン（Susan Green）もまた、彼女の "feigned moral outrage"[8] によって夫と離れ、愛するゲイマンといっしょになることが可能になると解釈している。し

---

7 Catherine Gallagher, "Who Was That Masked Woman?" in *Reading Aphra Behn*, ed. Heidi Hunter（The University Press of Virginia, 1993）, pp. 73-84参照。

かし、怒りが偽物であると登場人物たちが認識しているならば、サー・コーシャス自身もそう認識しているはずであり、妻の別れの言葉を真に受ける必要はなくなる。サー・コーシャスだけが彼女の怒りが偽物であることに気付かないのは不自然である。それ以上に問題なのは、もしジュリアの怒りが偽物ならば、彼女の名誉に対する主張もまた偽物になってしまうということだ。喜劇としてはそのように解釈することも可能だろうし、そのように演出することも演じることも可能だろう。しかし、それでは序文で名誉について語った作者の心情と矛盾してしまう。作者の心情が偽物であるということになってしまう。序文は戯れの戯言では決してない。だから、ここは断固たる拒否として解釈すべきなのだ。喜劇的大団円を犠牲にしてもそうなのだ。

　女性は物ではないのだから賭けの対象にはならないように、女性は物ではないのだから相続物にはならないということだ。女性の自立や名誉を無視する行為に彼女は作者に代わってノーを突き付けているのだ。夫に対するのと同様に、愛しているはずのゲイマンに対しても、自分をそのように扱ったということで、同じ拒否の言葉を発しているのである。愛よりも、お金よりも、優先されるべきものが何であるかを語っているのだ。このすぐ後で、ゲイマンが年2000ポンドの遺産をおじから貰うことになったという事実——彼が冒頭で言っていた臨終のおじという言い訳は本当であったということか——が知らされることになるが、ジュリアはそんなことには無関心であるかのように何も言わない。彼が遺産相続で金持ちになったかどうかなど気にかけないのだ。お金などどうでもいいということだ。ないがしろにされた名誉が関心事であり、それを取り戻すために彼女は愛しているゲイマンを拒否するのだ。彼女のこの姿勢には、パット・ギル（Pat Gill）が言うところの「気骨」（grittiness）が感じられる[9]。序文の結びで作者が求めていた名誉を、ジュリアがこうして取り戻すのである。その名誉回復のプロセスを補うのがサブプ

---

[8] Susan Green, "Semiotic Modalities of the Female Body in Aphra Behn's *The Dutch Lover*," 同上所収、130頁。

ロットのダイアナの結婚である。彼女は父親が決めた結婚を受け入れることなく、ブレッドウェルとの愛を貫く。そして父にこう告げる。

> Father farewell——if you dislike my course,
> Blame the old rigid Customs of your Force.

（V. i. 25-26）

　こうしてサー・フィーブルの権威は実の娘によっても否定される。優先されるべきなのは女性の名誉なのである。だが、そこに至る道筋は喜劇だ。

（5）

　ジュリアが掲げる名誉と並んで、注目しなければならないのはこの作品の喜劇的要素である。ジュリアのゲイマンに対する拒否で幕が下りるのではなく、愚行に対するサー・コーシャスの嘆息で幕が下りることになるからである。それはこうなっている。

> How's this; Mr *Gayman*, my Lady's first Lover? I find Sir *Feeble*
> we were a Couple of old Fools indeed, to think at our Age to
> couzen two lusty young Fellows of their Mistresses; 'tis no
> wonder that both the Men and the Women have been too hard
> for us, we are not fit Matches for either, that's the truth on't.

（V. ii. 406-10）

　幕が下りる寸前になって初めてサー・コーシャスは、妻を賭けた賭け

9　"There is a grittiness in Behn's plays that cannot be found in the manners comedies of Etherege, Congreve, Wycherley, Durfey, Farquhar and Southerne." Pat Gill, "Genre, sexuality, and marriage," in *The Cambridge Companion to English restoration Theatre*, ed. Deborah Payne Fisk (Cambridge: Cambridge University Press, 2000), p. 193.

の相手がゲイマンであることを知る。サー・フィーブルもまた、妻を失ってから、幽霊や甥のフランシスに扮していたのがベルモアであることを知ったのであった。真実は変装の下に隠されていたのである。変装がふたりの老人に、愚かであったという真実を認識させることになったのだ。変装は偽りのものだが、その偽りが逆説的に真実を炙り出すことになるのだ。そのもうひとつの例がパートである。彼女はダイアナの侍女であるが、もともとは身分のある女性であり、サー・コーシャスの甥ベアジェストと婚約していた。その本来の状況を取り戻すために、彼女はダイアナに扮する。ダイアナと結婚式を挙げることになっていたベアジェストはパートが変装していることに気付かないまま、牧師は彼らの結婚を宣言してしまう。いったん宣言された以上、それはもはや取り消すことはできない。「騙された」、「裏切られた」（V. ii. 359）といくらベアジェストが叫ぼうと、もう取り返しはつかない。パートは彼と婚約していたことを証明する証書を皆に開示して、その結婚は是認される。その証書だけでは状況を変えることはできないとパートは考えたがゆえに、ダイアナに扮して式を挙げてしまうという策略を用いたのだ。一方、意に反してベアジェストと結婚させられそうになっていたダイアナは、ベアジェストが悪魔に扮したゲイマンの手下に痛めつけられている間に、ブレッドウェルと結婚することができた。変装によって真実は回復されたのだ。

　変装は、この劇において重要なモチーフである。そもそも冒頭から、主人公ベルモアは「旅人に変装して」登場したのであった。そしてそこにゲイマンがマントに身を隠して登場したのであった。本来の姿で現れることができない状況は彼らにとって歪んだものであるだろうから、それは矯正されなければならない。具体的に言えば、サー・フィーブルの結婚は阻止されなければならないし、サー・コーシャスの結婚は解消されなければならない。また、ベルモアは恩赦状を手に入れなければならないし、ゲイマンは負債を返済しなければならない。その状態に至る道筋がこの劇の道筋であり、様々な変装によって織り成される喜劇である。この劇は変装の喜劇と言うことができるであろう。

変装することはまた、自由と力を獲得することでもある。ベルモアは
フランシスに変装することによってサー・フィーブルに対して自由な振
る舞いができたし、幽霊に変装することによってサー・フィーブルを悔
悛させることができた。ゲイマンはウェイストオールになることによっ
て家主の妻との情事から金銭を得ることができたし、サー・コーシャス
とジュリアを賭けた賭けをすることができた。そしてその賭けに勝って、
サー・コーシャスに扮してジュリアのベッドに忍び込むことができた。
ジュリアは悪魔に扮してゲイマンを困窮から救い、彼と秘密の一夜を持
つことができた。変装によってアイデンティティを隠すことは、それに
付随する束縛から解放されることであり、弱みを隠すことでもあるから
だ。そうして獲得された自由は時には羽目を外して、猥雑な振る舞いに
も及ぶ。批判を受けることになった猥雑な場面の多さは——それらは男
性が書いたならば許されるものであると、アフラ・ベーンは序文で不満
を述べている——その自由の副産物であろう。そしてそれらはその肉体
性によって、この作品の根底にある唯物論と結びついている。ジュリア
の肉体と300ポンドが等価とされていたように、すべては物として金銭
的価値に還元される。その最たるものは恩赦状だ。サー・フィーブルは
500ポンドでベルモアの恩赦状を買っている。命さえも物のように買う
ことができるのだ。具体的な金額に言及する多くの科白は、この作品の
唯物論的構造を示しているのである。
　変装はまた偽物を纏うことでもある。偽の外観という物によって人を
騙すのだ。だから、変装と唯物論は類縁関係にある。そしてそれらは、
実は演劇とも近い関係にある。変装すること、それはまさに登場人物が
舞台上で行っていることだ。舞台という、現実とは異なる偽物の、架空
の設定の中で、行っていることだ。変装という偽物が真実を炙り出すよ
うに、演劇という非現実は人間性の本質を炙り出すのである。舞台とは
そのようなものであることを見せるために、その架空性を際立たせるた
めに、アフラ・ベーンは現実から遠ざからなければならなかった。つま
り、政治的要素を排除しなければならなかった、と考えられる。それが
政治的危機の時代であるにもかかわらず、この作品においては、あえて

彼女が現実の政治から離れようとしている理由であろう。非政治的、非現実的な舞台設定で、彼女は劇の本質である架空性に傾斜しようとしているのだ。それは劇作家として、演劇の衰退という危機[10]に際して取らなければならなかった行動であったのだろう。彼女の演劇に対する強い思い入れは、ロチェスター伯爵への献呈の辞の中に見て取ることができる。良心でも宗教でもなく、演劇を観ることによって改心した男の話を持ち出しながら、ギリシア・ローマ時代の傑出した人々も関心を寄せていたという演劇を擁護している。この作品は、劇作家としてのキャリアがほぼ終わりに近づいたアフラ・ベーンの演劇に対するオマージュのように見える。だが、単なるオマージュではない。もしそうなら、最後でジュリアにゲイマンを受け入れさせて大団円を作り出し、そして幕を下ろす方が喜劇の本流となって相応しいだろう。だが、そうはできなかった。名誉は、ジュリアにとって、つまりアフラ・ベーンにとって譲れない一線であるからだ。それは「純粋な心情の発露」[11]なのである。作者は劇作家である前にフェミニストであったのかもしれない。結果として、この作品は喜劇の本流から外れることになると同時に、名誉という非物質的な心情を優先させることによって、この作品を貫いてきた唯物主義からも離れることになる。ジュリアは夫からも恋人からも離れて、どうやって生きていくのか？　それは問題にされてはいない。そのような現実の問題よりも、名誉という理想を掲げることを作者は選んでいるのだ。そしてそれを選んだ後で、アンソニー・リーとジェイムズ・ノークスという、彼女の多くの劇作品で主要人物を演じてきたふたりの代表的喜劇俳優に、愚行の嘆息をさせて劇を閉じる。その嘆息は、劇作家としてのキャリアをまもなく閉じようとしているアフラ・ベーンの喜劇への嘆息のエコーのように響いている。

---

[10] Derek Hughes, "Aphra Behn and the Restoration theatre," in *The Cambridge Companion to Aphra Behn*, ed. Derek Hughes and Janet Todd (Cambridge: Cambridge University Press, 2004), p. 31, およびDerek Hughes, *The Theatre of Aphra Behn* (New York: Palgrave, 2001), p. 170参照。

[11] Janet Todd, *The Critical Fortunes of Aphra Behn* (Columbia, SC: Camden House, 1999), p. 52.

第9章

『月の皇帝』論──ファースの構造について──

（1）

　トマス・モア（Sir Thomas More）の『ユートピア』（*Utopia*, 1516）からトンマーゾ・カンパネッラ（Tommaso Campanella）の『太陽の都』（*La città del sole*, 1602）、そしてフランシス・ベーコン（Francis Bacon）の『ニュー・アトランティス』（*Nova Atlantis*, 1627）やジョナサン・スイフト（Jonathan Swift）の『ガリヴァー旅行記』（*Gulliver's Travels*, 1726）へと続くユートピア物語の出現は、ここではない世界への強い希求の表れと見なすことができるであろう。航海の時代を迎えて、そして実際の航海記に触発されて、大海原の彼方にまだ見ぬ理想郷を思い描くことは、作家の想像力の自然な飛翔と言えよう。現実世界のアンチテーゼとして描かれたモアのユートピア国、カンパネッラの赤道直下の島、ベーコンのベンサレム、スイフトのフウイヌム国、これらの国々──ユートピアは特別な航海を経なければたどり着けない隔絶された場所にある、それは特別に選ばれた人でなければたどり着けないということか[1]──が政治的アレゴリーに染まっているにせよ、また共産主義的・管理主義的・階級差別的な色合いが感じられるにせよ、それらは夢見られた理想社会のひとつの形である。その理想社会は作者の想像の上に築かれたものではあるが、そこにたどり着く手段は船という現実的な乗り物である。航海記とユートピア物語はひと続きであり、船が未知の世界に連れて行く。作者の想像力はユートピアへと飛翔するが、船による航海という設定が、

---

[1]　例外的にウィリアム・モリスの『ユートピアだより』では舞台は未来のロンドンになっている。

ユートピアをこの惑星内に引き留めている。ここではないどこかの理想
世界とは、この地球上のどこかの世界なのだ。

　これに対して、地球を飛び出して理想郷を求める物語がある。果てし
ない大海を前にして異国への憧れを感じるのと同様に、果てしない星空
を前にして無窮の宇宙へ思いを馳せるのもまた自然なことだ。ガリレオ
やケプラーといった偉大な天文学者たち——彼らは『月の皇帝』(*The
Emperor of the Moon: a Farce*[2])（1687年初演、出版）の登場人物ともなっ
ている、また後者は『ケプラーの夢』（1634年）という月世界旅行物語
を書いた——の登場は人々の目を宇宙に向けることにもなったからだ。
その宇宙の星々の中でもひと際大きな星、太陽と月は特別な存在であっ
ただろう。それゆえ太陽と月はあらゆるところで様々な神の象徴になっ
てきたのである。そしてある人たちはそこにひとつの世界、理想的世界、
理想的人間が住む世界、つまりユートピアを見た。宇宙に行く現実的な
手段を持ち合わせていなかった時代、太陽の世界や月の世界を描くこと
は、船によるユートピアへの航海とは違って、想像上の乗り物、想像上
の手段による冒険物語を描くことになる。いわば二重のフィクションで
ある。ユートピア物語に倍して空想の物語であると言える。この空想冒
険物語は、ダンテの『神曲』という偉大な遠い祖先を持つものである
が、そしてサイエンス・フィクションという子孫をやがて持つことにな
るのだが、そのフィクション性からして、真摯な現実的物語にはなりに
くいという傾向があるだろう。それは荒唐無稽と紙一重だが、荒唐無稽
に堕してしまわないところに文学的意義を認めることができる。その代
表的な作品として、フランシス・ゴドウィン（Francis Godwin）の『月
の男』(*The Man in the Moon, or, a Discourse of a Voyage thither by Domingo
Gonsales The Speedy Messenger*, 1638)——この物語の主人公ゴンザレス
の名は『月の皇帝』でも言及されている——、シラノ・ド・ベルジュ
ラック（Cyrano de Bergerac）の『月の諸国諸帝国の滑稽物語』(*Histoire
comique des États et Empires de la Lune*, 1657) および『太陽の諸国諸帝

---

[2]　*The Emperor of the Moon: a Farce*, vol. 7 of *The Works of Aphra Behn*.

国の滑稽物語』(*Histoire comique des États et Empires du Soleil*, 1662)、そしてマーガレット・キャヴェンディッシュ (Duchess of Newcastle, Margaret Cavendish) の『新世界誌、光り輝く世界』(*The Description of a New World, Called The Blazing World*, 1666) ──その世界は空想の産物であることを彼女自身認めている──を挙げることができよう。また、対話(議論)によって構成された物語という点で上記の作品とは趣は異なるが、ベルナール・ル・ボヴィエ・ド・フォントネル (Bernard Le Bovier de Fontenelle) の『世界の複数性についての対話』(*Entretiens sur la Pluralité des Mondes*, 1686) はアフラ・ベーン自身が翻訳しており、当時の人々の太陽と月への関心を教えてくれるとともに、彼女のこの戯曲『月の皇帝』を考える上では重要な作品となろう。そしてより直接的には、イタリアのコメディア・デラルテの流れをくむノーラン・ド・ファトゥヴィル (Nolant de Fatouville) の『月の皇帝アルルカン』(*Arlequin Empereur dans la Lune*, 1684) の影響を受けて、あるいはその翻案として『月の皇帝』は成立している。

『月の皇帝』はこのような文学上のコンテクストの中でまず考えなければならない。航海記からユートピア物語そして空想冒険物語という、外の世界へと視線を向ける文学のコンテクストだ。だが、その全体的な流れを指摘するよりも、そのコンテクストはアフラ・ベーンが利用した枠組みに過ぎないことを指摘することの方がより重要だ。騎士道物語の伝統そのものよりも、それが『ドン・キホーテ』の枠組みであることの方が重要なのと同様だ。フランシス・ゴドウィンとシラノ・ド・ベルジュラックの作品は劇中で言及されており、それはドン・キホーテにとっての騎士道物語のようなものであることがほのめかされているのである。そのような物語を読むことによってドクター・バリアードは "Lunatick" (Ⅰ.i.84) になったと言われているのである。彼は、フォントネルが言うところの「月を崇拝するほどの愚か者たち」[3]のひとりなのだ。ただ、彼が狂っているのは、月に関してだけであって、その他のことでは「大

---

3 Vol. 4 of *The Works of Aphra Behn*, p. 117.

いに分別と理性を示す」（Ⅲ.ⅰ.430-31）のである。

　そしてもうひとつ、この作品において重要なモチーフとなっているのが錬金術である。天体への飛翔が天文学を装ったフィクションであるように、錬金術は化学を装った似非科学である。伝説のヘルメス・トリスメギストス以来、錬金術の歴史は、ユートピア物語と同様に、古くから各地で様々な民族によって試みられてきた[4]。また、それらは人々の夢を掻き立てるという点でも共通している。ユートピアを探すことも、不老不死を可能にする賢者の石を求めることも、ともに人間の夢なのだろう。愚者の夢、と言ってしまってもいいかもしれない。この夢に取り憑かれている男、ドクター・バリアード——彼はドン・キホーテに喩えられてもいる（Ⅰ.ⅰ.82）——を中心に『月の皇帝』は展開する。彼がドクターであることは皮肉だ。彼は医者ではなく患者の側であるのだから。しかも彼は「患者を連れてくるな」（Ⅰ.ⅲ.159-60）と言う医者でありながら、伝説的医学者ガレノスや医者兼錬金術師のパラケルススに喩えられて、名誉心をくすぐられるのである。ここには現実世界の価値観や権威に対するアフラ・ベーンの皮肉を見て取ることができる。

　また、『ドン・キホーテ』が表面上は滑稽な物語であるのと同様に、そしてシラノ・ド・ベルジュラックの作品が「滑稽物語」と題名に付けられているように、アフラ・ベーンのこの戯曲はファースと銘打たれている。またタイトルだけではなく、幕開けすぐにナポリ総督の甥であるシーンシオとシャルマーンティがそれぞれの恋人エラリア（ドクター・バリアードの娘）とベルマーンティ（ドクター・バリアードの姪）と結ばれるためにドクター・バリアードを騙すべくファースを準備していることが語られる。それはすなわち、これから演じられることになるファースに他ならない。楽屋落ちとも言える手法で、アフラ・ベーンはこの劇

---

[4] ユートピアの歴史に関しては、グレゴリー・グレイズ『ユートピアの歴史』（小畑拓也訳、東洋書林、2013年）を、また当時の錬金術を俯瞰するためには、ヘルメス・トリスメギストスから説き起こし、ジョルダーノ・ブルーノによって集大成された魔術的世界観を論述した浩瀚な研究書、フランセス・イエイツ『ジョルダーノ・ブルーノとヘルメス教の伝統』（前野佳彦訳、工作舎、2010年）を参照。

がファースであることを周到に告知しているのだ。コメディア・デラルテに共感を覚えながら、ユートピアや錬金術を巡る当時の状況を利用して、喜劇ではなくファースとして彼女がこの作品をいかに構成しているかを分析し、またファースというジャンルへの挑戦を彼女の戯曲の流れの中で捉えながら、彼女のドラマトゥルギーの広がりについて考えてみたい。

（2）

　舞台はナポリである。アフラ・ベーンの戯曲の中で最も人気を博した『流浪の男』——その次に人気を博したのがこの『月の皇帝』だと言われている——の舞台と同じナポリである。今でも、街を歩けばいたるところでプルチネッラ（道化）に出会うナポリである。『流浪の男』では四旬節が始まる前の束の間のカーニヴァルの期間が、この喜劇が展開する時間として設定されていた。カーニヴァルという特別な時間、現実社会の秩序を踏み外すことが許されている時間、その解放の時間は、社会秩序と無縁に生きる存在である道化が根付いている街ナポリにこそ最も相応しいかもしれない。喜劇『流浪の男』の舞台設定がナポリであったことが当を得ているように、ファース『月の皇帝』の舞台設定もナポリであることは、劇作家アフラ・ベーンの演劇の流れにおいて必然的であるように思われる。つまり、彼女の戯曲の中でファースと銘打たれているのは『月の皇帝』の他には、『にせ伯爵』[5]があるのみなのだが、この戯曲は喜劇が圧倒的に多いアフラ・ベーンの作品群において例外的であるのではなく、彼女の演劇作品の流れの中において正統の位置にあると考えることができるのだ。
　ナポリの街に入ること、それはある意味アフラ・ベーンの劇の世界に入ることに等しい。第3幕第1場で、カラッシュ（幌付き軽二輪馬車）に乗って農夫に変装したハーレキン——彼が惚れているモプソフィルが

---

[5] 『にせ伯爵』は5幕物だが、『月の皇帝』は3幕物である。

170

農夫の息子と結婚すると聞かされたからだ——がナポリの街に入ろうと
した時、彼は街の門衛から通関税を求められるが、これはアフラ・ベー
ン演劇への入場料のようなものだ。そこに入ることによって、現実から
解放された非日常的世界に入ることができるのだ。この街でこそハーレ
キンは存分にハーレキンたりうるのだ。しかも、そこはさすがのハーレ
キン、門衛をまんまとペテンにかけて街に入る。門衛が官吏を呼んでい
る間に、彼は上張りを羽織ってパン屋に変身し、カラッシュを切り離し
て荷車に見せかける。ハーレキンは官吏を騙すことによって、門衛から
言いがかりをつけられた賠償金として1クラウンせしめもするのだ。結
局、門衛はハーレキンが元の姿に戻ったのを見ても、ハーレキンの嘘の
方を信じることにする。

> ——Wel, now to my thinking, 'tis as plain a Calash again, as ever
> I saw in my Life, and yet I'm satisfy'd 'tis nothing but a Cart.
>
> （Ⅲ.ⅰ.49-50）

　嘘を信じること、それは劇場の観客に課せられていることでもある。
自由に振る舞うのは役者の方なのだ。こうして法を無視し、秩序を自ら
の都合に合わせて作り出しながら、ハーレキンはナポリの街に入るのだ。
この場面は、ナポリの街が道化の街であること、そしてナポリの街が劇
場の比喩であることを表していると言えよう。
　そのナポリという劇場にわれわれを誘うのは、エラリアの歌である。
アフラ・ベーンの戯曲の中で歌から始まるのは、他には『アブデラザー』
（*Abdelazer, Or the Moor's Revenge*）（1676年初演、1677年出版）があるが、
そこでは歌は登場人物によって歌われるのではなく、歌によって主人公
アブデラザーが目覚めるという設定になっている。構造的にそこでは歌
は単なる導入に過ぎない。だが、『月の皇帝』では幕開けで歌うのはヒ
ロインである。ヒロインにまず歌を歌わせることによって、この作品に
おける音楽の重要性をクローズアップしている。しかもエラリアはその
歌によって恋人シーンシオへの切ない思いが慰められることはないと言

う。歌は無意味なのだ。昨夜、こっそりやって来たシーンシオが父に見つかって追い払われ、彼女は部屋に閉じ込められたのだ。父の監視は厳しく、「庭より外には出たことがない」（Ⅲ.ⅰ.404）エラリアが、その傷心を慰めるべく歌を歌ったのだが、歌に力はなかった。その無意味なものが、幕開けで強調されているのである。無意味であること、それがこのファースにおいて最も大切な原則なのであり、ファース『月の皇帝』が志向するものである。スカラムッチャ（ドクター・バリアードの下僕）とハーレキン（シーンシオの下僕）というストック・キャラクターが中心的に活躍する『月の皇帝』においては、それは必然の流れであろう。そして、その無意味さの中心にあるのが、月というユートピアとその住人、および錬金術である。あるいはそのふたつを盲目的に信じるドクター・バリアードだと言ってもいいだろう。またはそのふたつに向けてドクター・バリアードを煽り立てるスカラムッチャとハーレキンだと言うこともできる。そしてもちろん、逆説的だが、無意味であることこそこのファースでは意味があるのだ。

　ユートピアである月とその住人を詳しく見るには望遠鏡が必要なのだが、20フィートもの長さのあるこの科学の発明品を持って、第1幕第2場でドクター・バリアードは登場する。彼は望遠鏡が真実を映し出すと信じているのが——そして実際、望遠鏡は天文学上の真実を次々と明らかにしていくのであるが——この場面でこの大きな道具が映し出すのは幻影である。変装したシャルマーンティ——月の住人であるとスカラムッチャはドクター・バリアードに吹き込む——が登場し、ユートピアの住人で秘儀に通じたカバリストであることをドクター・バリアードに信じ込ませた上で、彼に望遠鏡をのぞかせる。そして、ニンフの絵が描かれたグラスを、その後では皇帝が描かれたグラスを、手品師のように観客に示した上で、望遠鏡の先端に押し当てるのだ。ドクター・バリアードはその姿に恍惚となるのだが、シャルマーンティは観客と共謀して彼を騙していると言える。そして観客といっしょになって、彼ひとりを、ドクターという権威と家長という地位を持った彼ひとりを、笑いものにすべく劇は進行していく。

　望遠鏡が映し出したのは幻影だが、それはまたドクター・バリアード
の心の内をも映し出すことになる。月の人間と交われば英雄が生まれる
とシャルマーンティから聞かされたドクター・バリアードはこう告白す
るのだ。

> . . . I confess Sir,
> I wou'd fain have a Hero to my Grandson.

（Ⅰ.ⅱ.108-09）

　年老いた愚かな男の望みだとしても、それは彼の真実の願いだ。月と
いう目に見えるものの科学的真実ではなく、ドクター・バリアードの心
という目に見えないものの真実を暴くこの望遠鏡は、ある意味すぐれて
科学的であるとも言える。アフラ・ベーンは望遠鏡を単なる騙しの道具
として使っているのではないのだ。つまり彼女は科学を全面否定しよう
としているのではないのだ。最終幕でガリレオとケプラーを登場させて
いるのも、彼らを揶揄するためではない。また先に述べたフォントネル
の『世界の複数性についての対話』にしても、カトリック教会が禁書に
することになるこの書物をアフラ・ベーンが翻訳したのは、後に王立科
学アカデミーの終身書記という職務を忠実に果たすことになる著者の科
学的事実に忠実であろうとする姿勢への共感とともに、フィクションだ
と明言しているこの物語の姿勢も与っていただろう[6]。この翻訳の序文
では、作品の中でG侯爵夫人が地動説に賛同しているように、アフラ・
ベーンは地動説への支持も述べている[7]。このファースが笑いものにし
ようとしているのは科学自体ではないのだ。錬金術という似非科学と月
の住人という似非天文学を信じるドクター・バリアードという人物が笑

6　彼女はフォントネルの別の作品、『神託の歴史』（*The History of Oracles*）──この作品も
　その自由思想ゆえにカトリック教会から猛批判されることになる──もまた翻訳している。
7　"And why does my Belief of the motion of the Earth, and the Rest of the Sun contradict
　the holy Scriptures?" Vol. 4 of *The Works of Aphra Behn*, p. 84. 科学的であることに固執し、
　地動説に賛成してはいるが、フォントネルが神の存在を信じていたのと同じく、アフラ・ベー
　ンが熱心なカトリックであったことも事実だ。

いの対象なのだ。

　ドクター・バリアードは「月」という言葉に弱い。「月」という言葉がいわば呪文となって、彼は自在に操られることになる。ある言葉が呪文となるのは、狂信者にはよくあることだろう。弟が病気になったという嘘で追い払ったはずのドクター・バリアードが夜に突然帰ってきた時、スカラムッチャは彼を「月」の呪文にかける。音楽が聞こえた、フルートが聞こえた、と言い張るドクター・バリアードに対して、スカラムッチャは、それは「月の住人のセレナーデ」（Ⅱ.ⅰ. 158-59）だと言い放つ。普通なら信じられないようなこの弁解も、ドクター・バリアードには最も有効なのだ。エラリア、ベルマーンティ、シーンシオ、シャルマーンティそしてハーレキンを隠すために、彼らをタペストリーの中の人物としてドクター・バリアードに見せるという馬鹿馬鹿しい企みも、タペストリーはカバリストからの贈り物だという一言で彼は受け入れてしまうのだ。しかしハーレキンがふざけて彼を二度も叩いたことから、ドクター・バリアードはすべてスカラムッチャの企みだと喚き立てるが、スカラムッチャは動じない。寝巻き姿で再び現れて、その夜初めて主人を見たかのように偽りながら、彼の最も弱いところを突く。

> . . . I understand not your Caballistical Language; but in mine, I confess that you have wak'd me from the rarest Dream—Where methought the Emperor of the Moon World was in our House, Dancing and Revellng; And methoughts his Grace was fallen desperately in Love with Mistress *Elaria*, and that his Brother, the Prince, Sir, of *Thunderland*, was also in Love with Mistriss *Bellamante* . . . .
>
> （Ⅱ.ⅰ. 215-21）

　このでたらめの説得の効果はてきめんで、ドクター・バリアードは怒りを鎮めていく。彼が最も聞きたいと望んでいた言葉を聞かされたからだ。昨夜カバリストに変装して現れたシャルマーンティの言葉——もち

ろんこの場面の伏線として彼は話をしていた──をも思い起こし、彼は
都合のいいように現実を理解しようとするのだ。真実が願望によって隠
されるのだ。真実を見たくないのだ。つまり、「月」の呪文だ。スカラムッ
チャはそのことをよく理解している。

> . . . Why here's my Master now, as great a Scholar, as grave and
> wise a Man, in all Argument and Discourse, as can be met with,
> yet name but the Moon, and runs into Ridicule, and grows as mad
> as the Wind.
>
> （Ⅱ.ⅰ.247-49）

　スカラムッチャは自らの役割を十分に果たし、仕組んだファースは順
調に進んでいく。エラリアとベルマーンティも、スカラムッチャの話に
辻褄を合わせるべく、月の皇帝と王に求愛されたという作り話を、筋書
き通りに演じていく。
　ドクター・バリアードには月以外にもうひとつ弱いものがある。錬金
術だ。スカラムッチャは薬屋に変身して──彼が惚れているモプソフィ
ルが結婚するなら農夫か薬屋がいいと言ったからだ──モプソフィルに
逢いに行った時、ドクター・バリアードに出くわしてしまうが、その時
彼が採る方法は錬金術の怪しげな知恵である。錬金術の用語、しかもい
い加減な錬金術の用語を並べたて、ドクター・バリアードを煙に巻いて
しまうのである。ドクター・バリアードは錬金術に関して正確な知識を
持っているわけではないことが露呈されることになる。またスカラムッ
チャの臨機応変の立ち回りは、この劇は道化が主役のファースであるこ
とを改めて印象づけている。
　そしてファースは最終幕の最後の場面で大仕掛けな展開を見せる。そ
れは音楽とダンスに満ちたスペクタクルである。宮殿かと見紛うほど装
飾されたバルコニーからは、パルナッソスの丘が見え、そこに雲間から
望遠鏡を手にしたふたりの男、ケプラーとガリレオが降りてくる。その
次には黄道十二宮の面々が降りてくる。そしてついには月の大きな球体

が現れ、それが地上に降りてきて、月の皇帝に扮したシーンシオとサンダーランド王に扮したシャルマーンティが馬車から降り立つのである。この光景にドクター・バリアードは恍惚となって跪くのであるが、その間に、黄道十二宮のふたりが司祭となってドクター・バリアードの了承を得た上でエラリアとシーンシオ、そしてベルマーンティとシャルマーンティの2組を結婚させてしまう。2組のカップルとも誤解があって、けんかをする場面もあったが、最終的には結婚に至った。こうして仕組んだファースの目的は達成される。月と月の皇帝を盲目的に信じたドクター・バリアードは手玉に取られ、騙されたわけである。娘に対して絶対的権力を振るう父親を出し抜いてヒロインが恋を成就するというアフラ・ベーンお気に入りのテーマのヴァリエーションであるのだが、ここではそのテーマそのものはファースの大仕掛けの中に埋没している。

（3）

　ファース全体に焦点が当てられることが目論まれているとはいえ、それが存在する目的は、エラリアとシーンシオ、ベルマーンティとシャルマーンティ、この2組の結婚をドクター・バリアードが承認することにある。しかし劇全体としては、それと並行してもうひとつ重要な結婚を巡るプロットがある。コロンビーナたるモプソフィルを巡る物語である。エラリアとベルマーンティの家庭教師であるモプソフィルに惚れているスカラムッチャとハーレキンが繰り広げる物語だ。決して魅力的とは言えないこの女家庭教師が誰と結婚することになるのか——スカラムッチャ、ハーレキン、農夫の息子、薬屋、と彼女はヒロイン以上に恋の相手に取り囲まれている——というプロットがかなりの重要性を持ってファースに組み込まれている。この道化役は主人の恋の手助けをするという役割——ファースにおける典型的な役割——を果たすだけではなく、自らが恋の主人公でもあるのだ。スカラムッチャとハーレキンはお互いがライヴァル関係にあることを知り、何度も争いを繰り返す。その執拗に繰り返される争いは、エラリアやベルマーンティよりもこの女家

庭教師の方がヒロインなのではないかと思わせるほどであるのだが、それはこのプロットが劇全体としてのファースの構造に寄与しているからである。美しくはない女家庭教師を美しい令嬢以上に持ち上げることはファースにとっては相応しいことなのだ[8]。

　第1幕第2場で、ドクター・バリアードの勧める農夫の息子に対するモプソフィルの好意を盗み聞いたハーレキンは、彼女の足元にひれ伏して嘆く。そこにやって来たスカラムッチャはハーレキンが出し抜いたと思って争いとなる。だがそれは決闘と言うには滑稽な戦いで、ハーレキンはダンスを踊っているように軽快に逃げ回るだけで、ついにはスカラムッチャも武器を捨ててフルートを取り出し、演奏を始める。決闘が音楽とダンスに変わってしまうのだ。この変化は一度ならず起こる。最終幕の庭の場面で、スカラムッチャは2階のモプソフィルの部屋の窓に梯子を掛けて登り、リュートを演奏して恋の歌を歌う。そこに女装して現れたハーレキンは、今度はスカラムッチャが出し抜いたと思い、咄嗟に復讐を考えつく。その臨機応変さはまさに道化たる所以だ。ハーレキンは女の声で、自分はスカラムッチャの妻で妊娠もしているという出まかせを言い放つのだ。当然モプソフィルは怒り、スカラムッチャは窮地に陥るが、そこにドクター・バリアードが登場してハーレキンも窮地に陥る。女衒だと思われて問い詰められても、モプソフィルの手前、名乗り出ることはできないのだ。そして正体を見抜いたスカラムッチャにダンスを強いられる。またしてもダンスだ。ふたりの争いはダンスに終わることになっているかのようだ。ダンスは和解の象徴であるかのようになっている。

　そして三たびふたりの争いが起こる。農夫の息子に変装したハーレキンと薬屋に変装したスカラムッチャが、お互い相手の正体が分からないまま、相対することになる。そこにやって来たモプソフィルはふたりの正体を見抜き悪態をついて去っていくが、残されたふたりは相手が誰だ

8　モプソフィルを演じたのは「太っていて魅力のない」キャサリン・コウリーであった。Derek Hughes, *The Theatre of Aphra Behn* (New York: Palgrave, 2001), p. 170.

か認識し、戦うことになる。またしても滑稽で臆病な戦いだ。すぐにド
クター・バリアードが登場して仲裁するが、変装したふたりは正体を明
かすことはできない。結局は、「月の皇帝の使者」だとスカラムッチャ
から言われたハーレキンがひとり、その言葉に食い付いたドクター・バ
リアードの相手をすることになる。でたらめの思いつき問答を繰り返し
た挙句、ハーレキンはドクター・バリアードから指輪と金貨の入った財
布を騙し取ってこの場面は終わる。

　スカラムッチャとハーレキンは恋のライヴァルとして本気で戦う気が
あるとは思えない。戦うべき状況を利用して道化芝居を打っている、と
言えばいいだろうか。もちろん、それはファースとしてのこの劇に相応
しいのだが、その無意味な戦いが執拗に繰り返されるのだ。最後の戦い
は、エラリアとシーンシオ、そしてベルマーンティとシャルマーンティ
の結婚を司祭が認めた直後である。スカラムッチャとハーレキンは「太
陽の騎士」（Ⅲ.ⅰ.615）を名乗り、槍試合の勝者がモプソフィルを手に
入れることをシーンシオ扮する月の皇帝から同意を得て、試合をする。
ここでも試合は音楽に合わせて行われる。試合は音楽の背景に沈み込む
ことが意図されているとも解釈できるのである。試合そのものは重要で
はないのだから、あっけなく終わり、勝者はスカラムッチャとなった。
それを月の皇帝が認め、当然のごとくドクター・バリアードは彼の裁定
を受け入れ、スカラムッチャはモプソフィルと結ばれることになる。

　こうしてファースは3組の結婚を導いた。確かに入念に計画された
ファースのおかげで3組は結婚できることになったのだが、最終的にそ
れを許可したのはドクター・バリアードであるということは注目しなけ
ればならない点である。彼を騙しながらも、彼から承認を得ることはど
うしても必要なことであったのだ。音楽が響きわたり、ダンスが繰り広
げられ、スペクタクルな場面が展開する最終幕も、そういったオペラ的
要素で観客を引き付けながらも、目指すところはドクター・バリアード
の結婚承認であるのだ。それが目的なのだ。エラリアは父の財産という
極めて現実的な理由から、ファースに加担したことを思い出そう。ファー
スは月に狂ったドクター・バリアードを揶揄し弄ぶが、彼の持つ家父長

としての権力という現実を否定しているのではないし、拒否しているのでもない。むしろ逆にそれを認めているからこそファースが必要であったのだ。月に憧れているドクター・バリアードの方こそ、ユートピアに憧れる人の常で、現実を否定し拒否する気が強かったと言えよう。盲目的に月の皇帝の権威に従おうとしていたのだ。その彼の権力を追認していることが、ファースの存在理由となるのである。このパラドックスがファースを支える構造となっている。つまり、現実を認識し現実の秩序に従っているからこそ、ファースは支離滅裂な展開を見せようとも、瓦解することなく、その存在の正当性を主張し、全うできるのだ。

　結婚という目的のためにファースが仕組まれた以上、その目的を達成したからには、ファースはもはや存在理由がなくなる。月の世界も、月の皇帝ももはやいらない。それらが消えてなくなり、ドクター・バリアードがユートピアへの愚かな盲信から目を覚ますことが残っているだけである。一場の夢としてファースが消え、彼がその夢から覚める番だ。束の間の無礼講のカーニヴァルが終わって人々が現実に戻らなければならないように、夢の劇が終わって観客が現実に戻らなければならないように、ファースは終わらなければならない。ファースとしての結末をつけなければならない。劇はクライマックスともアンチ・クライマックスとも言える結末を準備することになる。その役割を担うのは、この劇がファースと目論まれている以上、そしてこの劇の事実上のヒロインとも言うべきモプソフィルと最終的に結ばれたのがスカラムッチャである以上、彼をおいて他にはいないであろう。

（4）

　最終幕でハーレキンは「月の皇帝の使者」にされ、月の世界についてドクター・バリアードから執拗に訊ねられる状況に立たされるが、それに対して答えに窮しながらも、出まかせだが雄弁に答えていく。月の世界では、身分の高い女性ほどたくさん酒を飲む。政治家は高慢で、空手形を切り、ワイロを要求する。夫婦は滅多にいっしょにいることはない。

人妻は好色な伊達男から金を借りる。若者は放蕩である。妻が廷臣と浮気した男は、その廷臣から金を巻き上げ、その娘と結婚して自分が廷臣となる。身分の高い男が抜擢するのは自分の従僕だけである。ハーレキンが語るこうした月の様相に対して、ドクター・バリアードはその都度、「全くこの世界と同じだ」と繰り返していく。ハーレキンが語る月の世界は道徳的に堕落した世界で、この世界と変わるところはないとドクター・バリアード自身も認めるのだが、それでも彼は憧れを抱くようなユートピアではない月の世界に対する憧れを捨てない。狂信者が悪をも善と見るようなものだ。月に関しては、彼に理性は通じないということだ。言葉は通じないということだ。それは、言葉＝理性というロゴスがこの劇では重要性を与えられていないということに通ずる。この劇で重要な要素は、音楽であり、ダンスであり、スペクタクルである。言葉を聞くことよりも、見ることの方にこの劇は重きを置いてきた。ファースであるのだから、そこで語られる言葉を真面目に考察することは間の抜けたことなのだ。無意味なものに意味を求めてはならない。無意味なものは、それが無意味であるという事実にのみ意味があるのだ。だから最後にドクター・バリアードを盲信から目覚めさせるのも、ハーレキンから語られる言葉ではなく、スカラムッチャが見せる姿であることになる。

　「太陽の騎士」として槍試合に勝利し、ドクター・バリアードからモプソフィルを貰い受けたスカラムッチャは、その兜を脱ぎ捨てて正体を名乗り出る。太陽の騎士とばかり思っていた男の兜の下から現れ出たスカラムッチャの顔こそ、ドクター・バリアードを正気に戻す光景であった。騙されていたことを悟り、わめきながら椅子に崩れ落ちるドクター・バリアードの姿が象徴するのは、騙されていたユートピアが崩れ去る姿である。ドクター・バリアードは月世界とかユートピアという似非科学が作り出した産物——「滑稽な発明品」（Ⅲ.ⅰ.657）とシャルマーンティは言う——に騙され痛手を負ったが、今、目が覚めた。その彼を癒すには、本物の科学者であるケプラー以上に適任者はいない。

Sir, I am your Physician, Friend and Counsellor;

It was not in the power of Herbs or Minerals,

Of Reason, common Sense, and right Religion,

To draw you from an Error that unman'd you.

（Ⅲ.ⅰ.635-38）

ドクター・バリアードは今やケプラーの語りかけに耳を傾けることができる。つまり、理性に従うことができる。それを可能にしたのが、このファースであり、スペクタクルである、ということだ。そして、それはそもそもドクター・バリアードを騙して痛めつけることが本当の目的ではなかった。シャルマーンティは優しくこう諭している。

If we'd not lov'd you, you'd been still impos'd on;

We had brought a Scandal on your Learned Name,

And all succeeding Ages had despis'd it.

（Ⅲ.ⅰ.658-60）

ファースはドクター・バリアードを痛めつけるためのものではなく、彼を救うためのものであった、ということだ。彼のユートピア物語は、彼がユートピアについて書かれた書物をすべて燃やしてしまうことを決断することによって終わる。これをこじつけの大団円と見なすことも可能かもしれない。騙されたことを悟ったドクター・バリアードが崩れ落ちる代わりに、怒りを爆発させる方が自然であるかもしれない。騙した若者たちを簡単に許して和解するのは不自然に見えるかもしれない。

　だが、理解しておかなければならないことは、ドクター・バリアードは本来理性の人であるということだ。娘のエラリアが言っていたように、月以外のことでは、彼は極めて理性と分別があるのだ。もしそうでなかったら、彼を騙すことに何の意味があるのだろうか。単なる馬鹿を騙しても仕方がないであろう。面白さは生まれないであろう。覚めない夢は、もはや夢ではないのだ。覚めるからこそ夢なのだ。だから、ファースとしてのこの劇が成立するためには夢から覚めることが必要なのである。

ドクター・バリアードは月の狂気から覚めなければならないのだ。それは、劇が現実に確固たる基盤を持つことと同等だろう。劇という夢から覚めて、戻るべき現実がそこになければならないのだ。ファースだとて例外ではない。単に夢の中の滑稽譚で終わってはならない。滑稽譚のカオスは秩序へと、現実を支配する社会的秩序へと戻らなければならないのだ。アフラ・ベーンは劇作家としてそのことを十分理解していた。劇と現実の関係に常に意識的であること、それが彼女と彼女の劇作品の根本的特質なのである。そこに彼女のドラマトゥルギーを認めることができるであろう。『月の皇帝』の大団円はこのような観点から見る必要があるのだ。

　月の夢から覚めたドクター・バリアードが現実に戻って、エンディングで語る理性の言葉を聞いてみよう。

　　　"He that knew all that ever Learning writ,
　　　"Knew only this——that he knew nothing yet."

（Ⅲ.ⅰ.671-72）

　ソクラテス的なこの知恵をもたらしたのがファースであり、劇全体として見れば、ユートピア文学の流れの中でユートピアの夢から覚めてユートピア文学の書物が燃やされることになる、という反ユートピア的物語はこの知恵をもたらした。それを持ってドクター・バリアードは、そして観客は劇から現実へと戻っていくのだ。そしてそれを確認するためにいつでも劇場へ戻っていくことができる。彼女の劇作術はファースへ、スペクタクルへと広がりながら、演劇の秩序と潜在的可能性を示してこの作品の幕を閉じるのである。

第10章

『未亡人ランター』――悲喜劇の構造について――

（1）

アフラ・ベーンの劇作家としてのキャリアの最後を飾る作品のひとつ
であり、彼女の死の数ヶ月後に初めて上演された『未亡人ランター』(*The
Widdow Ranter, or, the History of Bacon in Virginia*[1]) （1689年初演、1690年
出版）は失敗作であると考えられている。序文でG. J. なる人物が、上
演が失敗したのは、作者が生存していたなら許さなかったであろう不適
切な省略、特に法廷の場面――これは第3幕第2場のことであると思わ
れる――と作者の意図にそぐわない配役のミスキャストにあると弁明し
ているが、それだけが失敗の原因であるとは思えない。失敗作とならざ
るを得なかった要因は、この作品の本質に根ざすものであると考えられ
る。練達の劇作家にして、なぜアフラ・ベーンは最後に失敗作に手を染
めることになったのであろうか、あるいは染めざるを得なかったのであ
ろうか？

この作品は、歴史上に実在する人物であるナサニエル・ベーコン（1647-
76）の有名な英国領ヴァージニア植民地ジェイムズタウンにおける反乱
（1676年）という歴史的事実の枠組みを借り、その中でフィクションを
展開するという構成になっている。確かに、枠組みであるベーコンの反
乱は史実ではあるが、アフラ・ベーンはその史実に忠実に従うという意
図は全く持っていない。タイトルに名前が挙げられているランターは史
実に記録があるわけではないし、彼女と共にタイトルに名前が掲げられ
ている反乱の首謀者ベーコンにしても、実際は赤痢で死んだのであるが、

---

[1] *The Widdow Ranter, or, the History of Bacon in Virginia*, vol. 7 of *The Works of Aphra Behn.*

この劇では服毒自殺することになっている。この作品の人物設定として、ベーコンは病死するよりも自ら命を絶つ方が相応しいからである。彼は、歴史上の反乱者ベーコンがたどった道よりも、英雄ハンニバル——彼は自ら毒を仰って命を絶った——が採った道を選んだのだ。だから歴史上のベーコンとアフラ・ベーンのベーコンを比べても意味はない。彼女は史実から自在に飛翔し、史実にない出来事を展開しているのだ。アフラ・ベーンは史実に興味があるのではないのだ。もしそうなら、*A True Narrative of the Late Rebellion in Virginia, by the Royal Commissioners* (1677)を読めば済むはずで、それに付け加えることは何もないであろう。しかし彼女は史実に変更を加え、物語を創造して付け加えた。その歴史意識と創作意識はこの作品を考える上で重要だ。史実を基にして、あるいは史実を利用して、彼女はいかなる想像世界を創り上げたのか、そしてなぜそれが劇作品としては失敗に終わらざるを得なかったのか？

『未亡人ランター』とほぼ同じ時期に書かれ、同じくコロニー——その総督は共に不在——を舞台とし、また同じく英雄的な主人公が悲劇的な死を遂げる『オルーノコ』の場合は、タイトルページに「真実の物語」と銘打たれ、アフラ・ベーンは作品の冒頭で、「私自身が出来事の目撃者であること」、「創作を付け加えることなく」書いたことを高らかに宣言している[2]。これは、事実に対する意識において『未亡人ランター』の場合とは正反対である。また一方が彼女の代表作と見なされる小説作品であり、他方が失敗作と見なされる戯曲作品である点でも正反対である。この違いが生じることになった要因はどこにあるのであろうか？

こうした疑問について考えることは、アフラ・ベーンという一作家のキャリアを考える上で重要であるだけではなく、演劇というジャンル・小説というジャンルについて考察する上でも大きな意味を持ってくるように思われる。

アフラ・ベーンがこの作品で用いている様式は悲喜劇（tragicomedy）である。彼女は悲喜劇から劇作家としてのキャリアを始めた——処女作

2　Vol. 3 of *The Works of Aphra Behn*, p. 57.

と考えられる『若き王』は作者自身の分類はないが内容的には悲喜劇であり、最初の上演作品『強いられた結婚、あるいは嫉妬深い花婿』はタイトル・ページに悲喜劇と書かれている——が、2篇の笑劇と1篇の悲劇を例外としてずっと喜劇を書いてきた。そして、そのキャリアの締めくくりにおいて再び悲喜劇に戻っているのだ。彼女が演劇を書き始めた1670年代とは違って、もはやそれが主流ではない時代に再び悲喜劇を書いたのだ。時代がもはや悲喜劇を求めなくなった時に、主人公ベーコンが体現している騎士道精神がもはや時代遅れになってしまった時に、あえて悲喜劇というジャンルを意図的に選んだのだ。劇作家にとってジャンルの選択には思惑があるだろう。アフラ・ベーンが死期を予感していたとしても[3]、その選択に劇作家としてのある種のノスタルジーを見るべきではないだろう。彼女はそのような作家ではない、作品創造によって厳しい現実と対峙してきた作家だ。現実社会と戦う手段として、職業作家であった彼女の作品があった。そこに見られるのは彼女の現実認識であり、作家意識だ。自らの未来は閉ざされることになっても、文学の未来は続いていくという事実を彼女は受け止めることができただろう。だからこそこの困難なジャンルの選択があった。晩年になって小説に手を染め始めたアフラ・ベーンにとって、悲喜劇というジャンルの選択は必然であったように思われる。劇作家アフラ・ベーンと小説家アフラ・ベーンが交差するところに悲喜劇というジャンルがあるのだ。この戯曲作品を分析してみると、逆説的なことに、彼女はまるで小説というジャンルの未来を見通していたかのような感がある。この作品を理解するためには、そのような観点から考えてみることが必要だろう。

（2）

　この作品の登場人物は大きく4つのグループに分類することができる。ベーコンとその部下（反乱者）、先住民の王カヴァーニオと王妃セ

3　Derek Hughes, *The Theatre of Aphra Behn*（New York: Palgrave, 2001）, p. 181.

マーニア、副総督ウェルマンを中心とする権力側の人物、未亡人ランターをはじめとする女性たち、の４つである。そして前の２つのグループが悲劇を構成し、後の２つのグループが喜劇を構成することになる。このように図式的に登場人物が分類できるという事実それ自体に注目しなければならない。彼らはタイプ化されているのだ。タイプ化は彼女の劇作品において珍しいものではないが、この作品ではそれが徹底されている。それは彼らの名前を見ただけでも分かるだろう。Brag, Dareing, Fearless, Downright, Hazard, Friendly, Dullman, Timerous, Wellman, Whimsey, Whiff, Boozer, Dunceと名前を列挙してみれば、その人物像を想像することは容易だろう。そして実際、彼らはその名に相応しい行動を取る。ジョン・バニヤンの『天路歴程』（第１部1678年、第２部1684年）を彷彿させる命名である。しかしバニヤンとは違って、道徳的価値判断・キリスト教的倫理に基づいた価値判断は、もちろんアフラ・ベーンは持ち込まない。称賛すべきことに、教訓物語を語る意図など彼女にはない。それは彼女のドラマトゥルギーに反することだ[4]。ただ名前によってその人物像を明瞭に示すという意図があるだけである。人は、悲劇的人物と喜劇的人物に二分することができ、いずれの人物も自らに相応しい行動しか取ることはできない、と作者は考えているように思われる。

　登場人物の色分けが明瞭で単純であるように、その人物が帰属している社会機構の色分けも、アフラ・ベーンは単純に図式化している。しかし史実としてのベーコンの反乱そのものは単純な構造ではない。先住民に対して立ち上がったベーコンが、総督側と対立することになり、ジェイムズタウンを焼き払うという蛮行にまで及び、結果的にはベーコンは病死し、彼の追随者の多くは絞首刑に処せられるという悲惨な結末を迎えることとなった。ベーコンを単純に善悪で色分けすることは難しいが、アフラ・ベーンはベーコンを高貴な善として描いている。悲劇の英雄と

---

4 『オランダ人の恋人』（*The Dutch Lover: A Comedy*）（1673年初演、出版）に付けられた読者への前書きで、すでにアフラ・ベーンは演劇を「娯楽」と考え、「人を楽しませる」ことを旨としているということを述べている。Vol. 5 of *The Works of Aphra Behn*, p. 162.

して相応しくあるべく、フライトオール（Frightall）という別名で呼ばれることがあるにもかかわらず、非難されるべきところは一切排除されているのだ。また、彼が戦う先住民の王（カヴァーニオ）もその王妃（セマーニア）も悲劇に相応しい高貴な人物として設定されている。それに対して総督側は、その名前から明らかなように、副総督のウェルマン（Wellman）と大佐のダウンライト（Downright）を例外として、他の人物は司法という権力を司る身でありながら、その出自も含め、高貴さからは程遠い滑稽な存在に貶められ、喜劇の役割を担うことになっている。単純な図式で言えば、先住民と反乱者に善を、秩序の維持者であるべき総督側に悪を、アフラ・ベーンは割り当てているのだ。この図式の中に、未亡人ランター、シュアーラブ夫人、クリーサンテ（ダウンライトの娘）という女性の登場人物と、ハザードとフレンドリーのふたりの英国人が絡む求愛の物語が組み込まれる。タイトルに挙げられているふたりの人物について考えると、ランターにとってはデアリング（ベーコンの中将）と結ばれることが唯一の関心事であり、ベーコンにとっては王妃セマーニアが最大の関心事なのであるから、この劇は愛のテーマを中心にして展開する物語であると言えるだろう。先住民であるセマーニアに対するベーコンの愛は人種問題とも関わってくるであろうし、オルーノコが高貴であるのと同じく、カヴァーニオとセマーニアが共に高貴であることもまた人種問題と関わりを持ってくるだろう。また、『オルーノコ』がスリナムを舞台とするように、『未亡人ランター』がヴァージニアを舞台とすることは、植民地の問題とも関わってくるであろう。さらに、司法を司る人物を滑稽な喜劇的人物に貶めることは、法の支配と権力、そしてその正当性の問題とも関わってくるであろう。こうした様々な問題意識を内に秘めながら、『未亡人ランター』は悲劇と喜劇という単純な図式化を施して、愛の物語を前面に出しているのだ。モチーフとして愛がすべてに優先されるのは、アフラ・ベーンの意識において一貫している。ジャネット・トッドの言葉を借りれば、彼女は "the mistress of love"[5] なのである。

（3）

　反乱と戦闘の血腥さ、悲劇の悲惨さとは程遠い場面からこの劇は始ま
る。本国で破産したハザードが財を成すためにジェイムズタウンにやっ
て来て、友人のフレンドリーと偶然に出会う。フレンドリーはその名に
ふさわしく、人生を立て直すためにやって来た友に忠告を与えるのだが、
それはシュアーラブ夫人――夫は老齢でしかも病身で、やがて死亡の報
せが入って未亡人になる――と親しくなれというアドヴァイスであっ
た。偽の手紙を使ってシュアーラブ夫人に取り入ることを彼は勧める。
彼もまた、クリーサンテとの仲を取り持ってくれるようにハザードに依
頼する。愛の駆け引き、策略がまず語られるのだ。だが重要なことに、
悲劇からは遠い幕開けでありながら、悲劇への暗示を作者は怠らない。
フレンドリーとハザードは、先住民による襲撃のこと、そしてベーコン
の話題を持ち出すのだ。ベーコンは自らをアレクサンダー大王やローマ
の創建者ロムルスに喩える危険な人物であり、征服者というより反逆者
と見なされているという人物像が提示される。だがすぐにベーコンは話
題から消え、ハザードと治安判事ティミラスの滑稽な争いの場面となり、
前者が後者の顔にブランデーをかけるという喜劇的な展開で第1場は終
わる[6]。次の第1幕第2場でもベーコンのことが話題に上る。馬医者兼
牧師のダンスと治安判事ウイムジィは、蜂起した先住民よりも危険であ
るベーコンを騙して捕まえ、首を刎ねるべきだと主張する[7]。しかし名
誉を重んじるダウンライトとウェルマンは、ベーコンと敵対しながらも、
騙し討ちにしたり絞首刑に処したりすることには異を唱える。意見は異
なるが、彼らにとってベーコンは最重要の話題なのである。治安判事た
ちの愚かさを明らかにしながら、作者はベーコンの話題をすべり込ませ

5　Janet Todd, *The Critical Fortunes of Aphra Behn* (Columbia: Camden House, 1998), p. 18.
6　ブランデーをぶっかけるこの場面は、「総督の兵士は、各自にブランデー1本を約束する
まで動かなかった」（Ⅲ.ⅱ.5）という科白と呼応している。また、主人公ランターが酔っ払っ
て登場することにも表れているように、酒は喜劇を暗示するアイテムとなっている。
7　ウイムジィはベーコンをヘクターに喩えてもいる（Ⅰ.ⅱ.60）。

るのだ。ベーコン自身が登場する前から、劇の冒頭から、様々な登場人物がベーコンを話題に取り上げるという手法によって、作者はベーコンの物語＝悲劇を観客の意識に準備する。アフラ・ベーンお得意のこの手法によって、この劇がベーコンを中心に展開することを観客に予感させているのだ。滑稽な場面が繰り広げられながらも、その奥には悲劇のテーマがあることを作者は巧妙に暗示しているのである。

　ベーコンが実際に舞台に登場する前に、もうひとりの主人公である未亡人ランターが登場する。朝から酒を飲み、悪態をつくランターはベーコンと違って悲劇にはふさわしくない。彼女はアフラ・ベーンの喜劇にお馴染みの才知と謀略にたけた人物である。5000ポンドの遺産を持つ未亡人である彼女は、ベーコンの中将デアリングを狙っている。彼女の目的は、やはりアフラ・ベーンの喜劇にお馴染みである男装という手段で追求されることになるが、それはベーコンの物語と分離しているわけではない。彼女のターゲットがベーコンの中将であることによって、彼女の物語はベーコンの物語と繋がることになる。ベーコンとデアリングが比較されることになり、セマーニアとランターが比較されることになる。高貴な愛と世俗的な愛という比較だ。また、ランターはセマーニアと多くの点で対照的人物設定になっているということにおいて、２つの物語は繋がっている。そして、策略家としてのランターは、愛に殉じるベーコンと好対照を成すことによって、この作品のタイトルの意味が明らかになってくる。未亡人ランターの追い求める愛と反乱者ベーコンが追い求める愛、この２つが悲喜劇というこの作品を構成することになる。

　ずっと話題に上っていたベーコンが初めて舞台に登場するのは、第２幕第１場においてである。カヴァーニオの天幕で、ベーコンと王、王妃は慇懃な会話を交わす。（彼らが２日間の休戦協定を結んだことは、第１幕第２場でウェルマンによって知らされていた。）会話が慇懃であるのは、彼らが高貴であるからだけではなく、かつては友であったからである。友であったものが、敵味方に分かれて戦わなければならないという状況そのものが悲劇的だ。しかも双方に戦うべき大義があることは、その悲劇性を高めることになるだろう。カヴァーニオは先祖伝来の土地と

権利を守らねばならないし、ベーコンは植民者の権利を守らねばならないのだ。この「運命的相違」（Ⅱ.ⅰ.9-10）が彼らを悲劇に導くのだ。もし、相続した王国を奪われるカヴァーニオにジェームズ２世を重ねることをアフラ・ベーンが期待しているなら、カヴァーニオの英雄性はジェームズ２世にも付与されるべきだと彼女が考えていることになるだろう。

　ベーコンにはさらに悲劇が重なる。彼の先住民に対する戦い（大義の追求）は総督側から是認されていないとして、同国人の権力側とも戦わなければならないのだ。卑怯な手段を使う権力者たちと。王との会話中にダンスが使者として参事会からの手紙を持ってくるが、それは丁重にベーコンを呼び出す内容に見えて、実は彼を罠にはめるための偽りの手紙である。司法を司る側が偽りに手を染めるのだ。臣下のフィアレスとデアリングはそこに策略を嗅ぎつけて忠告するのだが、ベーコンは高潔にも疑うことを知らない。彼は英雄に相応しくひとりで敵地に乗り込んでいくことを主張するのだ。（実際にはフィアレスを伴って出かけていくが、途中で捕捉され、デアリングによって救い出される。）

　それだけではない。友でありかつ敵であるカヴァーニオの妃セマーニアへの愛という問題がある。そして王妃もまた彼を愛していることによって、その問題はより複雑になる。夫である王とベーコンとの「仲裁人」（Ⅱ.ⅰ.23）になろうと試みるセマーニアであるが、彼女は彼に対する愛情を抑えられない。名誉心によって抑えつけているとはいえ、彼女の愛情はベーコンにも隠し切れないほどである。後に彼女は腹心の友アナーリアに打ち明けるのだが、実は結婚前から彼女はベーコンを愛していた。

. . . I adore this General [Bacon], ——take from my Soul a Truth——till now conceal'd——at twelve years Old——at the *Pauwmungian* Court I saw this Conqueror. I saw him young and Gay as new born Spring, Glorious and Charming as the Mid-days Sun, I watch't his looks, and listned when he spoke, and thought him more than Mortal.

(V.ⅰ.176-80)

　第4幕第1場で、セマーニアは結婚前にベーコンと出会っていたこと
は語っていたが、そこでは彼への愛情はほのめかされていただけであ
る。ここで初めて彼女ははっきりと気持ちを告白している。彼女は望ま
なかったにもかかわらず、王との間に「宿命的な結婚」（V.i.182）が
執り行われることになったのだ。またしても意に反する結婚を強いられ
る女性という、アフラ・ベーンお馴染みのテーマだ。しかし彼女がこの
告白をするのは最終幕においてである。つまり、夫である王が死んだ後
である。作者はこの事実を最終幕まで周到に伏せておいたのだ。第2幕
第1場でセマーニアにベーコンのことを"this English Stranger"（II.i.
38）と語らせているのは、少しあざといと言わざるを得ないかもしれな
い。しかしそこまでしてこの事実を隠しておくのは当然理由がある。そ
れは、そこに現れざるを得ないフェミニズムの問題を前面に出さないた
めの周到な作為であるだろう。アフラ・ベーンとしては、強いられた結
婚というモチーフには触れざるを得なかったにしても、この作品におい
て前面に出さなければならないのは愛の悲劇なのだ。そのためにはカ
ヴァーニオに暴君のイメージを与えることは避けなければならない。そ
してアフラ・ベーンはそれに成功している。カヴァーニオは高貴な人物
で、高貴なまま死んでいくのだ。それを証明しているのは他ならぬベー
コン自身である。戦いにおいてほぼ勝利を手中に収めたにもかかわらず、
ベーコンは騎士道精神を発揮して、カヴァーニオに一対一の戦いで決着
をつけることを申し出る[8]。

Abandon'd as thou art I scorn to take thee basely, you shall have
Souldiers chance Sir for your Life, since chance so luckily has
brought us hither; without more aids we will dispute the day: this
spot of Earth bears both our Armies Fates, I'le give you back the
Victory I have won, and thus begin a new, on equal terms.

（IV.ii.25-29）

---

[8] フィアレスはこのベーコンの心情を"Romantick humour"（IV.i.44）と表現している。

この２人の決闘は、ある意味、順当な成り行きである。彼らにとって最も価値のある戦利品はセマーニアなのだから、あるいはセマーニアだけだと言ってもいいのだから、彼女を賭けて剣を交えることはまさに順当なことなのである[9]。王とベーコンは同じ領地を争いながら、実のところ、同じひとりの女性を争っているのだ。ベーコンにしてみれば、決闘によらずともカヴァーニオを打ち破ることはできたであろうが、あえて一対一の決闘を申し出るのは、彼の高貴さを表すと同時に、カヴァーニオがその高貴な申し出を受けるに値する人物であることも示している。決闘の結果、カヴァーニオは死ぬことになるが、深い傷を負ったカヴァーニオに対して、ベーコンはとどめを刺すのではなく医者を呼びにやろうとする。ベーコンは敵であり恋敵である王の命を奪うことを本心において望んではいないのである。カヴァーニオは命を奪うにはあまりに惜しい人物なのだ。つまり、彼はセマーニアの夫たるべき資格を十分に備えた人物であることを、ベーコン自身が認めているということである。ベーコンは自らが殺害した「英雄」を「シーザーのように」（IV.ii. 62）嘆きさえするのだ。そして、王の遺体を丁重に扱うように命じる。ベーコンによって、そして作者によって、その高貴さを認められたままカヴァーニオは舞台から消えていくのである。

　セマーニアの場合もまたしかりである。その結婚が強制されたものだったにしろ、ベーコンを見るたびに苦悩に苛まれていたにしろ、彼女は夫への忠誠心を捨ててはいない。ベーコンへの湧き上がる思いに引き裂かれながらも、彼女は夫の身の上を案じてもいる。王の妻として彼女は貞節であろうとする。彼女は何よりも名誉を重んじるのだ。そして、それは王が死んでからも変わらない。王の死によって強いられた結婚か

9　もちろんセマーニアにとっては決闘が順当な成り行きであるとは思われないだろうが、ベーコンと王にとっては彼女は命を賭けるに値するのだ。「剣を抜くのはセマーニアのためだ、我が王国よりも価値のある目的のためだ」（IV.ii. 32-33）と王はベーコンに言い、「私が戦ってきたのは愛する彼女のためだけだ」とベーコンは臣下に言っている（V.i. 222）。彼らには悲劇を引き受ける気概がある。セマーニアのために戦うということが理解できず、ひとりの女性のために戦いをすることの正当性を認めることができないデアリングとフィアレスは、勇敢な兵士ではあるが、悲劇の領域からは除外されることになるだろう。従って、デアリングの恋物語は喜劇とならざるを得ないのだ。

ら解放された、つまり貞節を守る必要がなくなったにもかかわらず、セマーニアは王妃という立場を忘れない。彼女は未亡人となっても、未亡人ランターのように、あるいは夫の死を知らされて未亡人になったシュアーラブにように、その立場を利用しようとはしないのだ。享受できるはずのものを享受しないのだ。ベーコンに傾く気持ちを抑え、男装し、矢を持ち、矢筒を背負い、深い森に隠れて、夫の殺害者としてのベーコンから逃げようとする。「勇敢に恋心を克服しなければならない」(V. i. 190-91)、と彼女は克己心を表明する。ベーコンから隠れることが名誉を守るただひとつの術だと考えているようだ。しかし、もちろんベーコンを敵に回したわけではない。乱入したベーコンに毒矢を放ってセマーニアを助けようとする臣下たちを、彼女は身を挺して制止するのだ。そして、王妃然として毅然とベーコンをも制止するのだが、この混乱のさなかで、ベーコンは男装したセマーニアの正体に気付かずに彼女に致命傷を与えてしまう。自らの手が犯した過ちの事実を知って狂乱するベーコンに対して、セマーニアは穏やかに語る。

The noblest office of a Gallant Friend, thou'st sav'd my Honour and hast Given me Death.

(V. i. 211-12)

　王妃は名誉を守った。それは死によってしか守ることはできなかった。ベーコンは図らずも彼女の名誉を守ったのだ。王が高貴なまま死んでいったように、王妃もまた高貴なまま死んでいくのだ。それを可能にしたのがベーコンの剣なのだ。その剣に残された役割はあとひとつ、悲劇を完結させるためにベーコン自身の命を奪うことだ。ベーコンも自らに残された道がひとつしかないことを自覚している。当然のように彼は死を選ぶが、その手段は剣の別の使い方によるものだった。柄の中に仕込んでおいた毒をあおり、ハンニバルのように死んでいくと言いながら、彼は自害する。死を選ぶ場面においてすら彼は古代の英雄を意識しているのだ。彼が死を選んだ直接の原因は、彼の部隊が敗北したという誤報

であるが、それは彼がセマーニアの後を追って死を選ぶための契機に過ぎない。セマーニア亡き後、彼が生き延びる意味はない。英雄として悲劇的に死を選ぶしか道はないのだ。それによって彼の英雄的人生は完結するのである。それによってしか完結しないのだ。彼は、アレクサンダー、ロムルス、シーザー、そして最後にハンニバルに自らを喩えた[10]。彼は英雄的世界を夢想している、つまり劇的人物たろうとしているかのようである。そのようなベーコンは悲劇の主人公としては相応しかっただろう。しかし、この作品は悲劇ではなく悲喜劇だ。舞台には、喜劇に相応しい人物がたくさん残っている。

（４）

　こうして悲劇を担う３人の登場人物は死んだ。死より他に、その縺れた糸を解きほぐす名誉ある解決はあり得なかった。彼らが何にもまして名誉を重んじたことを、作者は尊重したのだ[11]。彼らが徹底的に悲劇的であることに、作者はいささかもシニカルではない。それゆえ、観客もまた彼らに対してシニカルであることはできない。歴史的事実を曲げて、ベーコンにハンニバルを手本として服毒自殺させることに作為性を感じざるを得ないにしても、悲劇のドラマトゥルギーとしては、悲劇的な死はどうしても必要なことであった。しかし、喜劇を担う面々は、喜劇のドラマトゥルギーとして、もちろん死なない。その中心人物であり、タイトルに名前が掲げられているもうひとりの主人公である未亡人ランターについて、次に考えてみなければならない。
　ランター夫人の物語も、ベーコンのそれと同じく、単純に分類すれば

---

[10] ハンニバルはローマの敵なのだから、ロムルスという喩えと矛盾する。また、デアリングは死にゆくベーコンをカッシウスに喩えているが（V.i.310）、カッシウスはシーザーの暗殺に関わった人物であるからベーコンが自らをシーザーに喩えたこととは矛盾する。ここでは歴史的事実は問題ではなく——そもそもこの作品自体が歴史的事実には無関心だ——大切なのは英雄的イメージなのであり、デアリングはベーコンの英雄的イメージ醸成に一役買っていると考えるべきであろう。
[11] 名誉を「愚かな言葉」（I.ii.36）と言うダンスはその対極にいる。

194

恋物語である[12]。だが対照的な恋物語である。当然のことながら、悲劇と喜劇は対照的なのだ。喜劇の役割を与えられたランターはその登場においても、高潔で騎士的な人物として登場したベーコンとは全く違っていたが、本質において最も対照的なのは、前者が策略家であり後者は策略の存在など信じもしないという点である。疑い深い者（世俗的な者）と疑いを知らない者（高潔な者）、という対照がある。策略に関して言えば、オープニングの場面にすでに、シュアーラブ夫人に取り入るために偽の手紙を持っていくようにという、フレンドリーのハザードへのアドヴァイスがあったのであり、それは作品全体を貫くモチーフのひとつであることを暗示していた。

　夫の回復の見込みがないという知らせを受け取ったシュアーラブ夫人に対して、「とてもいい知らせだわ」（Ⅰ.iii. 38）と応えるランターは、未亡人という立場になったことを喜んでいる。

　　Ay Gad——and what's better Sweet-heart, dy'd in good time too, and left me young enough to spend this fifty thousand pound in better Company——rest his Soul for that too.

（Ⅰ.iii. 44-46）

　「より良い相手」とはデアリングのことであるが、彼女は彼の愛に疑念を持っている。彼はクリーサンテを愛しているのではないかという疑念を彼女は抱いているが、それは根拠がないわけではない。デアリングは彼が仕えるベーコンとは違って、一途な愛を捧げるような人物ではないからだ。彼はクリーサンテへの恋心を認めてもいるのだ（Ⅲ.ii. 131）。クリーサンテの方はデアリングではなくフレンドリーを愛しているのだから、ランターがデアリングと結ばれるために策を弄することは、クリーサンテを傷つけることにはならず、ある意味、正当性が認められ

---

[12] 冒頭でフレンドリーが「ここでは愛の神が支配している」（Ⅰ.i. 36）と言っていたのを思い出しておこう。

ることにもなる。つまり、策略というモチーフがこの劇において不自然ではなくなるということである。

ランターは男装することによって策を弄するが、それは同じく男装するセマーニアとは意味合いが異なっている。後者は愛する者から隠れるために男装するのであり、前者は愛する者に近づいて彼を手に入れるために男装するのである。後者は名誉を賭けてベーコンと勇敢に対峙するが、前者がデアリングに試みるのは"Comical Duel"（Ⅳ.ⅱ. 175）と彼女自身が名付けるものである。アフラ・ベーンは念入りにランターとセマーニアをパラレルな人物に設定しようとしていることが理解できよう[13]。悲劇の登場人物と喜劇の登場人物とは対照的であることを劇作家自身が意識しているということである。

男装して逃げるセマーニアに比べて、男装して攻めるランターは、ある意味遥かに行動的である。自らの気持ちを押し殺してカヴァーニオと結婚したセマーニアとは違って、ランターは自らの気持ちに正直に、そして大胆に行動する。新世界への船賃の借金の形に召使となることから新しい人生を始めたランターは、新世界で成り上がるために、セマーニアのように運命に従順であるわけにはいかなかった。ハザードの場合もそうであるが、新世界への渡航そのものが運命への挑戦なのであり、その最たる結実が結婚である。ただ、ハザードとランターでは少し事情が違っている。ハザードは起死回生のために会ったこともない金持ちの未亡人を狙うのだが、すでに金持ちの未亡人となっているランターが求めるのは、愛する人デアリングとの結婚である。

ランターは男装してデアリングの前に現れ、クリーサンテと結婚するためにクリーサンテのいとこシュアーラブ大佐の命でイングランドからやって来た者だと名乗る。デアリングの恋敵に成りすますのだ。ふたりのうちどちらを選ぶかをクリーサンテに決めさせることにし、彼女をも策略に巻き込む。信用証明書を渡す振りをして、実は自分がランターであることを告げて、彼女を味方につける。「ランター夫人こそあなたに

---

[13] Derek Hughesは「分身」とまで言っている（*The Theatre of Aphra Behn*, p. 183）。

最も相応しい妻になるわ」（Ⅳ.ⅱ.235）、とクリーサンテは彼女に加勢して、この策略に加わる。フィアレスも初めからランターの変装を見抜いていて、デアリングに彼女を勧める。デアリングは周りからランターとの結婚に追い詰められていくように見えるが、実は彼は騙されていたわけではない。騙されている振りをしていたのだが、ランターが剣を抜いたところで、"dear Widow"（Ⅳ.ⅱ.259）と呼びかけるのだ。そして男装したランターの正体が分かっていたことを自白して、彼女に手を差し出す。結果として彼女の企みは上手くいったのであるが、フィアレスも "Jest"（Ⅳ.ⅱ.232）と言っているように、それは単なるイタズラに過ぎないのであって、悲壮な企てなどではない。彼女は悲壮感とは無縁だ。次の場面では、彼女は死んだ振りをしているダルマンとティミラスから金品を盗んだりもするのである。セマーニアが漂わせていた悲壮感をことごとく取り除いたところにランターがいるのだ。それは、ベーコンの悲壮感を取り除いたところにデアリングがいるということでもある。悲劇と喜劇の対称にアフラ・ベーンは気を配っているのだ。それは生と死の対称に気を配っているということでもある。

　ベーコンの物語とランターの物語は対極的であるが、彼らは各々の領域において進むべき道を進んだと言えよう。新世界という、新たに人生を切り開くべき場所、新しい人生に打って出る必要に迫られて渡ってくる者たちの土地、そこで彼らは、悲劇的であろうと喜劇的であろうと自らの道を進んだと言える。それ以外の道は進むことはできなかった。他の登場人物たちもそうだ。ハザードに至っては、シュアーラブ夫人を知る前から、彼女が未亡人となる前から、フレンドリーに入れ知恵されて彼女との結婚を目指し、そして実現させたのだ。「働くようには生まれついていない」（Ⅰ.ⅰ.230）と公言するハザードであるから、彼は自分の道を追求したと言える。ダルマン（馬どろぼう）、ブーザー（すり）、ティミラス（破産した収税使）、ダンス（破産した馬医者で偽牧師）等、登場人物たちは新世界に人生を賭けている。そして、その冒険——アフラ・ベーンはそれを是認し、心情的に共感していたであろう——を、自らのやり方で実践するのだ。そして、結果的に彼らは収まるべきところ

に収まるのである。その結末には、彼らの冒険に対する作者のオマージュを見ることができるであろう。

（5）

　ランターとデアリングをはじめ、この劇の結末では、夫の死の知らせを受け取ったシュアーラブ夫人とハザードが結ばれ、ダウンライトはそれまで強く反対していた娘のクリーサンテとフレンドリーの結婚を許し、フラートとダンスの結婚が取り決められる[14]。そして、総督側と反乱側の和解——史実では多くの者が処刑されるという悲惨な結末であった——が成り立って、コロニーでの明るい未来を期待する言葉で幕が閉じられることになる。喜劇の大団円とも言うべき結末であるが、それが可能になったのは、悲劇を担っていたベーコン、王、そして王妃の３人が死んで舞台から去ったからである。彼らが消えることによって、舞台は喜劇が支配する場となったのだ。彼らが死ななかったならば、この結末はあり得なかっただろう。では、悲劇が喜劇に道を譲るというこの成り行きを、観客は是認することができるだろうか。是認できなければ、この喜劇的大団円は空虚なものになってしまう。

　この悲喜劇において問題なのは、悲劇と喜劇の断絶である。現実世界には、悲劇に相応しい人物もいれば、喜劇に相応しい人物もいる。どちらか一方を排除して、悲劇なり喜劇なりを組み立てる方が作為的で不自然であるかもしれない。その意味では、この作品はより現実を反映していると言えよう。しかし、現実と舞台は異なるのだ。舞台上という狭い空間で上演される限られた時間内に観客に見せるべく展開されるのは、現実そのものではあり得ないし、必ずしも現実を志向する必要さえな

---

[14] フラートとダンスの結婚は唐突のように見えるがそうではない。冒頭の場面で、ダルマンが「あなたはダンスが説教する時には必ず教会に行く」（I. i. 171-72）とフラートをからかっていたが、彼女はそれを否定することもなく、ダンスは「精神を高揚させる紳士だ」（I. i. 186）と言ってのけていた。フラートのダンスに対する想いは暗示されていたのだ。この大団円に至る伏線が最初から準備されていたということだ。それは、作者がこの大団円を最初から入念に思い描いていたということでもある。

い。舞台は作為的なものなのだ。現実世界では、悲劇的出来事の後に喜劇的出来事が起こることは、ありふれたことだろう。しかし、舞台においては、それは断絶を引き起こしてしまうだろう。その典型的な例を第４幕第２場に見ることができる。ベーコンと王との決闘の結果、王が命を落とし、ベーコンが英雄の死にシーザーのごとく悲嘆にくれ、遺体が丁重に運び去られて無人になった舞台に現れるのは、滑稽なウイムジィとウィフであり、ダルマンとティミラスである。ウイムジィは、戦場から逃げ出したウィフを絞首刑にすると言いながら彼の首に綱を巻いて登場し、戦いの間ずっと臆病にも隠れていたティミラスは血塗られた斧と弓矢を持ち、ご丁寧に頭には羽飾りまで付けて登場したところをダルマンにからかわれる。そしてランターの男装の場面が続くのであるが、彼女はこの４人を見て、"Blockheads"（Ⅳ.ⅱ.153）と、一言で要約してみせる。王の死という厳かな悲劇的場面が、間抜け者たちの滑稽な場面に引き継がれるのだ。ここには埋めることのできない断絶を見ざるを得ない。王妃の死の場面の後もそうである。ウイムジィとウィフが舞台を喜劇の色で染め、ダルマンとティミラスは臆病にも死んだ振りをしているところをランターに金品を盗み取られる。そして、ベーコンの死の後は、すぐに喜劇的大団円を迎えてこの劇は終わる。悲劇から喜劇への急展開、それがこの悲喜劇を特徴づけている。観客はその急展開についていかなければならない。悲劇と喜劇の断絶を飛び越えていかなければならない。作者が悲劇的人物を徹底的に英雄化し、喜劇的人物を徹底的に滑稽にしているがために、必然的に大きくなったその断絶を受け入れることを観客は要求されているのだ。しかしそれは過大な要求だ。悲しみの場面を笑いで迎えることは難しいだろう。悲しみの場面は悲しみの感情で迎えるのが自然だ。そこにこの劇の最大の受け入れ難さがある。感情の飛躍を可能にするには、演劇の時間はあまりに短く、舞台はあまりに狭いのだ。あまりに短くて狭くて、悲劇と喜劇が両立することが難しいのだ。ディドロは悲喜劇を悪しき混交だと言ったが、むしろ舞台上では困難な混交と、言うべきだったかもしれない。急落法は観客には手にあまるのだ。その役割は、小説に求めなければならないだろう。あるい

は、詩に求めなければならないだろう[15]。この劇にはアフラ・ベーンの小説家としての顔が現れてしまっていると言えるかもしれない。

　逆説的なことに、類似の主題を扱った彼女の小説『オルーノコ』は、排他的に悲劇的出来事に集中して、大成功している。戯曲作品として書いたとしても『オルーノコ』は成功したであろうが、そのことはトマス・サザーンが戯曲化した『オルーノコ』——内容は一部改められているが——が大成功を収めたことが証明している。結果的にアフラ・ベーンは、演劇というジャンルと小説というジャンルの関係性についてわれわれに考えさせることになったのだ。劇作家としてのアフラ・ベーンと小説家としてのアフラ・ベーンが交差するところに成立したのが『未亡人ランター』なのであり、小説にこそ相応しい内容の劇的表現という野心的試み、という観点において評価されるべきであるかもしれない。たとえそれが失敗作と見なされようとも、この作品の登場人物たちが己の道を進まざるを得なかったように、この作品はこれ以外の道を歩むことはできなかったのだ。ベーコンに関する史実という個別的事実には目を瞑りながら、悲劇と喜劇が隣り合わせにある——時には交差し、混じり合い、区別がつかなくなることもある——という一般的真理には忠実であることによってフィクションを志向しているこの作品には、アフラ・ベーンの作家としてのありようを見て取ることができる。

---

15 例えば、W・H・オーデンの "Musée des Beaux Arts" を思い出してみてもいいだろう。

第 11 章

『次兄』における非演劇的構成について

（1）

　　『次兄』（*The Younger Brother: Or, the Amorous Jilt*[1]）はアフラ・ベーン
の死後に上演され、出版された作品である。アフラ・ベーンにはもうひ
とつ死後上演・死後出版の作品、『未亡人ランター』があるが、こちら
の方は、死の前年に書かれ、死後数ヶ月後に上演されている。一方『次兄』
は、死の数年前に書かれたとされており[2]、上演と出版はともに1696年
である。ということは、『次兄』に関しては、彼女はなぜかずっと意図
的に上演・出版しなかったか、あるいはできなかったということになる。
その事情はよく分からないのだが[3]、そのような作品を分析することは、
むしろ彼女の劇作家としての理念を探る上で意味があることのように思
われる。ともあれ、アフラ・ベーンの若き友人チャールズ・ギルドンが
埋もれていたこの作品を上演・出版したおかげで、われわれはこの作品
を目にすることができる。

　　1695年11月にトマス・サザーンがアフラ・ベーンの『オルーノコ』を
戯曲化して上演して大成功を博し、同年12月にはキャスリン・トロッター
が同じく彼女の散文作品『アグネス・デ・カストロ』を戯曲化して上演
したという流れを見れば、ギルドンが埋もれていた戯曲『次兄』を上演
したことは何ら不思議ではない。彼は、この作品に付した「比類なきア
フラ・ベーンの短い伝記」の中で、彼女の天才を称賛しながら、彼女の

---

[1] *The Younger Brother: Or, the Amorous Jilt*, vol. 7 of *The Works of Aphra Behn*.
[2] Janet Todd, *The Critical Fortunes of Aphra Behn* (Columbia: Camden House, 1998), pp. 24-25.
[3] "It is unclear why Behn did not stage *The Younger Brother* at its moment of writing...."
Janet Todd, *The Secret Life of Aphra Behn* (London: Andre Deutsch, 1996), p. 356.

スリナム渡航とそこから生まれた『オルーノコ』に言及しており、サザーンの成功にあやかろうという意図が垣間見られる。この記述自体は、不明なところの多い彼女の生涯に関する事実を教えてくれるものとして貴重な資料となっているのだが、肝心の上演の結果は、彼が「献呈の辞」で認めているように、そしておそらくアフラ・ベーン自身が危惧したであろうように、「本質的な価値を持つ」とギルドンが力説しているにもかかわらず、残念ながら成功ではなかった。しかし、もし彼女がこの作品を失敗作と認識していたとしたら、逆説的にこの作品の分析は彼女の演劇理念を知る手がかりとなるであろう。

　ギルドンは、書かれた時代と上演の時代とは社会情勢が変化していることを理由に、この作品に手を加えたことを告白している。彼は、第1幕第2場で、「ホイッグとトーリーを巡る大騒ぎを放蕩者の人物描写に置き換えた」と言っている。断固としてトーリー支持であったアフラ・ベーンにしてみれば、この改変は不本意であったかもしれないが、それが作品に大きな影響を及ぼしているとは考え難い。むしろ、アフラ・ベーンは放蕩者（リベルタン）を繰り返し戯曲の中に取り上げてきたのであるから、この改変は彼女の路線に沿っていると考えることもできよう。そうであるならば、彼が正当に主張しているように、この改変と戯曲の受容の因果関係はないと見ていいように思われる。『オルーノコ』の戯曲版が成功し、『次兄』の改訂版が成功しなかったのは、作品に手を加えた者の力量というよりもむしろ、それぞれのオリジナル作品に備わる資質と考えた方がいいだろう。ギルドンは、「本質的価値を持つこの作品」が受け入れられなかったことに大いに不満を述べているが、この作品が戯曲として「本質的価値を持つ」というのは大いに疑問なのだ。では、この作品の演劇的欠点とは何か？　その分析からアフラ・ベーンの劇作家としての理念に迫ってみたい。

（2）

　「火事だ！　火事だ！　火事だ！」と、第3幕第3場でオリヴィアが

絶叫する場面は、この作品のクライマックスであると同時に、この作品が一種のスペクタクルであることを示している。『月の皇帝』では、最終幕最終場で月の球体が現れ、そこから月の皇帝が降りてくるという壮大なスペクタクルがあったが、規模は小さいとはいえこの場面もまた演出によってはスペクタクル足り得る。しかし、この劇は構成から言ってスペクタクルそれ自体を目的としているのではない。だから問題は、その見せ場によって、作者が観客に何を見せようとしているかである。

　このミセス・マネイジ邸の火事の原因は、地下の酒蔵へ酒盛りをしに行ったサー・マーリン・マーティーンとサー・モーガン・ブランダーの失火である。リベルタンを気取り、始終酔っ払って父のサー・ローランド・マーティーンに悪態を吐き、勘当を言い渡されるマーリンと、こちらも酔っ払いで金持ちだが愚か者のモーガンのふたり——彼らは従兄弟同士である——は、不注意から惨事を引き起こしたとしても不思議ではない者たちである。しかし、愚か者が引き起こす惨事であれば、それが他者に大きな影響を及ぼすことができないというのも道理であろう。つまり、この火事は惨事に見えて、本質的には惨事足り得ないというところに意味があると考えられる。

　火は何の象徴かと言えば、赤々と燃える情熱の象徴の場合もあるが、本質的には浄化の象徴である。苦悩も悲しみも煩悩も何もかも、火は焼き尽くして、静謐だけを後に残すこともできるであろう。炎に包まれるマネイジ邸はいわば放蕩の館であるから、そこが焼け落ちることは浄化の意味合いが込められるであろう。火は、主人公ジョージ・マーティーン（サー・マーリン・マーティーンの弟）の、裏切った恋人マーティラ（サー・モーガン・ブランダーの妻となっている）に対する未練も復讐心も浄化して消し去る可能性もあった。ジョージは、モーガンが兄と酒蔵にしけこんだ隙を利用して、マーティラの部屋を訪ねようとする。マーティラ自身もそれを待っている、と彼は期待する。しかし、彼女の部屋に忍び込んでみると、そこには彼の友人であるプリンス・フレデリックがすでにいて、マーティラと抱擁を交わしていた（第3幕第2場）。怒りのあまりジョージは剣を抜くが、何とか理性で持ちこたえ、マネイジ

に間違われたことを利用して、取り持ち役のお礼としてプリンスから差し出された宝石を受け取って退室する。理性というより、友人のプリンスを切りつけてしまうかもしれないという恐怖心から、庭に逃げ出したのだ。その時、火事が起こる。彼に代わって、神が偽りの女に復讐を果たそうとしているかにも思われる成り行きである。彼はこれを天罰の炎として、復讐を果たすこともできたであろう。しかしもちろん、喜劇の主人公であるジョージはそんなことはしない。サー・ローランドは、息子の「マーリンはむしろ燃えてしまった方がいい」（Ⅲ.iii. 33-34）とさえ暴言を吐くが、ジョージは彼らを助けることを瞬時に選ぶ。

Revenge is vanish'd, and Love takes its place: Soft Love, and mightier Friendship seizes all. I'll save him, tho'I perish in the Attempt.

（Ⅲ.iii. 29-30）

　彼は窓に梯子を掛け、マーティラを、そしてプリンスを救うのだ。命を賭けて救うのだ。こうして火事の火は、ジョージの心にわだかまっていた怒りを消し去って浄化させたかに見える。が、そうではない。彼の復讐心が消え去ったわけではないことがすぐに分かるのだ。
　同じことが、マーティラについても言える。彼女は、命の恩人となったジョージに対して懺悔し悔い改めることもできたであろう。彼女の今までの様々な放蕩・不実の報いとしてこの炎を解釈したならば、この火事は彼女の心も浄化することになったであろう。だが、そうはならなかった。こんなことがあっても、彼女は放蕩をやめようとはしないのだ。火は、ジョージの心を浄化しなかったように、マーティラの心も浄化することはできなかったのである。火はいかなる力も持たなかった。浄化し静謐を与えることはできなかった。しかし、できなかったという事実こそが重要であると思われる。火でさえも無力であるところにこの作品の眼目がある。心は浄化され得ない、現実は変更されない、というところに。それは、この作品が背負い込んだ構造でもある。

（3）

　この作品はジョージとオリヴィアの会話から始まるのだが、そこでは
様々な状況が提示されることになる。ジョージは妹のオリヴィアをエン
ディミオンという名で男装させて、恋人のマーティラのところに従僕と
して送り込んでおり、彼女から恋人の情報を聞き出そうとしている。し
かし伝えられるのは、マーティラはつい先日、彼らの従兄弟であるモー
ガンと結婚したという事実である。しかもマーティラは、オリヴィア（＝
エンディミオン）を男だと信じて言い寄り、従僕との恋愛関係が恥辱と
ならないように、隠れ蓑として夫を持とうとして急いで結婚を執り行っ
たというのである。マーティラとモーガンの結婚は、虚栄心の強いブラ
ンダー夫人が、貴族の娘であるというマーティラの身分を気に入ったか
らであり、息子のモーガンの意向は一顧だにされなかった。同じように
オリヴィアは、次兄のために従僕となってこのような苦境に陥っている
上に、一度も会ったこともないウェルボーンなる男と結婚が取り決めら
れているという。つまり冒頭から次々と明らかになるのは、裏切られた
恋人、恋人の放蕩[4]、結婚制度への冒涜、強制結婚、といったアフラ・
ベーンお馴染みのテーマであり、それらが一度に噴出するのである。そ
れだけではない。オリヴィアと入れ替わりに登場するプリンスとの会話
によって観客に知らされるのは、所用で旅立ったばかりのプリンスがす
ぐに戻ってきたのは、彼がある女性に一目惚れしたからであり、その女
性は実はマーティラであることをジョージが知るということだ。こうし
てマーティラを巡る関係は複雑さを増し、複雑な恋人関係もまたテーマ
として浮かび上がる。また、ジョージが次男であることも話題として取

4　文学作品におけるリベルタンは通常男であるが、この作品では逆転して女がその役割を
担っているところが新しいとは言える。しかし、リベルタンは男に限るというのは差別的偏
見であり、フェミニスト的主張を貫いてきたアフラ・ベーンにすれば、面目躍如たる逆転で
あろう。その主張は、第2幕と第3幕の間に登場する仮面の人物たちの会話にも表れている。
　In pleasure both Sexes, all Ages agree,
　And those that take most, most happy will be.
アフラ・ベーンは快楽における平等をも主張している。

り上げられる。長子相続制度によって、次男であるジョージは権利が奪われ、パリに徒弟として送り出されていたのだ。

> . . . I'm a *Cadet*, that out-cast of my Family, and born to that Curse of our Old *English* Custom: Whereas in other Countries, Younger Brothers are train'd up to the Exercise of Arms, where Honour and Renown attend the Brave: we basely bind our Youngest out to Slavery, to Lazy Trades, idly confin'd to Shops or Merchants Books, debasing of the Spirit to the mean Cunning, how to Cheat and Chaffer.
>
> （Ⅰ.ⅰ.156-61）

　ここに見られるのも、作者による社会制度への異議申し立てである。その意を受けて、主人公はそれに立ち向かう。ジョージは、フランス人風にルジェールと名乗り、徒弟ではなく紳士として帰国するのだ。しかし、アフラ・ベーンにとって最も重要なテーマが愛であるように、ジョージにとっても最も重要なのはマーティラのことである。次男であるゆえに遺産相続から除外されているのだが、長兄のマーリンが放蕩ゆえに廃嫡されて、彼に年4000ポンドの相続権が回ってくるかもしれないと妹のオリヴィアに聞かされても、彼は関心を示さない。「マーティラがいなければ、そんなものが何になるのだ」（Ⅰ.ⅰ.55）、とジョージは嘆くのだ。オリヴィアがウェルボーンとの結婚を嫌悪するように、ジョージはマーティラの裏切りの結婚を呪う。アフラ・ベーンの戯曲らしく、恋愛・結婚が最重要のテーマとして前面に出されるのだが、注目すべきは、それに付随して作者にとって重要なテーマがいくつも同時に出されるということである。

　強制結婚というテーマに関しては、オリヴィアとモーガンだけが当事者なのではない。ジョージもまた家父長制という枠組みに捕らえられて、父親のローランドに結婚相手を決められる。ローランド自身もかつて強制的に結婚させられたのだが（Ⅰ.ⅱ.192-93）、今度は彼自身が息子を強制的に結婚させる側になる。その相手とは、名前とは裏腹に年老いて

ほとんど目も見えないユースリーという、80歳にもなる老婆である。この結婚によって、ローランドはジョージに使ったお金を回収しようとするのだ[5]。またもうひとつ目的があって、それはローランドがユースリーの孫娘であるテレシアと結婚するためでもある[6]。若者との結婚を望むユースリーと若い娘との結婚を望むローランドとの取引は、実務的に商人的になされる。ここまでくれば、父権の乱用を茶化していると言えるかもしれない。しかし、ユースリーもローランドもそれぞれの結婚に大真面目なのだ。劇は彼らの妄執を解く役割も担わされることになる。劇は多くのテーマを背負い込んで、それらを喜劇としての大団円に導いていかなければならない。

（4）

劇が最初に解決を試みる問題は、ローランドと長子マーリンとの和解である。ふたりのお互いに対する怒りを聞かされた後では、それは困難なことに思える。「運命の女神に、父の腐った命の糸を切ってくれるように頼みたい」（I.ii. 119-20)、と毒づくような息子にローランドが怒りを覚えるのは当然であろう。彼は何度もマーリンを殴りつけ、剣さえ抜く。マーリンは「廃嫡してやる」と言う父を宥めるため、側にいる叔母のブランダー夫人に助けを求めてこう言う。

　　. . . . Aunt to show you how
the Old Gentleman has mis-represented us, give me leave to present you a Dance I provided to Entertain your Son with, in which is represented all the Beauties of our Lives.

（I.ii. 176-79)

---

[5] "… you shall Marry and redeem all *George*." (I.ii. 195)
[6] "Look ye, Madam, I'll propose a fair Swap, if You'll consent that I shall marry *Teresia*, I'll consent that you shall Marry *George*." (II.i. 22-23)

そして、まるで準備していたかのようにダンサーを導き入れ、リベルタンを表現する踊りが披露されるのである。マーリンはダンスによって父の理解が得られると本当に考えたのだろうか。マーリンは物事を真剣に考えるタイプの人間ではないのだが、和解策として、ダンスは的を射ているとは言えないだろう。彼が初めて舞台に現れるのは第1幕第2場であるが、その時、彼はリベルタンを称賛する歌を口ずさみながら登場するのであってみれば、彼は軽佻浮薄を地でいくことが印象づけられていた。そんなマーリンならば、本当に和解する気があるのかどうかは全くもって疑わしくなる。ということは、この劇自体が、引き起こされる問題に本当に解決を与えようとしているのか疑わしくなってくるということだ。果たして、ローランドはダンスに興味を覚えたようには見えず、マーリンを打遣ておいて、徒弟の服装で現れたジョージに、ユースリーと結婚するようにと話を始めるのだ。こうした急展開こそこの劇の特徴である。そして、ローランドが結婚しようと目論んでいるテレシアが登場するのだが、ジョージが彼女を一目惚れするところで第1幕が終わる。何も解決されることはなく、状況が複雑さを増しただけの幕切れなのだ。

　第2幕に入ってもすぐに、解決すべき問題が示される。オリヴィアとテレシアのそれぞれの結婚問題である。友人同士である彼女たちは、共に同意できない結婚という問題を抱え、新しい人生を切り開くべく相談を始める。ふたりは自らの才覚で世の中に打って出ようと決意するのだが、それは意に適う恋の相手を見つけることに過ぎないことが彼女たちの会話から知られる。オリヴィアにとっては見たこともないウェルボーン以外の誰かを、テレシアにとっては老人のローランド以外の誰かを見つけることだけが関心事なのだ。このことは、愛こそ最優先事項であるというアフラ・ベーンが様々の作品の中で繰り返してきた主張に適うものではあるが、この限定は彼女たちの人物造形をも限定してしまうことは否定できない。登場人物をタイプとして提示するのが、この作品には顕著なのだ。作者は意図的にそうしていると思われるが、そうであれば作者は登場人物の造形よりもプロットの進行にこの作品を賭けていると

言えるだろう。だから劇は畳み掛けるように、マーティラとジョージの再会、マーティラとプリンスの再会の場面を用意するのだ。

　マーティラとジョージとの再会は、プロットの進行にどうしても必要とされるものであり、ひとつの山場を形成することが期待されるものであるが、そこで交わされる会話もまたタイプの会話に過ぎない。恋人の不実を罵る男とそれを宥める女というタイプの会話である。モーガンとの結婚を責めるジョージ——ルジェールとして紳士を装っている——をマーティラはやすやすと丸め込んでしまう。

> . . . . Canst thou believe I gave my Heart away, because I gave my Hand? ---Fond Ceremony that--- A necessary trick, devis'd by wary Age, to Traffic 'twixt a Portion, and a Jointure; him whom I Lov'd is Marry'd to my Soul.
>
> （Ⅱ.ⅱ.71-74）

　モーガンとは結婚したが魂で結ばれたのは愛するあなただ、という説明、いや詭弁をジョージはやすやすと受け入れてしまうのだ。妹のオリヴィアが扮したエンディミオンにマーティラが言い寄ったという事実を忘れてしまったかのようである。身体と魂の二元論を説くようなこの言い訳は、どちらかと言えば陳腐であろう。にもかかわらずジョージがすんなりとこの詭弁に納得してしまうのは、そこに真実が含まれているからである。マーティラは結婚制度を神聖視してはおらず、便宜的にモーガンと結婚しただけに過ぎないのだから、マーティラの論拠に嘘はないのだ[7]。しかし、そこから導き出される結論にも嘘はないかと言えば、そうではない。そのことを観客はすぐに知らされることになる。

　誰かの足音が聞こえたので彼女はジョージを裏から追い出すと、すぐ

7　義母のブランダー夫人も結婚制度に関してはマーティラと同意見であり、マーティラの貴族の娘という身分だけに惹かれて息子と結婚させたのである。だから、彼女にとってマーティラは目上の人であり、その不貞の取り持ち役さえあえて引き受けかねない人物になっている。見栄だけで動くタイプとして造形されているのである。

に、夫のモーガンがプリンスを連れて入ってくる。そこには義母もいるのだが、プリンスがマーティラへの愛の言葉を語っても、彼女はそれを躊躇なくそのまま受け入れるのだ。プリンスがマーティラを賛美する言葉もまた大げさで陳腐であり、彼は気を失いかけてマーティラの胸に倒れ込みさえする。リベルタンが男とは限らないように、愛のために気絶するのも女とは限らない、ということだろうか。ともかく、マーティラは夫と義母の面前で、プリンスとその夜に逢う約束を取り付けるのだ。魂はジョージと結ばれていると言ったことが、こうしてすぐに覆されるのである。そして第3幕の幕開けで、ジョージもすぐにマーティラの言葉が嘘であったことを悟ることになる。ジョージ――その時彼は仮装している――はマーティラとプリンスの愛のささやきを目撃するのだ。仮装しているのがジョージだと気付いたマーティラは開き直る。

> Lejere! How very feeble do Old Lovers Charm! Only the New and gay have pow'r to warm ―― How shall I put him of? For now my Ambitious Love declares for *Frederick*; 'tis great to enslave a Prince.
> *Aside*
> ―― Lejere ―― wait till I give the word ―― perhaps it may be late . . .
>
> （Ⅲ.ⅰ.31-34）

　こう言い放ってマーティラはジョージから離れる。昔の恋人よりも、新しい恋人のプリンス、あるいはむしろプリンスという身分を選んだことを、彼女は断言している。オリヴィアはマーティラを称して "a common Lover"（Ⅲ.ⅰ.25）と言ったが、プロットはそれを実証するように進んでいくのである。そして、この作品のプロットの特徴である急展開もこの場面で用いられる。マーティラがジョージを拒絶したのと入れ替わりに、ジョージとテレシア――この時ふたりとも仮面を被っているが、テレシアだけは外観から相手がジョージであると気付く――の愛の会話が始まるのである。始まるというより、同じ場面での同時進行で

ある。ジョージとテレシアが会話からダンスへと移行すると、マーティラとプリンスの会話が始まるのだ。しかし、やっかいなことにジョージはマーティラへの未練を断ち切れないのだ。そして、その成り行きをローランドとユースリーが見ているのである。人間関係の複雑さ、手に負えない現実の混沌を舞台上に表すことが、この劇の目的であるかのようである。この場面でジョージはテレシアから結婚について訊ねられて、結婚を嫌悪する発言をするのだが、それはマーティラの結婚観と同じであり、ならばマーティラの結婚をジョージが非難したことと矛盾してくるのではないだろうか。そういった矛盾も含めて、劇は多様で揺れ動く現実を提示するのだ。その現実にどう対処していけばいいのか？　そんな時に、ローランドとユースリーのダンスが披露されることになる。ほとんど目の見えない80歳のユースリーのダンスはほとんど非現実的であると言えよう。現実が非現実的であるならば、それにまともに向き合うことはできないだろうし、その必要もなくなってくるのかもしれない。続いて、酔っ払ってくだを巻くマーリンとモーガンが登場するのも、一種の現実逃避の様式として計算されているのかもしれない。

　そして第3幕第3場、先に言及した火事の場面となる。このような錯綜する現実の絡まり合いを解きほぐすべく、浄化と静謐をもたらすべく用意されたかに見える火だが、火はそうした力を発揮することができなかったことはすでに述べた。デウス・エクス・マキナのような存在はあり得ない、と作者は言っているのかもしれない。ならば、何が現実の錯綜を解くのだろうか？　あるいは、そもそも、それはどうしても解かれなければならないものなのだろうか？

（5）

　火事を引き起こした張本人であるマーリンとモーガンは反省するどころか、まだ飲み足りないかのように悪態をつきながら酒場に繰り出そうとする。火事など何程のこともないかのように、モーガンは息子の安否を心配するブランダー夫人を打遣ておく。火が何物も浄化することがで

きず、何者も目覚めさせることができないなら、錯綜する現実はその道を進み続けるしかない。ジョージは復讐の道を[8]。マーティラは放蕩の道を。

　ジョージはオリヴィアに男装を続けさせ、マーティラへの復讐の機会を窺うのだが、オリヴィアは男装しているためにウェルボーンとの関係が錯綜してしまう。相手の顔も知らないまま婚約させられたオリヴィアとウェルボーンは、相手の素性が分からないままお互いに一目惚れしたのであった[9]。しかしその後オリヴィアは男装し、ウェルボーンはプリンスの格好をするので、ふたりの間に誤解が生じる。オリヴィアはプリンス（実はウェルボーン）の話から、彼が一目惚れした相手は自分だと気付くが、プリンスとマーティラの関係を知っているので、プリンスの格好をしたウェルボーンを信じることができない。一方ウェルボーンは、オリヴィアが自分をプリンスだと誤解していることに気付くが、オリヴィアがまさにその本人だとは知らずに一目惚れした女性のことを話す。ふたりは、それぞれ相手が知らないことを知ってはいるが、相手を誤解してもいるのである。お互いに相手より優位な立場にいると思ってはいるが、実はそうではないのだ。現実は正しく理解するのにあまりに困難なのだ。ウェルボーンはオリヴィアを男だと認識しながらも、彼（＝彼女）を執拗にベッドに誘うが、同性愛を匂わせるこの誘いを、オリヴィアはためらいつつも、本性を隠したまま受け入れる[10]。そして、ウェルボーンが一目惚れした相手が実は自分であることを打ち明ける置き手紙を残して夜中のうちにその場を去る。愛する者同士が結ばれる一歩手前で、錯綜する現実がそこに割って入るのだ。ままならない現実の提示こ

8　彼が自らの復讐を"comical"（Ⅳ.ⅰ.190）と形容していることには注意しておくべきだろう。それは、最も現実によく対処できるのは喜劇である、ということを示唆しているようにも思われる。そこにはアフラ・ベーンの演劇観を見ることができよう。
9　一目惚れはこの作品のモチーフのひとつになっている。プリンスはマーティラに、テレシアはジョージに、それぞれ一目惚れする。恋は瞬時に生まれるものであり、人はそれに抵抗できないことを主張しているようだ。
10 オリヴィアとマーティラとの関係では、マーティラにとっては異性愛のつもりだが、オリヴィアは実際にはそれが同性愛であることを知りつつ兄の復讐のために彼女の気を引くのである。オリヴィアの男装は、彼女自身を込み入った現実に招き込むことになってしまう。

そ、この劇が表そうとしているものであろう。観客はオリヴィアとウェルボーンが婚約者同士であることを最初から知っており、またこの場面の彼らの誤解について知っているという優位な立場に置かれてはいるが、彼らとて当事者になったなら、そうはいかないだろうということを自覚することが求められている。それよりも前に、まず観客は虚構が支配する劇場という場に自ら踏み入れたという事実を覚えておくべきだろう。アフラ・ベーンは巧みに現実の錯綜に観客を巻き込むのだ。当事者と第三者は容易に入れ替わるのだ。現実（舞台が提示する現実）が舞台と観客の間を越境するのは、アフラ・ベーンの演劇の特徴のひとつである。

　現実がままならないものであるならば、ジョージが試みるマーティラへの復讐も、思い通りに成就することは望めないことになるだろう。ジョージは、マーティラとエンディミオン（オリヴィア）の情事の現場をプリンスに見せることによって、プリンスを目覚めさせ、マーティラに恥じ入らせようと目論む。その計画は上手くいくように見え、プリンスが怒ってマーティラとオリヴィアが語らう現場に踏み込むが、この時はマーティラがドレスの裾の中にオリヴィアを上手く隠す。プリンスはマーティラにエンディミオン（オリヴィア）という愛人がいることを知った──目撃したのではなく声を聞いただけではあるが──にもかかわらず、その現実を受け入れることに躊躇する。

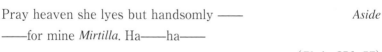

Pray heaven she lyes but handsomly ——　　　　　　　　　*Aside*
——for mine *Mirtilla.* Ha——ha——

(Ⅳ.ⅰ.256-57)

　プリンスにとっては事実よりも嘘の方が好ましい。だから彼は彼女の言い訳や嘘を何とか受け入れようとし、彼女を抱きしめさえする。マーティラがこっそりジョージに、してやったりと微笑んでいるのも知らずに、彼は嘘で言いくるめられることを喜んで選ぶのだ。なぜなら、事実は「嘘よりも破滅をもたらす」（Ⅳ.ⅰ.178）、と彼は認識しているからである。もしこの考え方がありふれたものであるとするなら、現実が過

酷であることもまたありふれたことである、ということになるであろう。この作品はありふれたことをあえてテーマに選んでいるのである。

　だが、いつまでも事実から目を背けるわけにはいかない。いつかは事実を受け入れなければならないのだ。偽りの愛の一夜の翌日にプリンスは、マーティラがエンディミオン（オリヴィア）に宛てた密会の約束の手紙を、ジョージから見せられることになる。現実は偽りに満ちているが、手紙は例外的に事実を伝えるものとして、アフラ・ベーンの作品では用いられている。オリヴィアのウェルボーンへの置き手紙が彼に事実を伝えたように、マーティラの手紙はその事実によってプリンスを覚醒させる道具となる。プリンスはマーティラとエンディミオン（オリヴィア）の密会の場を盗み見して彼女の不実という事実を突き付けられるが、マーティラの方も今まで知らなかった事実を突き付けられることになる。プリンスが怒りに任せてその場に踏み込み、エンディミオン（オリヴィア）の服を掴んだ時、その胸がはだけ、実はエンディミオン（オリヴィア）が女性であったことをマーティラが——プリンスは気が付かないが——知ることになるのだ。しかし、騙す側であると思っていたが、実は騙される側でもあったという事実は、マーティラを狼狽させない。少し前にマーティラは、「この世のすべてのものは騙すか、それとも騙されるかだ」（Ⅳ. i. 64）、とジョージに言っていたのだが、彼女は騙されることもまた自然なことだとして受け入れることができるのだ。それどころか、彼女は機転を利かしてこの状況を利用しさえする。もしエンディミオンが女性だとしたら、自らの不実は成り立たないことになるからだ。マーティラの機敏で大胆な言い逃れは、ジョージを感心させて復讐心を忘れさせるほどである。しかし考えてみれば、ずっと騙していたのはジョージの方ではないのか。徒弟であるジョージは、ルジェールという紳士の仮面をずっと被り続けてきたではないか。父と妹以外には紳士ルジェールとして通し、兄のマーリンにさえそうしてきた。ルジェールとしてずっと受け入れられ、そしてその仮面を誰からも咎められることがなかったために、彼自身でさえ自らが騙された側であり騙す側ではない、と思っているかのようである。そして、ジョージと共犯関係にあ

るオリヴィアもまたしかりだ。ずっとエンディミオンに成りすましマーティラを騙してきたのであり、また図らずも一目惚れしたウェルボーンをも騙すことになったのだから。作者はこの兄妹の虚偽を非難するような言葉は一切誰にも語らせてはいないが、彼女は巧妙にこのふたりの虚偽を早くも劇の幕開けから明らかにしていた。豪華な乗馬服を着て登場したジョージは、「マーティラの従僕」（Ⅰ.ⅰ. 6）つまりエンディミオンに扮したオリヴィアのことを自らの従僕ブリトンに訊ねた後、こう言っていた。

> *Britton*, hast[e] thee, and get my Equipage in order; a handsome
> Coach, rich Liveries, and more Footmen; for 'tis Appearance only
> passes in the World----And de you hear, take care none know me
> by any other Name than that of *Lejere*.

（Ⅰ.ⅰ. 9-12）

　何気ない導入部に見えて、実はアフラ・ベーンは作品全体に関わるモチーフを、主人公の科白に巧妙に組み込んでいるのだ。外観がすべてなのであり、巧みに外観が取り繕われれば、その実体を見抜くのは難しくなるだろう。世間が外観しか見ないのなら尚更である。とすれば、マーティラが言ったように、「この世のすべてのものは騙すか、それとも騙されるかだ」、ということになる。言葉に関しても、騙すためにその外観が装われれば、真の意味を知ることは困難になるだろう。着飾ったものの背後は見えにくいのだ。そのために着飾るのだ。つまり、本当のことを掌握するのは困難なことなのであり、そのことをプロットはずっと実証してきたのである。しかしプロットは決着をつけなければならない。もうすぐ最終幕は閉じられることになるのだから。

（6）

　最終幕になってもまだローランドとユースリーは共に空想の世界にい

215

て、年の離れた若い配偶者を手に入れるつもりで待っている。特に、ユースリーが老醜を隠すために侍女のレティスに念入りに無駄な化粧を手伝わせる滑稽な場面は、彼女が現実をいかに理解していないか、理解できないか、あるいは理解しようとしないかを表しているだろう。この老人たちを目覚めさせるのはプロットの果たすべき役割だ。そして、それは唐突に、かつ強引に行われる。花嫁と花婿を待つローランドとユースリーのところに仮装の一団が押しかけてくる。ふたりにとっては、婚礼という大事な時にこんな集団と関わる暇はないのだが、彼らは有無を言わさず乱入してくるのだ。この一団の中に待ち望んでいる花嫁たるべきテレシアと花婿たるべきジョージもいるのだが、仮装しているので彼らには分からない。花嫁や花婿の姿をせずに仮装しているということが暗示しているのは、ジョージは父のローランドに、テレシアは祖母のユースリーに、それぞれ背くという決意をしているということだ。そしてふたりは結婚する決意まで固めている。その決意自体は是認されるものであるとしても、それが受け入れられるかどうかは別問題だ。刃向かう長男マーリンに対して容赦ない態度を取ってきたローランドであれば、次男ジョージのこの反抗も決して許さないことが予想される。今までローランドがジョージに寛大であったのは、ジョージがユースリーとの結婚を受け入れたがゆえであり、その結婚と引き換えにローランドはユースリーの孫娘テレシアとの結婚が可能となったという理由によるものであった。ジョージとテレシアの結婚はその前提を覆すものであり、ローランドには受け入れ難いものに違いない。今までのローランドであれば、ジョージとテレシアの結婚に怒り狂って剣を抜いても不思議ではない。しかし、その当然と思われる成り行きはあっけなく裏切られる。ローランドはほとんど抵抗することもなく、ジョージに譲歩するのだ。ジョージを怒ることはできないと言い、泣き崩れるのだ（V.ⅱ. 271-72）。同じくユースリーも嘆きの言葉とともに椅子に崩れ落ちる。ジョージとテレシアは何も策を弄したわけではない。ただ宣言しただけに過ぎない。どうしたわけか、それだけで結婚が許されてしまうのだ。彼らの結婚だけではなく、ローランドはマーリンとダイアナの結婚も許し、勘当だと

言っていたマーリンに1000ポンド与えようとも言うのだ。すべては唐突だ。特にマーリンはテレシアに横恋慕していたのであり、ダイアナとの関係はこれまで何も知らされていなかったので、事情を飲み込むのさえ難しい。こうしてローランドは物分かりのいい老人に変身し、ユースリーは泣き崩れながらも抵抗することはない。彼らは握っていた権力をすんなりと放棄してしまうのだ。それが喜劇の大団円に必要であるにしても、あまりに強引な展開だと言わざるを得ない。自然な成り行きを放棄して、無理矢理にすべての登場人物を丸め込んだかのようだ。プロットは力ずくでこの結論を差し出したかに見える。

　プリンスとマーティラの関係においてもそうだ。マーティラの不実に対するプリンスの怒りが消えただけではなく、彼は彼女を炎から救ったことの名誉に満足して、彼女を夫のモーガンに返すのだ。彼女には何も非がなかったかのように、プリンスは振る舞うのだ。マーティラは放蕩の報いを何も受けることなく、誰からも怒りを向けられることなく、名誉を傷つけられることなく、夫の腕に中に戻っていく。そして、そこからおそらくまた放蕩の道に出て行くのであろうが、それは劇が終わってからのことだ。とにかく、なぜかプリンスは許し、ジョージももはや責めず、マーティラはすべてが許されることになるのだ。反省したわけでもなく、悔い改めたわけでもないのに、放蕩者マーティラは名誉を保ったままでエンディングの舞台に立つのだ。これもまたプロットの力ずくの技と言うべきであろう。

　これより先に、オリヴィアとウェルボーンはお互いの本性を知り、恋い焦がれていた者同士が、実は許婚同士であったという事実を知ることになるが、これも巧みな筋書きというよりありきたりの展開と見なされよう。オリヴィアとウェルボーンの本性について情報を与えられていた観客にしてみれば、これ以外の展開はあり得ないように思われる。プロットはクリーシェで彼らの問題を片付けたわけだ。

　最終的に観客に与えられるのは、劇的感興ではなく、事実の報告に過ぎない。事実の列挙ほど演劇から遠いものはないだろう。もしローランドが言うように、登場人物たちがこれらの結末に「みんな同意した」

（V.ii. 308）のならば、彼らは演劇から遠く離れていることになるであろう。そしてローランドの音頭でみんなが踊り始めることになるが、そこに詩的正義はない。プロットは、様々な場面でダンスによって問題を解決しようと試みてきたように、このエンディングでもその手段に頼っている。劇的形式を考えれば、最後の場面がダンスであるのは至極妥当だ。しかし、形式的には妥当であるとしても、ダンスがすべてを清算するわけではないし、することはできない。できないと言うより、むしろできないように作者が背後で糸を引いている、と言うべきであろう。ダンスという手段がこれまで無力であったように、この最後の場面でもそれが感興も詩的正義も呼び起こさないということ、強引な幕切れであるということ、そこにこそこの戯曲の意味が逆説的に見いだせる。

　すでに述べたように、現実が複雑に絡み合っていて対処するに困難であるならば、強引な手段でそれに決着をつけるしか手がないのかもしれないが、作者としては、その強引さは上演をためらわせるものであったのでないだろうか。アフラ・ベーンは当然故意に、絡み合った現実を劇の中に封じ込めようとしたのだが、彼女にとってはそのような縺れた状況こそが現実であり、詰め込むべき現実の素材が多々あった。しかし、現実（実生活）の領域と劇の領域とは全く別物である。現実の領域では物事が唐突に生起して有無を言わさぬ決着をつけるが、劇の領域では一般的に必然的な決着を迎える。現実は伏線などに何の考慮も払わないが、劇は意図的に伏線を張り巡らそうとする。劇では特定の登場人物を主人公として展開するが、現実ではそんなことはない。劇は特定の主題（テーマ）に奉仕しようとするが、現実には主題などない。劇は構成的であるが、現実はそうではなく無秩序だ。劇は枠組みの中で生起し決着するが、現実は枠組みを持たない。特に、時間という枠組みにおいては決定的に違う。永遠に続くであろう時間の中にある現実に対して、劇には極めて限られた時間しか与えられていない。つまり、劇は極めて人為的で偏ったものだ。その偏りという不自由さを逆手にとって劇的構成という構成美を作り出すことこそ演劇に求められることなのであるが、アフラ・ベーンはこの作品においては、現実の非演劇的構成をあえて選んで持ち込ん

でいる。劇作家として実験的とも言えよう。そして、この劇的要素の排
除こそ、逆説的にこの劇作品の特徴となっている。それが失敗であった
としても、現実が手に負えないということ、プロットにとっても手に負
えないということを、アフラ・ベーンは上演しなかったこの演劇で図ら
ずも教えてくれることになった。上演するに不向きな現実があるのだ。
ではどうやってその現実に対処すればいいのか。アフラ・ベーンの文学
的キャリアを見れば分かるように、それは散文作品（小説）によってで
ある。錯綜した現実を扱うのは、自在な構成が許される小説というジャ
ンルが相応しいだろう。劇作家から小説家へのターニング・ポイントに
この劇作品があるとしたら、そこにこそこの作品の意義があるだろう。
その意義を最も雄弁に語っているのが、アフラ・ベーンがこの作品を上
演しなかったという事実なのだ。

おわりに（エピローグ）

アフラ・ベーンはフェミニストの嚆矢である、女性職業作家の先駆けである、スチュアート朝の偏向した代弁者である、道徳に悖り卑猥で猥雑——これは愛人に囲まれたチャールズ2世の宮廷の頽廃を反映した王政復古期喜劇の一般的特徴とされるものであるが、不道徳性が男性劇作家には許容されても女性劇作家には許容されないという偏狭な考え方を表している——であることを唯一の取り柄とする流行作家である、といったレッテルを張ることは彼女の作品を理解することに寄与しない。もちろん、彼女にそういった側面があることは事実だし、それらが色濃く表れているところもあるが、そういったレッテルだけでアフラ・ベーンを色分けできるほど彼女の作品は単純ではない。そのことは本書において述べてきた。レッテルという便利な道具は、作者や作品の豊饒さを矮小化してしまうのに寄与するだけだ。私はそういったレッテルには興味がない。ついでに言えば、王政復古期の風習喜劇とか「陽気な恋人たち」（ゲイ・カップル）というレッテルも私には同列である。

アフラ・ベーンについて知られている伝記的事実は多くはない。しかし、数少ない伝記的事実も彼女の作品を理解するのに、それほど役立つとは思われない。スリナムへの入植やブルージュおよびアントワープでの諜報活動の体験が彼女に何をもたらしたのか、ウィリアム・スコットやジョン・ホイルとの恋愛関係が作家の自己形成にいかなる役割を果たしたのか[1]、劇壇内外での女性に対する圧力や経済的困窮が作品形成にどのような影響をもたらしたのか、主義主張に反するように思われるモンマス公への好意——いくつかの詩に見て取ることができる——は何を意味するのか[2]、こういったことも私には興味がない[3]。

ヴァージニア・ウルフが『自分だけの部屋』の中で作り出し、広く行

---

[1] アストリアやリシダスという仮面は、劇作家としてのアフラ・ベーンを考える上で、示唆を与えてくれるかもしれない。

き渡ることになった女性職業作家アフラ・ベーンを称賛する偶像——ウルフの作品理解と評価はさておいて——もまたしかりだ。

　私に興味があるのは、アフラ・ベーンが造形した登場人物たちである。クリオミーナとサーサンダー（『若き王』）、エルミーニアとアルシッパス（『強いられた結婚』）、ウィルモアとアンジェリカ、フロリンダとヘレナ（『流浪の男』）、サー・ペイシャント・ファンシーとレイディー・ノウウェル（『サー・ペイシャント・ファンシー』）、マーセラとコーニーリア、フィルアムールとガーリアード（『偽りの娼婦たち』）、ドン・カルロスとジュリア（『にせ伯爵』）、ワイルディング、シャルロットとレイディー・ガリアード（『シティの相続人』）、ベルモアとリティシア（『ラッキー・チャンス』）、ドクター・バリアード、スカラムッチャとハーレキン（『月の皇帝』）、カヴァーニオとセマーニア、ベーコンとランター（『未亡人ランター』）、ジョージ・マーティーンとマーティラ（『次兄』）、といった登場人物たちだ。そして、彼らがどのような言動をするのか、それをひとつの作品としていかに提示しているか（ドラマトゥルギー）に興味がある。アフラ・ベーンを理解するには、彼女の登場人物たちを理解するのが捷径ではないだろうか。

　人は、生涯、進むべき道を選択し続けなければならない。様々な状況で、様々な選択肢の中で、選び続けなければならない。その中で、ひと際重大な決定の場面をクローズアップして見せたのが、アフラ・ベーンの演劇であり、重大な決断を見せてくれたのが上記の登場人物たちやその他多数の登場人物たちである。優雅に安閑と寛いで無為でいられる

---

2 ホイッグ派の人たちがプロテスタントであったチャールズ2世の庶子モンマス公を支持したのは当然であるが、徹頭徹尾トーリー派でありジェームズ2世を熱烈に支持していたアフラ・ベーンからすれば彼は敵であったはずである。名誉革命で多くのトーリーがメアリ2世に寝返ったのとは対照的に、アフラ・ベーンは自らの主義を貫いたことを考えれば尚更である。しかし、敵に好意を持つことは、文学作品の中でも現実の中でも、ごくありふれたことだろう。また、矛盾ということならば、女性の自立を説きながらリベルタンに共感を持ったこともそうだし、スチュアート朝のイデオロギーである家父長制・長子相続制への敵意もそうである。そういった自己矛盾もまた、ごく普通のことに過ぎない。
3 「文学を個人から切り離すこと」が必要であろう。ロラン・バルト『ラシーヌ論』渡辺守章訳（みすず書房、2006年）247頁。

境遇にある主要な登場人物はほとんどいない。彼らは重大な岐路にあり、決断を迫られる。切迫した状況は彼らを追い立てる。笑劇『月の皇帝』のドクター・バリアードでさえ、月を崇拝し続けるのかどうか決断しなければならない。彼らの決断に関して概ね共通しているのは、状況に迫られたものであっても、その決断は最終的には自らの意思によるものであるということだ。意に反した決断であるとしても、自ら下した決断だ。もちろん決断させているのは作者なのだが、登場人物たちは作者の手を離れて、自らの手で人生を選び取っているかのように感じられる。アフラ・ベーンにとって登場人物は自主的でなければならないのであって、運命の暴力に翻弄される悲劇から遠ざかった理由の一端はそこにあるのかもしれない。そしてもちろん、彼らの自主性を観客に感じさせるのも作者の技量なのだが、その技量こそ「登場人物を作者から切り離す」ことを可能にする。作者という親の手を離れて、登場人物という子供は自立しなければならない。そのような登場人物こそ、観客にとって直接向き合うに値するだろう。

　それは、観客のことを常に意識においていたアフラ・ベーンにとっては重要なことである。生計を立てるためであったにしても、自ら選んであえて女性にとって困難な演劇界に打って出た以上、彼女には劇作に関する理念があったと考えてしかるべきであろう。「長い18世紀」の中の、王政復古から名誉革命に至る政治的激動の時代に、社会的・文化的にも流動的な時代に演劇に乗り出したのであるから、自らの指針となる理念はあってしかるべきであろう。その端的な表れは、第10章で述べたように、『オランダ人の恋人』の前書きでの表明である。「娯楽」であること、「観客を楽しませる」こと、という劇作の根本理念である。しかしこれは、ごくありきたりの伝統的な理念だ。モリエールは当然そのように考えていたし、あのブレヒトでさえそうなのだ[4]。ありきたりではあるが、その楽しませ方は各々の劇作家固有のもので、それが各々の劇作家の本質

---

[4] 「〈演劇〉という仕組みの最も一般的な機能は楽しみだとする叙述にかわりがあってはなるまい。」ブレヒト『演劇論』小宮曠三訳（ダヴィッド社、1963年）84頁。

を規定する。観客の楽しみとなるために、アフラ・ベーンが意識したのは時代と社会だ。そして、17世紀後半というイギリスの歴史においても激動の時代に、時流におもねることなく、その時代の観客にこそ相応しいと彼女が考える、娯楽として楽しめる登場人物を、プロットを、創造したのである。時代が名誉革命に向かおうとも、あるいは向かおうとするからこそ、彼女のペンは自らの劇世界に固執した。不器用な生き方であろうとも、失敗作を経験しながらも、多くの非難を浴びながらも、それは譲れない一線だった。彼女の戯曲を通観してみれば、そのブレない一線が見て取れるだろう。非運な境遇にあろうと、理不尽な圧力の下にあろうと、意に染まぬ行動を取らざるを得ないにしても、自らの信念は譲れない登場人物たちを、アフラ・ベーンは描いたのである。陽気さ——ディオニソス的な、と形容しておきたい——という強力な武器を手にして、信念に支えられながら、困難な状況に立ち向かっていく登場人物たちを描いたのである。陽気さは状況を打破するためのエネルギーである。道徳的に劣った滑稽な人物——やがてブルジョワジーがその役割を担うことになるだろう——の言動から笑いを引き出すのではなく、根本において陽気な人物から、アイロニーに染まらない陽気な人物——そこに作者の洗練を見てもいいだろう——から笑いを引き出すのが、アフラ・ベーンの喜劇だ。それが見つめるのは生きることの充足だ。サー・マーリン・マーティーンやサー・モーガン・ブランダーでさえ生を謳歌しているように見える。

　アフラ・ベーンの喜劇の登場人物たちが概して陽気であるのは、道化やコロンビーナの場合は言うまでもないが、切羽詰まった状況にある登場人物でも自らの信念を貫くためには、陽気さという余裕が根本において必要であるからだ。状況認識にはその余裕が必要であるからだ。そして、登場人物の余裕は、俳優の演技に軽やかな自由の羽を与え、観客における余裕と共鳴する。その響き合いにおいて「笑い」が可能となる。陽気さは、観客を「楽しませる」ためには彼女の演劇に欠かすことができない要件なのである。登場人物（俳優）と観客との間には力学が働くのだ。演技をする俳優だけでなく、演技を見る観客にもその力学に関与

することが求められる。そして、その力学をいかに作用させるかが、つまりはドラマトゥルギーだと言えよう。アフラ・ベーンのドラマトゥルギーは観客を巻き込む力学なのである。

　その力学やドラマトゥルギーを支配しているのは劇作家であるが、その支配の影は消さなければならない。それは演劇というイリュージョンを生起させるためには是非とも必要なことだ。イリュージョンを破ってはならないし、イリュージョンの種明かしをしてはならない。嘘をつき通さなければならない。イリュージョン——illusionの原義は騙されること——が可能であるのは、観客が自ら騙されることを望んでいる（「不信の停止」）からであるが、だからこそ感情移入（empathy）や共感（sympathy）が可能となる。または、反感（antipathy）を感じることにもなる。登場人物と観客は共謀して、illusion（幻覚＝真実らしさ）を作り上げる（でっち上げる）のだ。それを作り上げる（でっち上げる）こと自体を楽しんでいるとも言える。つまり、彼らは共に、リアリズムを求めながら、反リアリズムでもあるのだ。アフラ・ベーンの時代のように、舞台と観客席が近く、俳優と観客がいる空間の同質性が感じられる状況では、この共謀はより自然であったかもしれない。この共謀関係——演劇性（シアトリカリティ）というべきかもしれないが、文学性という言葉と同様に、私はこの用語が好きではない——の上に、演劇が成立し、アフラ・ベーンのドラマトゥルギーがあるのだ。そして、劇場がイリュージョンによって成り立つのならば、劇場のリアリズムもまたイリュージョンによって成り立つということであり、束の間、俳優と観客が作り上げるものということになる。生身の俳優だけに限らず、人形劇であっても、人形と観客はイリュージョンを作り上げるのであり、俳優以上にリアルな人形というものもあり得ないわけではない。人形にリアリティを見るのは想像力だ。つまり、イリュージョンを可能にするのは想像力であるということだ。観客は、想像力を発揮するのでなければ、わざわざ劇場に足を運ぶ意味はない。ボックス席に陣取って女性の品定めをするためだけにやって来た伊達男たちは別であるが[5]。演劇は、観客の想像力を刺激することに気を配らなければならないのだ。

224

　さて、共謀関係ということは、登場人物だけでなく、観客も劇において役割を担うということである。喜劇を成立させるために登場人物が果たす役割については本書で述べてきたが、役割を果たすとは何らかの集団の一員になるということであるから、そこにはある種の社会性が付与されることになる。観客には社会性が付与されるのだ。劇場という場の社会性である。そこに集うことの社会性である。それは、祝祭としての演劇を成立させる共同体の社会性に由来している。ピットやギャラリーから投げかけられる野次でさえも、劇場という特殊な空間の一体性を醸成するのに貢献したかもしれない。劇場がイリュージョンをもたらすものであるなら、その社会性もイリュージョンに過ぎないであろうが、社会的な（＝共同体的な）イリュージョンこそが、演劇、劇場、俳優そして観客が醸成するものだ。特にかつての円形劇場はそのような共同体的な場ではなかっただろうか。

　イリュージョンはいずれ消えてなくなる束の間のものである。舞台がハネて俳優が消える時、イリュージョンも消える。いや、イリュージョンは消えなければならないし、幕は下りなければならない。だから、いいのだ。束の間であるから、いいのだ。劇作家は観客の人生に介入しない。上演時間の間だけ、別世界に連れて行くのだ。束の間、祭りの高揚感を提供する。束の間の世界なのだから、そこを支配する法則は劇作家の手に委ねてもいい。カーニヴァルで好きな仮面を被っても（『流浪の男』）いい。空から大きな球体が降りてきても（『月の皇帝』）いい。猥雑と非難されるような場面を多用してもいい。それらはアフラ・ベーンの演劇の力学＝ドラマトゥルギーに反しない。登場人物がそれらを望んでいるからだ。そして、観客も望んでいる、と彼女は見なしているわけだ。それは決して迎合しているわけではない。むしろ観客の願望をも作者である彼女が作り出そうとしているかのようだ。

　エルミーニアのような娘は権威主義的な父親からすれば怪しからんと

5　これは教会のミサにおける神父と信者の関係に等しい。多くの信者は神父のミサを聴くために教会に集まるのだが、ボックス席に陣取る伊達男と同じ目的でミサに紛れ込む男たちもいたのであり、彼らはアフラ・ベーンの劇の登場人物としてもお馴染みである。

思われるかもしれないが、また、ウィルモアのような男は道徳的な人からすれば怪しからんと思われるかもしれないが、あるいは、ギリオームのような下僕は階級制度を遵守する人からすれば怪しからんと思われるかもしれないが、彼らの行為を痛快であると見なす観客もいるだろう。猥雑な場面を非難する観客もいれば、歓迎する観客もいるだろう[6]。アフラ・ベーンが念頭に置いているのは後者の方だ。作品と同じく、観客も作り出すものだと彼女は考えていたのではないだろうか。それが彼女にとっての演劇ではなかっただろうか。

　俳優である人間と観客である人間が、劇場という場で出会って、共鳴関係——それが共謀関係でもあることはいま述べたところだ——の中で特殊な空間を作り出す、それが演劇である。共鳴関係はお互いに影響を及ぼし合い、その結果として演劇が成立する。劇場という空間はそのような場だ。独自の法則が支配するそのような場が、劇作家の目指すところだ。アフラ・ベーンもまたそうだ。彼女の各々の劇作品にはそれぞれ独自の場がある。それがどのようなものであるかは本書の各章で述べてきた。

　アフラ・ベーンは結婚という制度に囚われることなく自由に生きたように見えるが、また劇作においても演劇の伝統にではなく、自らの演劇理念（ドラマトゥルギー）——結果的に彼女の法則として引き出されるものに過ぎないかもしれないが——の指し示すまま自由な作法で書いているように見えるが、コンヴェンションに従っているところもある。各幕の幕切れには、脚韻を踏んだ二行連句（カプレット）を用いているという点だ。王政復古期以降の喜劇の慣例に従って、彼女は散文で喜劇を書いたが——悲劇『アブデラザー』はブランク・ヴァースで書かれている——、例外はあるにしても、その幕切れは脚韻を踏んだカプレットになっている。ちなみに、最後の章で取り上げた『次兄』から引用してみよう。

6　女優が王侯貴族の公然たる愛人であった時代において、演劇が道徳的であらねばならないなら、それはまさに偽善であるだろう。

226

On this Hand Wealth, on that young Pleasures Lye:
He ne' re wants these, who has that Kind Supply.

Whilst I by Nobler careless ways advance,
Since Love and Fortune are acquired by Chance.

Wise coxcombs be damn'd, here's a Health to the Man,
That since Life is but short, lives as long as he can.

If I with dextrous Charitable care
Ease him of Burthens he wants strength to bear.

But I by Fortune, and Industrious Care,
Have got one that's Rich, Witty, Young, and Fair.

　脈絡のない引用なので分かりにくいかもしれないが、幕切れの詠嘆は感じ取れるのではないだろうか。この法則によって観客は幕切れを強く意識することになる。カプレットは詠嘆のように響き、登場人物の感慨に観客の共感を誘うだろう。しかし、それは同時に、劇作家の存在を意識させることにもなる。幕を終わらせるのはもちろん作者なのであり、目印のように幕切れが設定されているからである。カプレットは作者の作為性をあえて強調することになる。王政復古期に用いられるようになったシャッターの開閉による場面転換よりも作為的であるかもしれない。ひとつの幕が終わり次の幕が開く——ひとつのイリュージョンの場が終わり次のイリュージョンの場が始まる——ことの合図のようなカプレットに込められているのは、作為的である筋の展開（イリュージョンの流れ）を統括支配しているのは作者であることのささやかな自負であろうか。科白が続く限り、すなわち場面が続く限り俳優は演技によってその場を支配できるが、強制的にその場面を終了させられれば無力となる。俳優は作者が幕を閉じるまでの束の間だけ、行動の場を与えられて

いるに過ぎないのだ。その間は自由に動き回るがいい、だが、それがいつまでかは作者が決めるということだろう。プロットの展開・帰結は、劇作家の手の内にあるのだ。

　最後に、われわれの羊（『弁護士パトラン』）に戻ろう。本書の最初に書いた「有言実行」という言葉だ。言葉と行為についてだ。科白という「言葉」と、科という「行為」は、本来二項対立的に扱うべきではないかもしれない。言葉を喋るということは、まぎれもなく喋るという行為を行っているからである。科白を喋ることは、俳優の行為の重要な一部である。しかし、その喋り方、間の取り方、音調、表情などは、俳優の行動の領域にあるのであって、戯曲の科白が劇作家の領域にあるのとは対になっている。日常生活では当然自分の言葉を喋るが、演劇においては俳優は劇作家が創造した他人の言葉を喋るのである。従って演劇においては、劇作家が定めた科白と俳優が科白を喋るという行為は、それぞれ劇作家と俳優という別個の人格に属するものであり、別個に考えることが可能だ。演劇においては、科白と科の関係は様々であるということだ。

　ここまでアフラ・ベーンと演劇について書いてきて思うのは、演劇においては、いや演劇におけるだけではなく実生活においても、「有言実行」はつまらないということだ。登場人物（俳優）が言った通りのことを行う、行える状況にあるということは、状況が彼（彼女）に味方しているということだ。状況に苛まれてはいない、ということだ。予言が実現されるように、言った通りのことが行われるところに、果たしてドラマが生まれるだろうか？　予言は未来を固定する。同時に過去も固定する[7]。予言は自由のない決定論の世界を作る。実につまらない世界ではないか。演劇においては、それ以前に——言語自体の表象能力の問題についてはさて措くとしても——科白は登場人物の内面を忠実に反映しているのかという問題がある。また、反映させることが果たして可能なの

7　仮に、あなたが世界の救世主になるという予言があるとしよう。その予言が実現されるための絶対必要条件は、あなたが生誕することである。そのためには、あなたの両親が生誕しなければならない。そのためには……。ドロステ・ナースのような無限後退。予言は、未来と同時に過去もがんじがらめにしてしまう。

だろうか？　言葉には表面的な意味と隠された意味がある、という問題ではない。言葉の複雑な陰影の問題でもない。表面的な意味であれ、隠された意味であれ、それを発信者は本当に理解しているのか、という問題だ。それが本当に発信者の心の内に関知しているのか、という問題だ。実人生において、人は他者を完全には理解することはできないのはもちろん、自分自身をも、自分自身の内面をも完全に理解しているとは言えないだろうし、自ら発する言葉を完全に掌握しているとは限らないだろう。自らの本音と建前でさえ明確に区別することは難しい。人には自らが関知できない無意識の領域があるからだ。心にもないことを言ったりするのも、実はそれが無意識の内にあるからだ。人は、常に意識的に理詰めで動いているわけではなく、無意識という計り知れないエネルギーに突き動かされているのだ。それが生きた人間であるということならば、そこに人間の深淵と不可解さそして魅力があるのであれば、劇の登場人物にも無意識の領域がなければ真に魅力的な生きた存在とはならないはずだ。そうでなければ劇作家の操り人形に堕ちてしまうだろう。無意識という奥行きがなければ平板な人物になってしまうだろう[8]。優れた劇作家の登場人物は、劇作家の軛を超えていく。アフラ・ベーンの登場人物たちについて言えば、自らの意志に従って行動しているように見える彼らは、そして時に不可解で不条理に見える行動に駆り立てられる彼らは、その奥に無意識の衝動も抱えているように私には思われる。アフラ・ベーンは自らの主義主張に従って登場人物を動かし、コントロールするのではなく、彼らに行動の自由を譲渡しているかに思われる。彼女の登場人物は作者の主義主張の代弁者ではなく、自らの主義主張に従って行動する自由を与えられている[9]。その自由の根源にある無意識を引き受けるのは俳優の役割だ。俳優は戯曲に書かれた科白を変えることは許さ

---

[8]　これは、パントマイムやバレエの場合にも言える。無意識から発する動作・表情、計算を超えた動作・表情が彼らをよりリアルな存在にする。そして、これは人形芝居にさえ当てはまるかもしれない。人形遣いは無意識に人形に動きを与えることもあるだろう、その時人形はよりリアルな動きをすることになるだろう。

[9]　イデオロギーとドラマトゥルギーは別物であるということだ。

れないが、科白に付随するニュアンスや、その背後にある無意識を表現することは可能だ。それができるのが優れた俳優であろう。そして、それを感じ取ることができるのが優れた観客ということになるだろう。無意識は触れることができないゆえに無意識であるのだから、無意識を意識的に表現したり捉えたりすることは、それ自体が矛盾しているように思われるかもしれないが、無意識という豊かな領域を、劇作家も俳優も観客も「意識」しておかなければならない。小説のように登場人物の心の奥深く無意識の領域に分け入って、詳細な分析に晒して解剖することなく、俳優と観客に無意識の余地（無意識を想像する余地）をそのまま残している演劇の奥ゆかしさが、私は好きだ。登場人物の無意識のために、劇作家が抱いたテーマがずれ——それは劇作家自身の無意識の為せる業とも言えるが——、俳優の演技によってさらにずれ、観客の解釈によってまたずれる、演劇のその生きた流動性、ダイナミズムが私は好きだ。そのダイナミズムのひとつの現れは、即興であるだろう。優れた即興の生みの親は無意識なのだから。即興こそ、演劇全体の調和——有機的統一という意味ではない——を乱すことなくその豊饒さに貢献するのであれば、すぐれて創造的なエネルギーの発露なのではないだろうか。

　劇作家が登場人物に性格を与え、科白を与え、自在に動かしているようでありながら、自在に行動するのは登場人物自身でなければならない。たとえ、登場人物が作者の思想——そんなものは芸術とは一切関係がない——を吹き込まれている場合であってもそうである。それは、優れた戯曲の登場人物は、劇作家にとって必ずしも制御可能ではないということだ。劇作家自身がその思想の操り人形ではないのと同様に、登場人物は作者の思想を代弁するだけの存在ではないし、そうであってはならない。イデオロギーだけがその言動を左右するわけではないのだ。小説の語り手を作者と同一視してはならないのと同じだ。アフラ・ベーンに関しても、詩に表されたモンマス公への抑えきれぬ想いは彼女のイデオロギーとは矛盾している。そうした矛盾は彼女の登場人物に反映せざるを得ないだろう。俳優は、そのような登場人物の矛盾や無意識の領域を引き受け、自在に振る舞わなければならないということだ。であるなら、

俳優は登場人物の役柄を完全には理解していないことになる。いや、理解することはできないし、理解してはいけないことになる。それは、不条理劇と呼ばれる劇の登場人物に関してだけの特例ではないのだ。俳優は登場人物に操られ縛られているわけではないのだ。登場人物と俳優は別個の人格であり、一致することはない。だから、俳優は役に「成り切ろう」としてはならない。謙虚に役に向き合うことによって、役を「演じ」なければならないのだ。登場人物を生きるのではなく、俳優としての自らを生きなければならない。自らを捨てることなく、作り物を演じなければならない。つまり、限りなく役柄に意識的であることだ。その意識は、役柄の無意識のエネルギーへと繋がることになるだろう。俳優が発揮すべき技巧は、登場人物の感情に「入る」ことではなく、登場人物の感情に浸ることなくして感情を理性によって「演じる」こと、「装う」ことなのである。上演という特定の時間だけ、すべての出演俳優が登場人物の感情になるということはそもそも無理な注文であるし、その必要もない。俳優は、何を措いても、「演じる」ことがその仕事なのだ。フィクションに徹することが求められるのだ[10]。俳優は演じている自分を客観的に見ること——それを理性と言おう。それは人間であることの証だが、役者であることの証でもある。その意味で、激情に囚われる悲劇の登場人物が理知的な韻文を語るのは理に適っている——を怠ってはならないし、感情に溺れて客観性を失ってはならない。そのためには、トルツォフが座右の銘として掲げる「自己を愛するな」という教えが有効であるかもしれない[11]。俳優は、実生活上でいくら悲しみを抱えていようとも、舞台上では陽気な道化を演じなければないないしし、私生活が幸せの絶頂にあっても、舞台上では悲劇に苛まれて死んでいかなければならな

---

[10] スタニスラフスキイ『俳優と劇場の倫理』土方與志訳（未來社、1954年）15頁。
[11] ドニ・ディドロによれば、偉大な芸術家とは、どのようなジャンルにおいても、「最も感性に乏しい存在」である。そして、俳優もまた芸術家であると考えるディドロは、「あらゆる役柄において感性は必要がない」、「卓抜した役者を作るのは感性の絶対的欠如である」、と主張している。もちろん、彼は感性自体を否定しているのではなく、俳優にとっての感性を否定しているのだ。なぜなら、「感性は魂の善良さと才能の凡俗さの特徴である」からだ。「逆説・俳優について」259頁、278頁、261頁、288頁。

い。その客観性は演劇全体を理解し、演劇全体を作り上げることに貢献するだろう。観客を劇世界に引き込むことができるのは、俳優の理性を措いて他にないのだ。感情はひとつの作品としてのフォルムに何ら有益な効果をもたらすことはない。すべての俳優が感情に支配され、感情のままにぶつかり合う演劇がいかに無秩序なものになるかは明らかだ。この感情論に関しては、私は断固ディドロ派だ。「成り切る」ことは、自らに役の枷をはめて演技の自由を手離すことであり、「演じる」ことはこの自由をどこまでも保持することである。前者は、俳優としての責任、演じることの責任、つまりは演劇の責任を登場人物に押し付けることであり、後者は、それらを自ら引き受けることである。「舞台とは、あらゆる自由が可能である場所」[12]と考えるなら、登場人物が自在であるべきなのと同様に、俳優も自在であるべきなのだ。フランソワ＝ジョセフ・タルマが優れた俳優であったとしても、彼がディドロの教えに従ったなら、さらに優れた俳優になったであろう、と私は思う。登場人物と俳優は相乗効果をもたらすことができ、新しい高みに昇ることさえできるだろう。そこに演劇の可能性が開かれる、戯曲というテクストの束縛から解放された演劇の可能性が。その可能性を開くのは俳優の演技の技巧を措いて他にない。「詩不求工」（蘇東坡）なのではなく、技巧を排しているかのごとくに装う技巧が、劇作家に、俳優に、求められるのだ。

　自在な登場人物の科白を語る自在な俳優には、様々な科の可能性が与えられている。どのように科白を喋るか、どのような表情をし、どのような動きをするか——つまり戯曲をどう解釈するか、芝居の流れをどう作るか——は、俳優（演出家）次第なのだ。解釈が尽きぬものであるなら、演技もまたしかりだ。登場人物を生かすも殺すも俳優（演出家）次第なのだ。科白と科（表情）とがひとつの決まったやり方でダイレクトに結びつくわけではないということだ。その豊かな可能性が、演劇そのものの可能性だ。つまり、戯曲は決定稿ではない。もちろん、戯曲の科

---

12 ジャン・ジュネ「演出者ブランへの手紙」、『ジャン・ジュネ全集4』曽根元吉訳（新潮社、1992年）439頁。

白を変更できないという意味では決定稿なのだが[13]、科によってその意味は変わってくるのだ。当たり前のことだが、俳優が変われば登場人物は別人になる[14]——そして芝居の評価も変わるかもしれない——、科白と科の結びつきは自在なのだから。何度も同じ芝居を観に行くのは、プロットのためでも科白のためでもなく、俳優の演技のためだ。俳優には科白の自由はないが、科の自由はあるのだ[15]。語ったことがそのまま行為に結びつかないところ、科白と科とが必ずしも合致しないところに、つまり、「有言実行」が不可能なところに、「有言実行」を排するところに、演劇のリアリティが生まれるのである。マクベスもこう言っているではないか。

Words to the heat of deeds too cold breath gives.

（Ⅱ.ⅰ.61）

　言葉と行為の対比は、マクベスならずとも、常に心すべきことであるだろう。

　もし戯曲が決定稿ではないなら、科白は信用できないことになる[16]。アルトーは信用していなかったに違いない。では、科は信用できるかというと、そうでもない。心にもないことを言うように、心にもないことをする場合もあるからだ。無意識から発する言葉があるように、無意識

---

[13] 戯曲だけではなく文学作品一般について言えることであるが、作者がある時点で推敲を止めた時、原稿は決定稿となるのであり、さらなる推敲の可能性が封印されたという意味では、すべての作品は「暫定的な決定稿」であると考えられる。また、芝居の科白について言えば、別の言い方もあり得るわけだし、全く違う言葉を選択することも可能であっただろうが、とりあえずその科白を選択したという意味では、登場人物にとって科白は暫定的であると言えよう。また、ひとつの科白の意味は、固定せず流動的であるなら、意味の面からも科白は暫定的であることになる。アフラ・ベーンの時代には、俳優が戯曲の科白を変えることもあったのだが、その場合は、文字通り科白は暫定的と言える。俳優のその自由に対して抵抗するのが、劇作家の代理として科白を固定する役割をも果たすプロンプターであるかもしれない。
[14] 「どうしてある役がちがった役者によって同じように演じられるなんてことがありうるだろう。」ドニ・ディドロ「逆説・俳優について」256頁。
[15] これは、敷衍すれば、科白の解釈の自由、つまり文学の解釈の自由ということである。その自由こそ文学の豊かさの源泉である。

233

から発する行動もあるからだ。人は、たとえ自分自身のことであっても理解しているとは限らないし、理解していると思い上がってはならない。マクベスは自らの願望を本当に理解していたのだろうか？　オーセイムズは本当に王となることを望んだのだろうか？　アルシッパスは本当にエルミーニアを愛していたのだろうか？　疑問は尽きない。なぜなら、自分自身を理解してコントロールできるというのは神話に過ぎないからである。理解を超えて矛盾し、首尾一貫性が欠如し、支離滅裂でさえあることこそが、人が人であることの証だ。だから、役に向き合いながらも俳優が我知らず振る舞うことがあっても、もちろんいい。登場人物も俳優も無意識には関知できない。科白に、科に、科白と科の結びつきに、無意識が裂け目を入れるのである。だから、アルトーのように科に全権を委ねることはできないことになる。科白と科のせめぎ合いに、科白と科に折り合いをつけようとすることに、演劇の可能性と誠実さを私は見る。可能性と言うのは、演劇が俳優と観客に無意識の解釈を委ねるゆえであり、誠実さと言うのは、演劇が科白と科の安易な妥協を排することの謂である。もし、演劇の可能性と誠実さが肯定されるものであるなら、演劇が教えてくれるのは、われわれの日常生活における「有言実行」の無味乾燥ではないだろうか。演劇の豊かさに対して、物事を単純に割り切ろうとする思考の貧弱さではないだろうか。

　さて、無意識の介入によって、科白も科も完全には信用できないとするなら、演劇は途方に暮れてしまうのだろうか。劇作家は無力であると言わなければならないのだろうか。そうではない。演奏家の数だけ楽曲の解釈があるように、俳優の数だけ（演出家の数だけ）戯曲の解釈があり、観客の数だけ演劇の解釈があっていい。どれだけ解釈があろうと、楽曲

---

16 アフラ・ベーンの作品にはオリジナルが存在したし、彼女の小説『オルーノコ』はトマス・サザーンによって戯曲化され、人気——稀代の俳優ギャリックの功績もあるだろうが——を得た。また、今では神聖視すらされるシェイクスピアの作品が、原作からの大胆な改変であり、そして彼の作品もドライデンをはじめ他の作家たちによって改変され、人気を博した。シェイクスピアの作品の改作について論じることが、ひとつの研究テーマにもなっている。改作は文学史においてごく普通のことなのである、というより文学史の本流を形成すると言ってもいいだろう。この事実は、決定稿や原典の意味の再考を促しているように思われる。

や戯曲は不可侵だ。すべては、書かれた音符や科白に懸かっている。そこに支配権があるのだ。演劇は戯曲に始まり、戯曲に終わるのだ。登場人物（そして、それを演じる俳優）がいかに劇作家の意に反して振る舞おうとしても、劇作家の桎梏を離れて自在に振る舞おうとも——もちろん、それが可能であることが優れた登場人物であることの証であり、そして何より重要なのはそれを許すことが優れた劇作家であることの証なのだが——、劇作家が退場を命じれば彼（彼女）は何もできない。登場人物を最終的に支配するのはやはり劇作家なのだ。強制的に退場させられれば、それまでだ。カプレットまでだ。そして最終的に劇作家がデウス・エクス・マキナのごとく舞台を閉じる。プロローグ（前口上）で舞台を始め、エピローグ（納め口上）で舞台を閉じることを命じるのは劇作家なのだ[17]。プロローグとエピローグが通常韻文であることも、劇作家の演劇支配の証だ。アフラ・ベーンはその支配権を手放そうとはしなかったのだ。カプレットの詠嘆とともに登場人物は舞台を去り、登場人物のひとりが俳優としてエピローグを語って、舞台は終わる。終わるということは、それが断片であるからだ。時間的には１日を越えて広がっているとしても、それが断片であることには変わりない。ある断片を作者は切り取ったのだ。切り取られた枠組みが演劇だ。恣意的な切り取りもまた、劇作家の支配権の証左である。

　幕が下りることにしろ——幕が下ろされることがなかったギリシア演劇でも劇が終わることに変わりはない——、エピローグが語られることにしろ、それらはあなたを日常へと促す。登場人物たちは幾つかの場面を通り抜け、満足すべきものであるかどうかはともかく、ひとつの結末に至った。次はあなたの番だ。断片から全体へとあなたは戻る。あなたにはあなたの人生が待っている。もし、ジェイクイズのように「世界演劇」という考え方を採るなら、あなたは人生という舞台で再び与えられた役を務め続けなければならないが、それでも、劇場の俳優と同じよう

---

[17] アフラ・ベーンのエピローグとプロローグには、劇作家としての信念の表明がなされている場合が多いのも、劇作家による演劇の作為性を意識しているからであろう。

に、自由に自在に振る舞うことが許されるのだ。そこでは例外なく、す
べての配役には最終的に死が記されているが、そしてそれは避けること
はできないが、それまではあなたは自由に振る舞うことができる。劇作
家が登場人物を舞台から退場させるまでは、登場人物が自由に振る舞え
るのと同じように。そして俳優が感性ではなく理性で演技すべきなのと
同じように、あなたが人生という舞台の俳優であるなら、あなたはあな
たの人生の演技を支配するのは感情ではなく理性であるべきだ、という
ことを忘れてはならない。理性によって客観的に自分を見つめることを
怠ってはならない。そして、あなたがどこにいるのかを意識していなけ
ればならない。どこにいるのか、もちろん、世界という舞台の上だ。観
客の視線が集まる、舞台の上だ。演劇とは、詰まるところ、あなたがあ
なたの人生と折り合いをつけ、あなた自身のやり方で人生を歩み続ける
ことを、つまり、あなたとあなたの人生との理性的和解を、そっと後押
しするものである、と私は考えている。演劇は、あなたをあなた自身へ
振り向かせてくれる。

初出一覧

・第1章　『若き王』について――愛の神と戦いの神――
　『言語文化学研究』大阪府立大学人間社会システム科学研究科　英米言語文化編　第14号
　2019年
・第2章　『強いられた結婚、あるいは嫉妬深い花婿』について
　大阪府立大学紀要　人文・社会科学　第51巻　2003年
・第3章　『流浪の男』に見る喜劇の空間について
　『言語文化学研究』大阪府立大学人間社会学部言語文化学科　英米言語文化編　第4号
　2009年
・第4章　現実と虚構と――『サー・ペイシャント・ファンシー』について
　『言語文化学研究』大阪府立大学人間社会学部言語文化学科　英米言語文化編　第6号
　2011年
・第5章　誠実に騙すこと――『偽りの娼婦たち』について
　『言語文化学研究』大阪府立大学人間社会学部言語文化学科　英米言語文化編　第7号
　2012年
・第6章　喜劇から離れて――『にせ伯爵』について
　『言語文化学研究』大阪府立大学人間社会学部言語文化学科　英米言語文化編　第8号
　2013年
・第7章　政治劇に隠されたフェミニズム――『シティの相続人』について
　『言語文化学研究』大阪府立大学人間社会学部言語文化学科　英米言語文化編　第10号
　2015年
・第8章　『ラッキー・チャンス』における喜劇性について
　『言語文化学研究』大阪府立大学人間社会学研究科　英米言語文化編　第11号　2016年
・第9章　『月の皇帝』論――ファースの構造について――
　『言語文化学研究』大阪府立大学人間社会システム科学研究科　英米言語文化編　第12号
　2017年
・第10章『未亡人ランター』――悲喜劇の構造について――
　『言語文化学研究』大阪府立大学人間社会システム科学研究科　英米言語文化編　第13号
　2018年
・第11章『次兄』における非演劇的構成について
　『言語文化学研究』大阪府立大学人間社会システム科学研究科　英米言語文化編　第15号
　2020年

なお、本書に収録するにあたり、すべての論文に加筆修正を加えた。

あとがき

　本書は、様々な文学ジャンルに渡って活躍したアフラ・ベーンの戯曲に焦点を当て、その11篇の作品（ロラン・バルトが『ラシーヌ論』で論じているのが11篇であることは偶然の一致です）を論じると同時に、私の演劇についての考えを展開したものです。諜報部員のような活動も行ったアフラ・ベーンは、その人生そのものが、まさに人生という舞台での波乱万丈の活動のように思われますが、本書では、作家像ではなく、作品そのものと演劇というジャンルについて論じています。本書の構成は、はじめに（プロローグ）、11章の作品論、おわりに（エピローグ）、という形になっています。この形は、プロローグ、5幕あるいは3幕の作品、エピローグ、というアフラ・ベーンの戯曲の形式を模したものであり、プロローグとエピローグでしばしば彼女が演劇論を展開していることをも意識して、そこで私の演劇論を述べています。模倣という形での、彼女に対するオマージュです。プロローグとエピローグの演劇論を章としなかったのはそのような事情からです。彼女の演劇が現代の日本でも受け入れられる可能性があるのではないかという思いでまとめた本書が、彼女の戯曲作品の受容にいささかでも役立つのであれば、著者としては僥倖です。

　演劇は、彼女のキャリアにおいて、大きな部分を占めるのは確かですが、それ以外のジャンルにおいても、彼女は重要な仕事をしています。今回触れることができなかったそれらの作品群についての論考は、別の機会に委ねたいと思います。

　本書出版に際して助成金を付与して頂いた大阪府立大学大学院人間社会システム科学研究科と拙い原稿の校正に御尽力頂いた大阪公立大学共同出版会の川上直子氏に深く感謝申し上げます。

　最後に、このささやかな書を、いつもいろいろな面で私を支えてくれている妻の近藤眞理子と、僭越ながら私に批評の快楽を教えてくれたロラン・バルトに捧げたいと思います。

2021年　雨水のころ　水仙咲き初める北摂にて　満目の春を待ちつつ

近藤直樹

【著者略歴】

近藤　直樹（こんどう　なおき）

1987年京都大学大学院文学研究科博士後期課程英語英米文学専攻中退、同年大阪府立大学総合科学部助手、現在同大学大学院人間社会システム科学研究科および高等教育機構教授。

OMUPの由来

大阪公立大学共同出版会（略称OMUP）は新たな千年紀のスタートとともに大阪南部に位置する5公立大学、すなわち大阪市立大学、大阪府立大学、大阪女子大学、大阪府立看護大学ならびに大阪府立看護大学医療技術短期大学部を構成する教授を中心に設立された学術出版会である。なお府立関係の大学は2005年4月に統合され、本出版会も大阪市立、大阪府立両大学から構成されることになった。また、2006年からは特定非営利活動法人（NPO）として活動している。

Osaka Municipal Universities Press (OMUP) was established in new millennium as an association for academic publications by professors of five municipal universities, namely Osaka City University, Osaka Prefecture University, Osaka Women's University, Osaka Prefectural College of Nursing and Osaka Prefectural College of Health Sciences that all located in southern part of Osaka. Above prefectural Universities united into OPU on April in 2005. Therefore OMUP is consisted of two Universities, OCU and OPU. OMUP has been renovated to be a non-profit organization in Japan since 2006.

アフラ・ベーンと演劇について
── ひとつの演劇論 ──

2021年7月23日　初版第1刷発行

著　者　　近藤　直樹

発行者　　八木　孝司

発行所　　大阪公立大学共同出版会（OMUP）

　　　　　〒599-8531 大阪府堺市中区学園町1−1

　　　　　大阪府立大学内

　　　　　TEL　072 (251) 6533　FAX　072 (254) 9539

印刷所　　和泉出版印刷株式会社